세종대왕 이도

* 이 책은 2008년 6월 20일 집사재에서 출간한《대왕세종》(전 3권)의 개정판입니다.

세종대왕 이도 2

1판 1쇄 발행 | 2016년 10월 9일

지은이 | 이상우
펴낸이 | 김경배
펴낸곳 | 시간여행
편 집 | 이진의
마케팅 | 강민정
본문 디자인 | 디자인 [연:우]

등 록 | 제313-210-125호 (2010년 4월 28일)
주 소 | 서울시 마포구 토정로 222 한국출판콘텐츠센터 419호
전 화 | 070-4032-3664
이메일 | sigan_pub@naver.com

종 이 | 엔페이퍼
인 쇄 | 한영문화사

ISBN 979-11-85346-35-9 (04810)
979-11-85346-33-5 (세트)

이 도서의 국립중앙도서관 출판예정 도서목록(CIP)은 서지정보유통지원시스템 홈페이지(http://seoji.nl.go.kr)와 국가자료 공동목록시스템(http://www.nl.go.kr/kolisnet)에서 이용하실 수 있습니다. (CIP 제어번호 : CIP2016023337)

* 이 도서는 국제친환경 인증을 받은 천연펄프지(Norbrite 95#)로 제작되었습니다.

세종대왕

이도 2

이상우 장편소설

시간여행

대왕 세종

목차

양천 논쟁과 임금의 벌주

세종은 두 달간 병환으로 거동을 못했다. 그래서 정사를 모두 의정부에 맡겼다. 설 전후의 추위에 시작된 병에 첫봄이 돼서야 일어날 수 있었다.

바람이 자고 따스한 햇볕이 내려쬐는 봄날이었다. 임금은 김종서 집의와 장영실 별좌를 데리고 경복궁 후원으로 나가 말을 탔다. 병치레 후 체력이 얼마나 회복되었는지 가늠해 볼 생각이었다. 상의원에 소속되어 있는 장영실은 임금의 주변에서 여러 가지 일을 하고 있었다.

임금은 날마다 새로운 과제를 내놓았다. 그럴 때마다 만들고 다듬는 역할을 하는 사람이 장영실이었다.

“말 타는 모습이 어떠한가?”

임금이 후원 잔디밭을 한 바퀴 돌고나서 김종서에게 물었다.

“허리를 조금 더 펴셔야 하겠습니다.”

김종서가 허리를 굽혀 읍하며 말했다.

“과인에겐 허리를 펴라 하면서 경은 왜 허리를 굽히는가?”

장영실이 입을 가리고 웃었다.

“잔디가 말굽에 패였나 그것을 보았습니다. 용서하시옵소서.”

김종서가 웃지도 않고 농을 받아넘겼다.

“그것을 보아 무엇을 하겠다는 것인가?”

농이 점점 깊이 들어갔다.

“잔디가 옛날처럼 움푹 파인 것을 보니 신, 기쁘기 한량없습니다.”

“잔디 망가지는 게 그렇게 좋은가?”

임금이 말을 세우며 말했다.

“전하의 건장하심이 전과 같다는 뜻이 아니겠습니까? 지금은 봄이니 말이 살찐 것도 아닐 것입니다.”

“하하하…….”

임금이 마침내 크게 웃었다. 장영실도 따라 소리를 내며 웃었다. 그러나 김종서는 빙긋이 미소만 지을 뿐이었다.

“오늘은 기분이 상쾌하니 오후 경연에 나갈 것이야.”

오랜만에 경연에 나온 임금이 왕자의 스승인 설순에게 물었다. 설순은 조상이 중국 출신이라 중국 문물에 박식했다.

"그대의 선조는 중국에 있을 때 어디에서 살았느냐?"

"신의 조상은 서쪽 번국 회골(回鶻, 위구르)에 살았습니다. 골(鶻) 자는 송골매 골 자입니다."

설순이 한자를 들어가며 대답했다.

"선대 어느 때부터 벼슬을 하였느냐?"

"원나라 태조 때에 처음 벼슬을 했습니다."

"너의 숙부는 몇 살 때 여기 왔느냐?"

설순의 숙부는 충의공 설장수이다. 태조 이성계를 도와 동북면 징벌에 같이 나가 큰 공을 세운 명신이었다.

"충의공은 19세 때 조선에 왔습니다."

"충의공은 조선말을 잘 했는가?"

"대강은 알고 있었습니다."

"중국에서는 불씨(佛氏)를 믿는 사람이 많은가?"

세종이 중국에서 온 사람이면 자주 물어보는 질문이었다.

"그렇습니다."

임금이 다시 물었다.

"중국은 원래 공자와 주자의 나라인데 어찌하여 불씨를 많이들 믿는가?"

"불씨를 믿는다고 공자를 버리는 것은 아닌 것으로 아옵니다."

"불씨는 천축국에 살았다는데 그곳은 어디에 있는가?"

"천축도 역시 서방에 있습니다."

임금이 불씨에 대해 이야기했다.

"석가의 설교는 그 진위를 알 수 없는 것이 많다. 역대 영웅호걸과 군주들이 그의 뜻을 알지 못한 것은 무슨 까닭일까? 청정을 택하고 욕심을 버린다는 것을 도로 삼는 것은 근사하다. 그러나 정도를 버리고 도리에 어긋난 것을 교의 취지로 삼는 것은 이해가 되지 않는다. 불교를 어찌해야 할지 바른 판단이 서지 않는다."

세종의 말에 아무도 의견을 말하지 않았다.

세종의 고민은 세월이 갈수록 분명해졌다. 억불숭유 정책을 언제까지, 어느 정도까지 지켜야 할 것인가. 불교는 과연 유교에 비교할 수 없는 잘못된 도인가. 그리고 양반과 천민은 과연 하늘이 정해준 상하의 법칙인가 하는 것이었다. 유교와 신분제가 정사를 이끄는 기본이라면 임금으로서 어느 길로 가야 하는가.

사간원의 좌사간 김효정이 임금의 고민을 더욱 깊게 하는 상소를 올렸다.

"태종 때 보충군의 법이 생겼습니다. 이 법에서 정 2품 이상의 벼슬을 한 사람과 노비 출신의 첩 사이에서 난 아들은 양민으로 인정하고 5품 이하의 벼슬길도 열어 주었습니다. 하지만 이것은 대단히 잘못된 법이니 고쳐야 마땅합니다. 천민의 자식은 천민일 뿐입니다."

임금은 이 상소를 보고 슬그머니 화가 치밀었다. 올바른 제도라서 더 넓혀야 한다고 생각하던 터였다.

임금은 지신사를 시켜 상소를 올린 좌사간 김효정을 불러오도록 했다. 김효정은 비교적 젊고 혈기가 왕성한 학자였다.

"경은 양반과 천민의 차이가 무엇이라 생각하오?"

갑자기 임금 앞에 불려와 느닷없는 질문을 받은 김효정은 당황해서 빨리 대답을 하지 못했다. 김효정은 한참 머뭇거리다가 대답했다.

"천민은 일생 올라올 수 없는 마루 밑에서만 사는 족속을 일컫는 것으로 생각합니다."

임금의 얼굴이 약간 일그러졌다.

"그러면 천첩 소생은 양반과 결혼할 수 없도록 한 것은 어떻게 생각하오?"

임금이 다시 물었다.

"지극히 당연한 율법입니다. 3품 이하의 천첩 소생과 잡색보충군 출신도 보충군의 대부(大夫)나 대장에 등용한다고 되어 있습니다. 그러나 이것은 부당한 법입니다. 철폐하여 주소서."

"무엇 때문에 그렇게 생각하오?"

"그러한 사람이 등용되면 양반의 자제와 섞여 금위(禁衛)의 일을 하게 될 것이옵니다. 그렇다면 문제가 많을 것으로 사료됩니다."

"무슨 문제가 생긴다고 보시오?"

임금이 그 이유를 물었다.

"종으로 있던 자가 갑자기 한성을 수비하는 병사가 되면 이는 신발에 갓을 씌우는 것과 같을 것입니다."

김효정은 비유를 들어 대답했다.

"양반이나 서얼에 관계없이 나라에 충실할 기회를 주는 것이 더 나라를 위한 길 아니겠소?"

임금은 은연중 속내를 내비쳤다. 그러나 김효정은 자신의 주장을 펴느라 임금의 의중이 어디 있는지 조금도 헤아리지 못했다.

"적자와 서자의 구분은 하늘이 서 있고 땅이 벌려 있는 것과 같은 이치이고 신분제도란 문란해져서는 안 되는 것입니다. 소인의 도가 신장되면 군자의 도가 소멸되는 것은 당연한 귀결이라 생각합니다."

"소인의 도와 군자의 도는 누가 정한 것이오?"

임금의 정성스런 마음은 점점 노기로 바뀌어갔다. 그러나 겉으로 내색을 하지 않고 질문을 이어갔다.

"우리 동방의 예의염치가 아주 없어지지 않는 것은 오직 지위·신분 등의 법칙이 엄연하기 때문일 것입니다. 밭에 난 강아지풀이 무성하면 곡식이 자라지 않는 것과 같은 이치로 여겨집니다."

숭유 사상이 머리에 꽉 찬 김효정과 대화는 마치 벽과 마주하고 있는 것 같았다. 임금은 더 이상 이야기를 할 필요를 느끼지 못했다.

"됐으니 그만 가보시오."

임금은 불쾌감을 감추고 말했다.

김효정이 나간 뒤 임금은 천민의 신분을 높여주거나 그들의 권리와 이익을 도모하는 일이 쉽지 않겠다는 생각이 들었다. 충분한 명분 없이 시작했다가는 엄청난 저항에 부딪힐 게 분명했다. 일시에 제도를 바꾸거나 교지를 내릴 것이 아니라 대신들이나 젊은 학자들의 생각을 점진적으로 바꾸어야 한다고 생각했다.

임금은 황희와 맹사성, 신개 등을 불러 양천 신분제의 문제점에 대하여 생각하고 토론해 보라고 지시했다.

며칠 지나 임금은 경회루에서 주연을 베풀고 황희 등과 젊은 집현전 학사들을 불렀다. 일전에 토론을 명한 양반과 천민의 신분제도 문제에 대한 의중을 알아보기 위해서였다.

"오늘은 무슨 얘기를 해도 과인이 나무라지 않을 것이오. 대신 벌주를 내릴 것이니 술이 약한 사람은 말을 삼가하시오."

임금은 신하들을 돌아보며 빙긋이 웃었다. 모두가 내로라하는 당대의 학자들이었다. 미리 일러 놓은 주연상이 들어왔다.

"천민의 적에 올라 있는 양민의 수가 적지 않은데, 이들에게 신분의 본래 모습을 찾아주는 문제에 대하여 의견을 말해 보시오."

황희가 먼저 의견을 내놓았다.

"7년 전부터 천민으로 잘못 입적된 자들의 신고를 받아 바로 처리하는 일을 해왔지만 게을러서 신고를 안 한 자들이 많습니다. 또한 관아의 관리들이 게을러서 접수 서류를 처리하지 않고 오늘내일하면서 미적거린 것이 많습니다."

신개가 말했다.

"신청을 받고 판결하지 않은 것이 많은 것도 사실입니다. 일정한 기일을 정하고 담당 관아를 따로 두어 모두 처리하면 어떠할까 사료됩니다."

황희가 반대했다.

"따로 도감을 설치하는 것은 좋지 않다고 생각합니다. 그렇게 되면 거짓으로 신청하는 자가 늘어날 것입니다. 과거의 것은 모두 없었던 일로 하고 이후는 신청하는 자가 있으면 수시로 처리하는 것이 좋을 듯합니다."

임금이 말했다.

"황 정승 앞에 놓인 잔에 술을 가득 부어라. 약속대로 벌주를 내려야겠다. 허허허……."

임금이 웃으면서 말했다.

"황공하옵니다."

지신사가 술을 따르고 황 정승이 일어서서 잔을 받았다.

임금이 말을 이었다.

"예조에서 보고한 것을 보면 양민이 되겠다고 신청한 사람이 약 1천 명 정도 된다고 하오. 물론 거짓으로 신청한 사람도 없지는 않겠지만 양민으로서 천민의 적에 있는 억울한 사람도 많을 것이오. 그냥 두면 목민(牧民, 백성을 다스림)의 도에 어긋난 일이오. 또한 천민과 양민이 섞여 사는 불만도 많을 것이오. 도감을 설치하는 것이 꼭 나쁘지만은 않을 것이니 잘 의논해 보시오."

"도감을 설치하면 예로부터 있었던 법을 폐기해야 하는 문제가 생깁니다."

황희가 고집을 굽히지 않았다.

"관비나 사가의 노비를 양민의 지아비에게 시집보내도 무방하다는 것은 옛법의 아름다운 배려요. 그 제도를 없앨 수는 없다고 생각하오."

"이 일을 잘못 처리하면 신분제도의 경계가 무너질 수도 있으니 기일을 두고 신중하게 더 의논해야 할 것으로 압니다. 양민과 천민의 제도는 함부로 손댈 수 없는 일로 아뢥니다."

신인순이 말했다.

"천민으로 있는 자가 양민이 되고자 하는 간절한 심정은 그 사람들의 입장에서 생각해야 할 것이오. 하루라도 빨리 소망을 이루고자 하는 사람들을 위하여 앞으로 한 달 동안을 특별히 신청 기간으로 정하여 급한 사람들의 신청을 먼저 받도록 하시오."

임금이 다시 말했다.

그날의 주연에서 세종은 의중을 많이 드러내 보였다. 특히 신백정의 처우에 관해서도 대다수의 의견은 반대쪽이었다.

"신백정을 갑사로 뽑으라고 하신 하교는 거두는 것이 마땅할 줄로 아옵니다."

벌주를 가장 많이 마신 황희가 말했다.

"신백정 중에는 근본이 양민인 자가 많소. 특히 화척들은 원래가 양민이지 않았소? 그 중에 무예가 있는 자를 시위패나, 보충군의 갑사로 쓴다는 것은 대단히 실용성 있는 일이오."

임금이 또 벌주를 내렸다.

"신 김명성도 벌주 한잔 하사받고 싶습니다."

아무 말도 하지 않고 앉아 있던 대사헌 김명성이 말했다. 입이 무겁기로 유명한 사람이라 모두 그의 입을 바라보았다.

"신백정 중에도 물론 재목이 괜찮아 나라에서 쓸 만한 자들도 있을 것입니다. 그러나 대대로 불학무식하여 쓰기가 힘듭니다. 타고난 성품이 고약하여 때로는 험한 죄를 짓는 것이 예사입니다."

대사헌이 임금의 속마음을 전혀 모르고 있다고 생각한 신료들은 모두 조마조마한 심정으로 지켜보았다.

"일전에 경기도 과천에 사는 사가의 종 백동이란 자가 주인을 구타한 죄로 옥에 갇혔습니다. 그런데 유지별감 이종규가 혐의가 약하다 하여 그를 놓아주었습니다. 종이 주인을 때리는 일은 강상에 관계되는 일인데 엄단하지 아니한 것은 나라의 기강에 관계되는 일입니다. 이러한 나쁜 풍습이 다른 곳에까지 만연할까 걱정이옵니다."

김명성이 말을 계속했다.

"음, 과연 벌주 감이군."

임금이 지신사 정흠지를 돌아보았다. 지신사가 술병을 들고 김명성 앞으로 갔다. 김명성이 일어서서 술잔을 받은 뒤 잔을 든 채로 임금의 말을 들었다.

"죄인을 사면하는 것은 허물을 완전히 씻어서 그 사람에게 스스로 새롭게 하는 길을 열어주기 위함이오. 한번 사하여 준 일을 다시 추급하는 것은 마땅치 않은 것으로 생각하오. 유지별감이 노비를 풀어주었을 때는 그만한 이유가 있어서 한 일일 것이오."

임금은 김명성이 술을 다 마시는 것을 기다렸다가 다시 말을 이었다.

"비록 천민이라 할지라도 혐의가 확실하지 않은 일로 부당하게 벌받는 것은 옳지 않다고 생각하오. 특히 처첩이 남편을 죽이거나, 자손이 부모나 조부모를 죽이는 일에 대해서는 율법에 엄정히 정해 있지만 노비가 주인을 때린 일은 율법에 정해져 있지 않을 것이오."

신료들은 모두 임금의 말씀이 옳다고 생각하지 않는 것 같았다. 한성부윤 이명덕이 의견을 내놓았다.

"지난달에 주인이 죄지은 노비를 때려죽인 사건이 있었습니다. 정치를 하는 데는 체통과 명분처럼 중한 것이 없사온데, 존비의 질서에도 이만한 명분이 없을 것입니다. 살인은 중한 일이라 노비라고 한들 어찌 경하게 생각할 수 있겠습니까? 그러나 명분으로 보면 죄를 다스리다가 일어난 일은 경우가 좀 다르다고 사료됩니다."

임금이 대답했다.

"형벌을 잘못 써서 사람을 죽게 했다면 누구를 막론하고 율에 따라 처단되어야 할 것이오. 양민이건 천민이건 크게 다를 것이 없을 것이오."

군신의 토론은 늦도록 계속되었다. 참석한 노소 학자들은 대여섯 차례씩 벌주를 받아야만 했다.

벌주가 모두를 취하게 만든 무렵이었다.

"악공을 불러라."

임금이 명을 내렸다. 기다리고 있던 악공들이 들어와 '수연장지곡'을 연주했다. 악곡이 급물살을 타자 임금은 춤을 추었다. 태종이 승하한 이후 추지 않던 춤이었다.

홍석이는 열흘 동안 침술치료를 서너 차례 했다. 치료하러 갈 때마다 눈가리개를 하고 가마를 타고 간 것은 물론이고 침을 놓을 때도 눈가리개를 벗기지 않았다. 그동안 남씨의 병은 크게 나아지는 것 같지 않았다. 그러나 김종서는 포기하지 않을 태세였다.

어느 날 홍석이가 침술치료를 마치고 옥사로 돌아오자 새로운 신백정들이 잡혀와 있었다.

"너희들은 무슨 죄로 어디서 온 놈들이냐?"

홍석이가 삐딱하게 물었다. 침술치료 차 감옥 밖을 드나드는 자신을 동료들이 의심어린 눈으로 보자 홍석이는 매사에 심술을 부리고 있었다.

"너는 나리들과 가마 타고 다니니까 눈에 뵈는 것이 없냐?"

아니나 다를까, 이적합이 홍석이 앞을 가로막았다.

"그게 아니라니까요."

홍석이는 답답하기만 했다. 벙어리 냉가슴 앓는다는 말이 바로 이럴 때인가 보다. 비밀을 지키겠다는 약조를 지키자니 동료들이 의심하고, 그게 억울하다고 하여 입 밖에 낼 수도 없었다.

"얘들은 군기시에 있던 관비 삼형제다. 막금, 원금, 구질금이다. 저번 한성 화재 때 방화 백정으로 몰려 잡혀왔다."

이적합이 새로 잡혀온 세 사람을 소개했다. 관비 삼 형제는 슬슬 눈치를 살피더니 홍석이를 보고 절을 꾸벅했다.

"너희들! 홍득희 두목 이야기를 들은 일이 있느냐?"

홍석이가 의기양양하게 물었다. 자신이 홍득희의 동생이란 것을 내세우고 싶은 마음에서였다.

"홍 두목이오! 말 타고 다니는 여장군 말인가요?"

맏형인 막금이의 눈이 휘둥그레졌다.

"글쎄, 홍 두목을 아느냐니까……."

"그럼요. 알다마다요. 직접 본 일도 있는 걸요."

막금이가 신명이 나서 말을 이었다.

"불나던 날 수송방 군기시 앞에서 홍 두목이 활 쏘는 것을 보았어요. 창고 문짝을 향해 불화살을 쏘는데 귀신처럼 맞추더라고요. 하도 신기해서 군기시 졸도(卒徒)들에게 물어 보았더니 그 사람이 바로 처녀 화적 홍득희라고 하더군요."

"이놈아, 말조심해. 화적이 무엇이냐."

함길도 출신 귀생이가 막금의 옆구리를 발로 걷어찼다.

"아이쿠! 종놈 죽는다."

"어디서 엄살이야."

이번에는 두지가 주먹으로 머리를 때렸다.

"어흠, 내가 바로 그분의 둘도 없는 동생이다."

홍석이가 목을 뻣뻣이 세우고 배에 잔뜩 힘을 주었다. 그때였다.

"홍석이 나오너라."

형리가 나무 창살 밖에서 안을 들여다보며 명했다. 형리는 곧 큼직한 자물통을 열고 홍석이를 데리고 나갔다.

"쯧쯧, 두목의 동생이란 자가……."

이적합은 못마땅한 눈길로 홍석이의 뒷모습을 바라보았다.

불려나간 홍석이는 이번에는 눈도 가리지 않고 묶이지도 않았다. 형리 두 명이 앞장서서 홍석이를 안내했다.

형리들이 홍석이를 데리고 간 곳은 사헌부 앞 객사관이었다. 객사관은 주로 명나라 사신 수행원들이 묵는 객사였다. 그래서 평소에는 비어 있었다. 안으로 들어가자 사헌부 집의 김종서가 기다리고 있었다. 김종서는 수강궁에 임영대군의 처 남씨를 치료하러 다니느라 자주 만났기 때문에 홍석이한테는 이제 익숙한 얼굴이었다.

"너는 글자를 아느냐?"

김종서가 만나자마자 홍석이에게 물었다.

"모릅니다. 왜요? 알면 벼슬 주려고 그러십니까?"

"이두도 모르느냐?"

"이두고 삼두고 모른다니까요."

김종서는 한참 생각하다가 다시 물었다.

"홍득희도 글자를 모르느냐?"

"누님도 모릅니다. 젠장, 양반집 불 지르고 봉물짐 털러 다니는 화적이 글자와 무슨 인연이 있겠어요?"

김종서는 또 입을 다물고 한참 있었다.

홍석이의 키가 큰 편은 아니지만 김종서는 지나치게 작아 보였다. 앉은 모습을 보니 더욱 작게 보였다. 키와 벼슬은 관계가 없나 보다고 홍석이는 생각했다. 그러다가 문득 생각나는 것이 있었다.

"누님은 여진족 글자는 압니다. 여진족 두목들과 연락할 때는 여진족 글자를 쓰는 것 같았어요."

"정말이냐?"

김종서의 눈이 반짝였다.

한자는 백성의 문자가 아니다

홍석이는 객사에 불려가 다시 김종서를 만났다. 남씨의 치료를 하지 않는 날에는 김종서가 홍석이를 객사로 불러 이야기를 나누곤 했다. 화제는 주로 북방 변방의 여진족 풍습에 관한 이야기였다.

"내일 밤, 홍득희를 만나러 가도록 차비해 놓았다."

"예! 누님을요?"

홍석이는 김종서가 언젠가 그 일을 시킬 것이라고 짐작했다. 하지만 이렇게 빨리 이루어질 줄은 몰랐다.

"저 혼자 갑니까?"

눈치 빠른 홍석이가 궁금한 것부터 물었다.

"같이 갈 사람이 있다."

김종서는 역시 군더더기 없이 대답했다.

"누굽니까?"

김종서는 대답 대신 홍석이의 얼굴을 잠깐 쳐다보았다. 내심을 읽으려는 것 같았다.

"들어오너라."

김종서가 문 쪽을 향해 소리쳤다. 금방 건장한 사나이가 관복이 아닌 바지저고리 차림으로 들어왔다.

"석이야!"

사나이는 홍석이를 보자 반가운 목소리로 이름을 불렀다.

"이게 누구야! 오마지 아저씨 아니오?"

홍석이가 벌떡 일어서며 반색했다. 그는 경원 소다로에 있을 때 같이 여진족 틈에 끼여 살던 화척 송오마지였다. 마음씨가 착하고 충성심이 강해 홍득희의 말을 잘 따르던 사람이었다. 가죽으로 말안장을 만드는 기술이 뛰어나 일찍 한성으로 들어와 선공감 관노로 있으면서 말가죽 다루는 일을 하고 있었다.

"두 사람이 가까운 것 같군. 송오마지는 착하게 살면서 나라를 위해 일하는데 홍석이는 화적이 되어 나라 망치는 일을 하고 있으니 참 딱한 일이다."

김종서가 핀잔을 주었다. 그러나 두 사람이 반가워 손을 잡고 어쩔 줄 몰라 하는 모습이 흐뭇했는지 입가에 잔잔한 웃음을 띠고 있었다.

"우리가 화적떼가 된 것은 나리들의 잘못이 더 큽니다."

"감히 못하는 말이 없구나. 잡혀온 놈치고 너처럼 겁 없는 망나니는 내 처음 본다."

김종서는 두 사람을 나란히 앉히고 엄숙한 음성으로 지시를 내렸다.

"너희 둘은 내일 유시에 한성을 출발해서 홍득희의 산채로 간다."

"우리 둘만 갑니까?"

홍석이가 계속 의아해했다.

"그렇다."

고개를 갸웃거리며 홍석이가 다시 물었다.

"집의 나리, 그게 말이 됩니까? 우리는 둘 다 한패인데 도망치지 않고 돌아올 것이라고 생각하십니까?"

"그렇다."

김종서의 대답은 여전히 간단하고 자신에 차 있었다.

"가려면 아침나절에 출발해야지 왜 저녁 먹을 때 다 된 유시에 떠납니까?"

"이 일은 아무도 모르게 해야 하기 때문이다. 유시에 출발해서 밤중에 일을 다 마치고 돌아와야 한다. 그렇지 않으면 순라꾼들한테 들킬 염려가 있다."

"나리! 제가 그동안 나리의 사람됨을 잘 알게 되었기에 말씀드리는 건데……. 이건 스스로 함정에 빠지는 일입니다. 무엇 때문에 자청해서 화적을 놓아주려고 합니까? 정말 이해가 안 되는 일입니다."

그러나 김종서는 홍석이의 물음에는 더 이상 대답하지 않고 말을 이었다.

"홍득희가 여진 글자를 안다고 했지?"

"그렇긴 합니다."

홍석이는 금세 고분고분해졌다. 김종서가 자신을 믿고 중대한 임무를 맡기니 어깨가 으쓱해졌다. 이렇게 자신을 믿어주는 사람은 누나 홍득희밖에 없었다. 난생 처음 자신을 믿어 주는 사람을 만나니 마음이 저절로 순해졌다.

"여진 글자를 쓸 수도 있겠지?"

김종서가 다시 다져 물었다.

"여진족 두목들과 연락할 때는 여진 문자로 편지를 써서 보냅니다."

홍득희는 어릴 때 여진족 화척들 틈에 섞여 자라면서 그들 중 몇 명만이 쓰는 여진 문자를 익혀 알고 있었다. 여진 문자는 한글 같은 완전한 표음 문자가 아니고 이두와 비슷한 문자였다. 한자의 모양을 따서 만들었으나 간단해서 익히기가 아주 쉬웠다.

"두 사람이 홍득희를 만나라. 그리고 조정에서 홍 두목을 만나고자 한다는 뜻을 전하라. 그쪽에는 한자를 아는 사람이 아무도 없으니 우리의 뜻을 말로 전하고, 답장은 홍득희가 여진 문자로 쓴 것을 가져와야 한다."

"조정에서 누가 만나고자 합니까?"

홍석이가 물었다.

"그건 송오마지가 알고 있다. 산채에 가서 홍득희를 만난 뒤 편지를 받는 임무는 네가 아니고 송오마지다."

"그러니까 나는 보증인으로 가는 것이고, 소임을 맡은 사람은 오마지 아저씨다 이거군요."

홍석이가 약간 실망한 목소리로 말했다.

"녀석, 눈치 한번 빠르다. 그럼 점심이나 먹고 헤어지자."

김종서는 자신 있게 말했지만, 홍석이는 김종서가 참으로 무모한 짓을 한다고 생각했다. 송오마지나 자신을 믿을만한 구석이 어디 있다고 이런 일을 시킨단 말인가. 설사 자신과 오마지 아저씨가 돌아오고 싶어도 산채의 여러 소두목들이 자신들을 돌려보낼 것 같지 않았다. 자신이 돌아오지 못하면 김종서는 어떻게 화적 석방의 책임을 지려는 것일까.

세 사람은 옆방으로 갔다. 쌀밥에 생선과 각종 소채 반찬이 옥사식사에 비교할 바가 아니었다.

"음, 이만하면 임금님 밥상 부럽지 않군요. 그런데 소고기는 없네."

"임금님 밥상이 아니고 수라상."

송오마지가 주의를 주었다.

"소를 잡는 것은 너희 같은 신백정들이나 하는 짓이다. 소를 잡으면 법을 어긴다는 것을 알지 않느냐."

김종서가 조용히 말하며 먼저 수저를 들었다.

"너희들도 어서 먹어라."

"반상의 구별이 엄연한데 양반과 천민이 겸상한다는 것은 곤장 백대를 칠 불경 아닙니까?"

"허허허. 그놈 참 말도 많다."

이튿날 유시.

"그럼, 다녀오겠습니다."

홍석이와 송오마지는 각각 말 한 필씩을 타고 김종서에게 마상에서 인사를 하고 떠났다. 송오마지는 괴나리봇짐 하나를 말안장에 달고 있었다.

"아저씨, 그 보따리엔 금덩이라도 들었나요?"

한참을 달리다 문득 생각난 듯 홍석이가 물었다.

"이것? 하하하. 벼루와 먹, 그리고 종이라네. 종이는 넉넉히 가져가니 홍 두목한테 주고 올 거야."

"아저씨는 정말 다시 돌아갈 것입니까?"

"물론이지."

한동안 두 사람은 말없이 말을 탔다.

"왜 돌아갑니까?"

"그게 나라와 우리, 모두를 위해 좋은 일이니까."

송오마지의 답을 들은 홍석이는 고개를 갸웃하며 다시 물었다.

"아저씨는 누님 계신 곳을 어떻게 아셨습니까?"

"산채에서 나한테 한성부의 경계 상황을 물어보러 오는 간자가 있지. 그 사람이 알려 주었어."

"그렇다면 한성부나 병조에서도 알고 있을 것 아닙니까?"

"미행을 않는다면 모를 거야."

송오마지는 미행을 염려해서인지 가끔 뒤를 돌아보며 달렸다. 길도 일부러 남태령 고개를 넘어 가서 과천을 한참 둘러 다시 청계산으로 갔다.

두 사람이 청계산 입구에 도착했을 때는 초여름 해가 막 서산으로 떨어져 사방이 어두워질 무렵이었다. 한 식경 이상을 달려온 두 사람의 등이 땀으로 흠뻑 젖었다. 두 사람이 한참 계곡을 따라 올라갔다. 그 때, 횃불을 든 사람들이 여기저기서 불쑥불쑥 나타났다.

"웬 놈이냐! 멈추어라."

홍석이가 많이 듣던 목소리였다.

"김천용이 아닌가? 나야, 나."

"홍석이? 이럴 수가!"

김영기와 김천용 부자가 번을 서고 있었던 모양이다. 그들은 석이 일행을 반갑게 반기며 홍득희 두령에게 갔다.

"석이가 살아오다니!"

홍득희는 살아 돌아온 동생을 보자 눈물을 머금고 반겼다. 그리고 홍석이와 송오마지를 거처로 이끌었다. 높은 바위에 기대 천막을 쳐서 거처로 삼은, 제법 큰 공간이다.

"누님, 사람들을 모두 물리쳐 주세요. 긴히 할 말이 있습니다."

홍석이가 낮게 속삭였다.

홍득희가 손짓을 하자 부하들이 모두 천막 밖으로 나갔다.

"누님, 나는 곧 돌아가야 합니다. 왜 가야 하는지는 묻지 마세요."

사실 홍석이 자신도 왜 돌아가야 하는지는 잘 몰랐다. 송오마지는 모두를 위해 돌아가는 게 옳다고 했지만, 무엇이 모두를 위한 것인지 알 수가 없었다. 그러나 지금은 자신을 믿어 주는 김종서의 믿음을 저버리고 싶지 않았다.

"나중에 다 알게 될 것입니다."

홍석이는 자신이 하고 있는 생각을 홍득희에게 전했다. 지금은 모르지만 나중에는 자신도 왜 돌아가야 하는지 알 수 있을 것 같았다.

"지금은 같이 온 송오마지의 이야기를 잘 들으세요. 모두를 위한 일이니까요."

곧 송오마지가 천막 안으로 불려 들어왔다.

"나는 홍석이와 함께 곧 돌아가야 합니다."

송오마지도 돌아가야 한다는 말부터 꺼냈다.

"돌아가면 목이 달아날 게 뻔한데 간단 말이냐?"

홍득희는 영문을 모르겠다는 표정이었다.

"돌아가서 더 큰일을 도모해야 합니다. 석이는 사헌부 나리의 신임을 얻어 왕실 대군 부인을 치료하고 있습니다."

"그게 정말이냐?"

홍득희가 적이 놀랐다.

"우리가 언제까지 이렇게 화적질하며 살 것입니까. 이러다가는 언젠가 관군에게 잡혀 망나니가 휘두른 칼날에 목이 달아나겠지요."

홍득희는 잠자코 들었다.

"다행스럽게도 지금 임금은 우리 같은 천민을 양민으로 살게 해주려고 힘쓰고 있습니다. 조정에 우리 뜻을 전해야 합니다. 그러기 위해서는 홍 두목이 조정의 뜻있는 사람들과 만나야 합니다."

"그게 가당하기는 한 일이냐?"

홍득희가 크게 한숨을 내 쉬었다.

"가당하니까 조정에서 저희 둘을 보낸 것 아니겠습니까."

송오마지는 보따리를 풀어 종이와 벼루, 붓을 내놓았다.

"두령님. 여기에 언제 어디서 만나겠다는 약조와 신표를 써 주십시오. 그러면 저와 석이가 돌아가서 전하겠습니다. 그러면 조정과 우리가 비밀리에 홍정할 틈이 만들어질 것입니다."

"누군가 위험한 일을 시작했군. 그렇다면 내가 쓴 글을 누가 읽는다는 것인가?"

홍득희가 여전히 미심쩍어하며 물었다.

"아마도 주상전하께서 명을 내리신 것 같습니다."

"임금이?"

홍득희의 눈이 휘둥그레졌다.

홍득희는 눈을 지그시 감고 한참을 미동도 하지 않았다. 그러다가 마침내 붓을 들었다.

"석이가 돌아간다고요? 절대로 돌려보내선 안 됩니다."

홍석이가 이별을 고하고 떠나려 하자 소두목 강원만이 강력하게 말렸다.

"보내면 안 됩니다."

박무도 못 가게 말렸다.

두 사람은 송오마지는 별로 의심하지 않았다. 관에 있으면서 간자를 통해 산채에 이런저런 정보를 주었기 때문이다. 그러나 옥사에 갇혀 있어야 할 홍석이가 석방되어 갑작스럽게 나타나자 영 미덥지 않은 모양이었다. 게다가 바로 돌아가겠다고 하니 더욱 의심쩍은 표정이었다.

"내가 중대 임무를 내렸다. 그러니 보내 주어라."

홍득희가 두 사람을 제지했다. 두목이 나서자 두 사람은 마지못해 물러섰다. 송오마지와 홍석이는 말에 올라 채찍을 높이 들었다.

그날 밤 술시가 넘어서야 두 사람은 남대문에 이르렀다. 성문이 닫히기 직전, 성 안으로 들어갔다.

"돌아왔습니다."

두 사람은 객사에서 김종서를 만나 홍득희의 밀서를 전달했다.

임금은 자주 드나들던 신빈 김씨가 아들을 낳자 별당 출입을 삼가했다. 다른 후궁들도 찾지 않았다. 대신 소헌왕후를 찾아 교태전 출입을 자주 했다.

"여자가 아이를 생산하는 일은 대단히 신기하고 위험한 일이란 것을 잘 알고 있소. 중전은 참으로 어려운 임무를 잘 해낸 사람이오."

"무슨 새삼스러운 말씀입니까. 그런 이치를 아셨다면 신첩의 뜻, 하나만 받아 주시지요."

소헌왕후가 웃으면서 말했다.

"지금까지 한 번도 청탁한 일이 없는 중전이 그런 말을 하다니, 참으로 세월이 많이 흐른 것 같소. 무슨 말인지 해 보시오."

두 사람이 다과상을 앞에 놓고 다정한 밤을 보내고 있었다.

"관아에서 일하는 여자 종은 아기를 낳을 때 칠 일만 쉬게 합니다."

왕은 처음 듣는 이야기라 왕후의 다음 말을 기다렸다.

"쉬는 기간이 너무 짧아 아이를 돌볼 틈이 없어 어미로서 한이 많은 것 같습니다. 이런 제도를 반드시 지켜야 하는지요?"

임금이 고개를 가로저었다.

"옳지 않은 제도라면 고쳐야지요. 그렇다면 말미를 늘리는 게 좋겠다는 말씀이시오? 한 달쯤 말미를 주면 어떻겠소?"

"황송하옵니다. 산후에 한 달간 말미를 준다면 대단히 좋은 제도가 될 것입니다. 하오나 좀 더 은혜를 베푸실 수도 있습니다."

소헌왕후가 또 웃으며 말했다.

"산기를 느껴 급히 집으로 가다가 길에서 출산하는 경우도 있다고 합니다. 산전에도 한 달간 말미를 주는 것이 어떠하신지요?"

"하하하. 그건 그냥은 안 되겠소."

임금은 소헌왕후의 허리를 한 팔로 감아 안았다.

"전하……."

두 사람의 웃음이 교태전의 밤을 흐뭇하게 했다.

이튿날 상참에서 임금은 관노는 물론 사가의 노비들도 출산 말미를 늘리라고 명을 내렸다.

"옛 제도를 고치는 것이 반드시 옳은 일은 아니기 때문에 옛 제도나 관습을 그대로 지키고 따랐습니다. 하지만 군주가 그 시대에 맞게 제도를 고치는 것은 당연한 일이라 생각하오. 지난번 참의 관존중이 관아 혁신안을 내놓았는데 그대로 시행한 결과 봉록이 3천여 석이나 절약된 일이 있었소."

임금은 자신이 제도를 고치는 연유를 자상하게 설명하였다.

"혼인과 출산에 관계된 일은 소홀하기 쉬운 법인데 관비의 일까지 챙겨 주시니 성은이 망극하여이다."

예조판서 신상이 아뢰었다.

"혼인 같은 풍속은 대단히 중요한 인륜의 대사요. 유정현 대감이 일찍이 과인에게 말하기를, 고려 때는 왕실에서는 같은 성끼리 혼인하고 백성들도 그렇게 했기 때문에 정몽주가 고치려고 애를 썼으나 되지 않았다고 하더군요. 같은 성끼리 혼인하면 자손이 번성하지 못한다 하오. 고려가 5백 년에 망한 것은 거기에도 원인이 있지 않을까 생각하오."

좌의정 황희가 말했다.

"옛 사람 중에는 조카를 왕비로 삼은 예도 있습니다."

임금이 말을 이었다.

"5촌이나 6촌도 금혼하도록 한 법은 좋은 법이오. 그런데 장성한 남녀가 오래도록 결혼을 못하게 되면 불미스러운 일이 생기니 조심할 일이오."

"지금은 친척끼리 혼인하는 일은 없습니다."

우대언이 말했다.

"남녀의 유별은 중요한 일이오. 남편이 아내의 자매와 마주 보는 경우가 있는데 금지해야 할 일이오. 과인이 일찍 조모(趙某)의 딸을 궁중으로 데려오고 싶었는데 조모가 과인과 7촌간이었소. 다른 이유 때문에 데려오지는 않았지만……. 근친의 혼인 문제는 중대한 일이오."

상참이 파하자 임금은 김종서를 편전으로 불렀다.

"어제 밤에 홍석이와 송오마지가 홍득희를 만나고 왔습니다."

김종서의 보고를 듣자 임금은 대단히 기뻐했다.

"그래? 무사히 돌아왔단 말인가?"

"예, 그러하옵니다."

"그자들이 도망가지 않고 왔다니 놀라운 일이오."

김종서가 말을 이었다.

"그들의 산채가 어디에 있는가를 병조나 한성부에서 알게 된다면 가만 두지 않을 것입니다."

김종서가 걱정하자 임금이 안심시켰다.

"당분간 그들의 소굴이 노출되지 않게 하시오. 그리고 이번 일의 공로를 생각해서 홍석이는 면죄하는 것이 좋을 것 같소."

"분부대로 성지를 시행하겠습니다."

김종서는 소매 속에서 서찰을 꺼내 임금에게 바쳤다.

"홍득희가 써 준 서찰이옵니다."

"읽어 보았소?"

서찰을 펼치면서 임금이 물었다.

"신은 보아도 읽을 수가 없습니다. 오랑캐들의 글자이옵니다."

"호오, 이게 여진족 문자란 말이지."

임금은 호기심 가득한 눈으로 서찰을 살폈다. 서찰은 여러 장으로 되어 있었다. 맨 끝에는 다리가 세 개 달린 까마귀 모양인 삼족오(三足烏)가 그려져 있었다. 홍득희의 수결(手決)인 듯했다. 임금은 글자가 신기한 듯 한참을 들여다보다가 말했다.

"한자를 따다가 만든 이두와 비슷하구나. 이 그림은 고대 우리 선조가 쓰던 삼족오 아니오?"

"그러하옵니다."

"홍득희는 자신이 조선 사람이라는 것을 명확하게 알리려 한 것 같군."

임금은 홍득희가 짐작보다 더 영민하다는 생각을 했다. 임금은 편지를 읽으려고 애를 썼으나 결국 한마디도 읽지 못했다.

이튿날 임금은 집현전에 들러 정인지, 최항 등을 불렀다.

"변방 민족도 문자를 쓰고 있다고 들었는데 어떤 문자들이 있소?"

정인지가 대답했다.

"몽고와 거란, 여진, 서번(西蕃)등의 문자가 있는 걸로 아룁니다."

"경은 과연 해박하구려. 여진 문자는 모양을 보니 한자를 본따서 만든 것 같은데……."

"소신은 본 적이 없습니다만 아마도 우리의 이두와 비슷한 것 같사옵니다. 문헌에 보면 금나라 때 중국 전역에서 한때 사용되었다고 합니다. 모양은 거란 문자와 비슷하고, 금나라 왕이 만들었다고 합니다. 배우기 쉽고 읽기 쉬워 아직 일부 동북쪽 여진족 사이에서 사용하는 것으로 알고 있습니다."

"장서각에는 여진 문자에 관한 문헌이 없는 거요?"

최항이 대답했다.

"없는 것으로 알고 있습니다."

"여진 문자는 소자(小字)와 대자(大字) 두 종류가 있는데 지금 동북지역 일부 여진족이 쓰고 있는 것은 3대왕인 희종(熙宗)이 만든 소자라고 합니다."

정인지가 다시 아뢰었다.

"중국에는 여진 문자를 해독하기 위해 여직관역어(女直館譯語)가 있다고 합니다."

최항이 대답했다.

"집현전에서 한자 이외의 문자를 연구하는 사람들을 모아보시오."

임금의 말에 최항이 이의를 달았다.

"오랑캐의 글씨를 연구해서 무엇에 쓰겠습니까?"

"오랑캐 문자, 오랑캐 문자 하지 마시오. 글자란 쉽게 배워 널리 쓸 수 있어야 한다고 생각하오. 몇몇 사람만 뜻을 알고 몇몇 사람만 독점하는 글자라면 그것은 글자가 제 몫을 다 못하는 것이오."

임금은 평생을 배워도 그 뜻을 제대로 알 수 없는 한자를 빗대어 말했다. 여진족 글자는 홍득희 같은 화적도 쉽게 배워서 쓰고 있다니, 백성들 편에서 보자면 그 글자가 한자보다 나은 것 아니겠는가.

"역관 중에 여진족 문자를 아는 자를 찾아서 과인한테 보내시오."

사정전으로 돌아온 임금은 예조판서 신상을 불러서 명했다.

"사역원에는 아는 자가 없고 동북 지방 관아에 있습니다. 곧 한성으로 불러오겠습니다."

"서둘러 불러오시오."

임금은 예판을 보낸 뒤 혼자 여러 상념에 사로 잡혔다.

홍득희가 여진 문자로 보내온 서찰 한 장이 임금에게 커다란 자극을 주었다. 일개 화적도 문자를 알아서 편리하게 쓰고 있는데, 조선에는 조선 문자가 없어 백성들이 모두 까막눈이었다. 한문을 문자로 쓰고 있었지만, 너무 어려워서 글공부를 업으로 삼는 양반들만 알 수 있었다. 그 양반들조차 어려운 뜻을 새기느라 평생을 글에 매달려 허송세월하는 경우가 허다했다. 시간 낭비가 이만저만이 아니라는 생각이 들었다.

'양반뿐 아니라 일반 백성도 쉽게 배워 널리 통용되는 문자가 있어야 되겠어.'

임금은 지신사 정흠지를 불러 명했다.

"장서각은 물론, 대신들은 변방 민족의 언어에 관한 책이 있으면 모두 가져오도록 하시오. 중국에 가는 사신에게도 일러 그런 종류의 책을 구해 오도록 하시오."

"마침 다음 달에 떠나는 사은사가 있는데 선지를 전하겠습니다."

정흠지가 난데없는 명에 어리둥절하면서 물러갔다.

천민은 법을 몰라야 한다

세종이 보위에 오른 지 10년이 훨씬 지났다. 태종의 뒤치다꺼리나 하던 시절을 벗어난 지도 오래 되어 이제 진정한 군왕으로서 목민 정책을 이루어가고 있었다. 정치를 하는 동안 가장 어려운 문제에 부닥치는 것은 일반 백성과 천민들의 문제였다. 천민들도 한 인간으로서 선천적으로 타고난 권리가 있다는 것을 절실히 느꼈다. 사람은 태어나면서부터 반상(班常, 양반과 상사람)의 구별이 있는 게 아니라는 불교의 교리를 알면서부터 이러한 생각은 더욱 굳어졌다.

그러나 현실은 이를 용납하지 않았다. 그것이 임금의 가장 큰 고뇌였다.

홍득희가 쓴 여진 문자 편지는 임금에게 쉬운 문자에 관한 관심을 더욱 크게 부추겼다.

어느 날 상참이 끝날 무렵, 임금이 대신들의 의견을 물었다.

"어리석은 백성이나 천민들은 법률 조문에 의해 죄의 크고 작음이 정해진다는 것을 알지 못하오. 죄가 내려진 뒤에야 자기의 죄가 얼마나 되는지를 알 뿐이오. 만약에 백성들이 자신의 행동이 죄가 된다는 것을 미리 안다든가, 알고 있더라도 얼마나 큰 죄인지를 안다면 잘못된 행동을 미리 막을 수도 있을 것이오. 큰 죄가 되는 조항만이라도 뽑아 이두로 번역하여 민간의 어리석은 남자와 어리석은 여자들이 익히 알고 죄를 짓지 않도록 하는 것이 어떻겠소?"

이조판서 허조가 아뢰었다.

"신은 폐단이 일어날까 두렵습니다."

"폐단이라니요?"

임금이 뜻밖의 말에 대해 되물었다.

"백성이 죄의 크고 작음을 샅샅이 알게 되면 법을 두려워하지 않으면서 제 마음대로 농간하는 무리가 반드시 생길 것입니다."

임금은 대단히 언짢은 표정으로 말했다.

"그렇다면 백성들이 알지 못하면서 죄를 짓게 두는 것이 옳단 말이오?"

임금의 목소리가 워낙 크자 허조는 고개를 푹 숙였다.

"물론 착한 백성을 두고 아뢴 말씀은 아닙니다."

임금이 꾸짖듯이 계속 말을 이었다.

"백성에게 법을 알지 못하게 숨기고 죄 짓고 난 다음에 처벌하는 것은 떳떳하지 못한 조삼모사(朝三暮四)의 술책에 불과한 것이오. 예로부터 우리의 선조께서 모든 사람이 율문을 읽게 한 것은 많은 사람들이 법을 알도록 하자는 의도에서 한 일이 아니겠소?"

"황공하옵니다."

허조가 기어들어가는 목소리로 말했다.

"경들은 어떻게 하면 많은 백성이 경전의 율문을 익히고 알아서 죄를 짓지 않도록 할 수 있는지 의논하여 아뢰도록 하시오."

임금은 비단 이조판서 허조뿐 아니라 조정의 많은 대신이 그와 비슷한 생각을 가졌으리라고 짐작했다. 그래서 자신의 생각을 좀 더 자세히 풀었다.

"법은 그 무서움을 보여 주어서 미리 막는 것이 중요하오. 궁궐을 지키는 시위 군사가 칼을 차고 창을 들고 있는 것은 이곳은 금궁이니 함부로 드나들지 말라는 위엄을 보이는 것이지 그 창칼로 모르고 들어오는 사람을 그냥 찌르라는 것이 아닌 것과 같은 것이오."

임금은 생각난 듯 이어 말했다.

"우리 조정의 대신들은 입조할 때 칼을 차지 않는데, 중국에서는 문신이나 무신이나 모두 칼을 차고 입시한다고 하는데 맞는 말이오?"

"태종 때 찬성 정역이 명나라에 사신으로 갔다 와서 보고하기를 중국에서는 문신도 칼을 찬다고 하였습니다."

황희가 대답했다.

"경들은 무반 재상일지라도 칼 차는 것을 부끄럽게 생각하는 것 같소. 심지어 외부에 거동할 때도 관노비 등을 시켜 칼을 가지고 따라오게 하니 이는 중국과 매우 다른 점이오. 경들은 옛 제도를 상고하여 그것도 아뢰시오."

임금이 집현전 응교, 교리 등 젊은 선비들을 불러서 일렀다.

"이조판서 허조가 백성들이 율문을 알게 되면 쟁송이 그치지 않을 것이요, 윗사람들을 능멸하는 폐단이 있을 것이라 했다. 그러나 과인은 그와는 반대로 생각하오. 모름지기 일반 백성이나, 신백정 같은 천민이 법을 알아서 두려워하고 피하게 하는 것이 옳다고 생각하오. 집현전의 모든 관심 있는 관원들은 백성이 법률을 익히게 하는 방법을 깊이 연구했으면 하오."

함길도에서 여진 글을 잘 안다는 역관 이용하가 열흘만에 한성에 도달하여 득달같이 경복궁으로 들어왔다.

김종서는 이용하에게 단단히 주의를 주었다.

"지금부터 전하 앞에서 일어나는 일은 경복궁 내의 영제교를 나갈 때 모두 잊어야 한다."

"분부대로 하겠습니다."

"만약에 입을 벙긋했다가는 목숨을 부지하기가 어려울 것이다."

"명심하겠습니다."

이용하는 겁을 잔뜩 먹어 목소리가 기어들어갔다.

임금은 편전에서 김종서와 함께 들어오는 이용하를 맞았다. 이용하는 넙죽 엎드려 절을 했다.

“여진 문자를 어디서 배웠느냐?”

“신은 원래 함길도 북변 출신이라 여진족 마을에서 살다가 귀화하여 임용되었습니다.”

“이 문자가 여진 문자 맞느냐?”

임금이 홍득희의 편지를 펴 보였다.

이용하는 편지를 펴 놓고 찬찬히 살펴본 뒤 말했다.

“문법이 많이 틀리기는 합니다만 뜻은 알 수 있습니다.”

“그러면 거기 앉아서 천천히 번역해서 써 보아라.”

임금이 김종서한테 필묵과 종이를 주도록 일렀다.

이용하는 긴장해서인지 이마에 땀을 흘리고 붓대를 쥔 손이 떨렸다. 그러나 그는 오래 걸리지 않아 석 장으로 된 홍득희의 편지를 모두 번역했다.

임금은 번역된 편지를 안상에 올려놓고 천천히 읽기 시작했다.

이 편지를 어느 높은 어른이 읽게 될지는 모르지만 제 소망은 꼭 임금님께 보여 드리는 것입니다.

임금님.

임금님은 이 나라 억조창생의 어버이십니다. 왕비님으로부터 풀 한 포기에 이르기까지 모든 생명 있는 것의 어버이십니다. 이 땅에서 태어난 모든 사람은 이 땅에서 하고 싶은 일을 하면서 살아갈 권리가 있습니다.

어떻게 태어났느냐를 따지지 말아야 합니다.

저는 화전민의 딸로 태어나 아무런 죄를 짓지 않았음에도 쫓기며 살아야 했습니다.

이 땅에는 저처럼 태어난 자체가 죄가 되어 고생하는 밑바닥 백성이 너무나 많습니다. 함길도 북쪽 변경에는 소를 잡아 소고기를 팔고 쇠가죽으로 물건을 만들어 파는 화척이 무척 많이 있습니다. 소를 잡아 먹는 것은 여진족에게 죄가 되지 않습니다. 왜냐하면 여진족은 소로 농사를 짓는 일이 드물기 때문입니다. 소고기를 먹는 여진족은 힘이 세고 몸이 튼튼합니다. 훌륭한 병사가 되기도 합니다.

임금님. 우리나라에도 소를 더 많이 기르고 잡아서 고기를 팔게 하고 그 가죽으로 신백정들이 물건을 만들어 살게 해 주십시오.

저의 어머니는 관원에게 잡혀 치욕을 당하고 죽었습니다. 아버지는 아무 잘못도 없이 어머니를 구하려다 죽었습니다. 그러나 부모님의 원수들은 어떤 벌도 받지 않았습니다. 양반으로 태어난 사람은 이렇게 죄를 지어도 잘못이 없는 건가요.

명나라로 가는 봉물짐을 빼앗아 본 적이 있습니다. 그렇게 엄청나고 좋은 물건이나, 이 땅의 처녀들, 말과 소를 명나라로 꼭 보내야 합니까? 그렇다면 명나라는 이 세상의 양반이고 조선은 신백정이란 말입니까?

임금님은 양반뿐만 아니라 온 백성을 위해 새로운 제도를 많이 만드신다고 들었습니다. 저희 같은 불쌍한 사람들이 벌레처럼, 짐승처럼 살지 않게 하여 주십시오. 그러면 불 지르고 도둑질하는 일이 없을 것입니다.

저를 불러 주시면 이 목숨 아깝게 생각지 않겠습니다.

무례를 용서하십시오.

홍득희 아뢰었습니다.

임금은 글을 다 읽고 착잡한 심정을 감출 수 없었다. 조선은 분명 반상의 구별이 있는 나라였다. 어디에 태어났느냐에 따라 평생 귀하게 사느냐, 천하게 사느냐가 결정된다. 그것이 조선의 인륜이요, 모든 도덕의 기초가 된다. 그런데 불씨는 태어나는 것만으로 사람의 귀천을 따져선 안 된다고 했다. 그것을 신백정인 화적 홍득희가 똑같이 주장하고 있었다.

임금은 홍득희가 자신의 생각을 알고 있는 듯하여 반가우면서 동시에 등이 서늘해졌다. 양반들이 이런 생각을 알면 어떻게 나올지 뻔히 짐작할 수 있기 때문이었다. 그러나 자신의 생각이 올바르다는 것을 홍득희의 서찰에서 확신할 수 있었다. 한 번도 만나지 못한 홍득희였지만, 임금은 오랜 동지를 만난 듯 반가웠다.

'화적 여인도 이런 생각을 하는데…….'

임금은 홍득희의 서찰을 다시 집어 들며 얼굴이 화끈 달아올랐다. 자신이 임금으로서 남달리 일반 백성을 지극히 생각하고 있다고 은근히 자부심을 가졌던 것을 깨달았기 때문이었다.

'당연한 일을 하면서도 남다른 군왕이라고 자만하다니…….'

임금은 민망한 마음에 홀로 수염을 쓰다듬었다.

홍득희의 편지 중에 소를 잡게 해달라는 것도 그냥 넘길 문제가 아니었다. 소를 잡지 못하게 하는 것은 물론 농사를 위한 것이지만, 소고기가 사람의 몸에 좋고 백정들의 생활 수단으로도 쓰이기 때문에 소의 수량을 많이 늘리면 굳이 금할 일도 아닌 것 같았다.

중국은 양반이고 조선은 천민이냐는 날카로운 지적도 가슴에 와 닿았다.

'사대를 하는 것이 과연 국가의 정도인가?'

임금은 자문해 보았다.

지금까지는 사대가 정도였다. 그러나 홍득희는 지금 사대에서 벗어나는 것이 부도덕한 일이 아닐 수도 있다고 임금을 일깨워 주고 있었다.

임금은 홍득희의 편지를 다시 펴놓고 자세히 보았다.

한 글자도 읽을 수는 없지만 한자의 획을 따다가 만든 것은 틀림없는 것 같았다. 그 글씨의 획이 때로는 준령처럼 힘있게 뻗기도 하고 강인한 나무 둥치처럼 믿음직하게 느껴지기도 했다. 그런 한편 유연하게 휘어진 필치는 온화한 느낌을 주기도 했다. 힘찬 획에서는 부왕 태종의 기개를 보는 듯하고, 강인한 밑동치는 원경왕후의 모습을 보는 듯했다. 그리고 유연한 곡선에서는 소헌왕후의 절제된 너그러움이 느껴졌다.

'홍득희를 꼭 만나야겠군. 도둑 무리의 처녀가 이런 생각을 하고 있다니. 조정의 대소신료 중에는 이만한 생각을 하는 이가 없어.'

임금은 하찮은 도둑 무리의 여두목에게 끌리는 마음을 감출 수가 없었다.

"역관은 나가서 기다려라."

이용하가 절하고 뒷걸음질로 나가자 임금은 김종서를 보고 말했다.

"홍득희를 데리고 오는 방책을 세우시오. 소문이 나면 대소신료가 벌떼처럼 일어날 테니 엄중히 비밀을 지키시오."

임금은 며칠 동안 홍득희의 편지를 곰곰이 생각했다. 생각할수록 무엇인가 해야 한다는 생각이 자꾸 들었다. 홍득희의 모습에 대해서도 궁금증이 생겼다. 여자가 말을 타고 쏜살같이 산악을 달리면서 능숙한 솜씨로 활을 쏘는 모습을 여러 번 상상해 보았다.

임금은 지신사 정흠지를 불렀다.

"지난달인가 함길도에서 올린 상계가 있었는데 그것을 다시 좀 찾아오시오."

"함길도라면 찰방 신인손이 올린 것 말씀이신가요?"

"찰방인지 찰밥인지는 모르겠으나 소 잡는 백정 이야기에 대한 것 말이오."

임금이 안 하던 농을 건네자, 지신사가 웃음을 감추고 돌아서서 나갔다.

얼마 있다가 정흠지가 신인손의 상계를 대령했다.

임금은 상계를 다시 읽어 보았다.

"본도 백성이 혹 술로 인한 조그만 잘못이나, 싸움으로 인한 분노나, 혼인을 꾀하다가 뜻대로 안 되는 등 사소한 화를 참지 못해 범죄를 저지르는 일이 많습니다. 그 가운데 바람 부는 날 밤중에 남의 집에 불을 질러 복수하려는 자도 있었습니다. 특히, 소를 잡아서 무당에게 바치며 저주로 복수를 하려는 사람들이 수백 가구나 됩니다. 그뿐 아니라 손님 대접이나 자기들이 먹기 위해 꾸준히 소를 잡아, 도살되는 소가 일 년에 수천 마리에 이릅니다.

법률이 있지만 이들은 아랑곳하지 않습니다. 감독 관서로 하여금 폐습을 고칠 수 있도록 청합니다."

임금은 홍득희가 말하는 것의 일부를 확인할 수 있었다. 범죄를 행하는 것은 감독해야 하지만, 소 잡는 일 자체를 금하는 것은 과연 어떻게 해야 할지 좀 더 숙고해 봐야겠다는 생각이 들어 비답을 내리지 않았다.

임금은 황희 정승을 불러 특별히 당부했다.

"한성부와 전국 관찰사에 알려 신백정 중에 효도한 자 등 착한 일을 한 사례를 조사하여 상참 때 여러 대신들이 있는 자리에서 보고

하게 하시오."

"예. 이조에 선지를 실행토록 하겠습니다."

며칠 뒤, 편전(便殿)에서 임금께 국무를 아뢰던 중이었다.

"소를 잡는 일을 금지하고 있는데 이 제도에 대하여 경들은 어떻게 생각하고 있소?"

임금이 묻자 형조참판 정초가 아뢰었다.

"경제육전에 이르기를, 먹는 것은 백성의 근본이 되고 곡식은 소의 힘으로 이루어진다 하였습니다. 따라서 조선에서는 일찍부터 금살도감(禁殺都監)을 설치하여 백성이 임의로 소를 도살하는 것을 막고 있습니다. 중국에서도 소고기의 판매를 금지하는 법이 있습니다. 이는 소를 중히 여기고 민생을 후하게 하는 방편입니다. 이 법이 지켜지지 않는 것은 오직 신백정 때문입니다. 요즘 들어 화적떼와 함께 신백정의 우마 도살이 극심합니다. 이 간악한 짓을 근절하기 위하여 군관으로 하여금 수시로 죄를 캐묻고 벌주어 그들의 근거지에서 움직이지 못하게 해야 할 것입니다."

정초 말에 임금은 심기가 편하지 않았다. 그러나 소고기 불가론은 계속되었다.

"간혹 민가에서 소고기를 먹다가 들키면 태형 50대에 그치니 사람들이 이를 가볍게 여겨 다시 소고기를 먹게 됩니다. 매우 부당한 일입니다. 금후부터는 이런 사정을 알고도 소고기를 사먹는 자는 물론이고 고기가 나온 출처를 엄밀히 조사하여 수색, 체포하고 엄벌함이 타당하다고 아뢰옵니다."

한성부윤 이명덕이 열변을 토했다.

"소고기가 뭐 사람 고기라도 되는 양 중히 여기는데 소고기는 소고기일 뿐이오. 다른 얘기 좀 합시다."

이조참판 성엄이 재빨리 화두를 바꾸었다.

"신 성엄 삼가 아뢰옵니다. 황해도 감사의 보고입니다. 옹진에 나이 아홉 살인 신백정 아들의 효행입니다. 신백정 양인길이 오랫동안 고질병을 앓고 있었는데, 그 아들 양귀진이 아비가 사람의 고기를 먹으면 낫는다는 말을 듣고 손가락을 잘라 구워 먹여 아비의 병을 낫게 하였다 합니다."

"그게 바로 사람 고기 이야기군요. 비록 천민의 아들이지만 효성이 지극하니 표창함이 가하다고 아뢰옵니다."

예조판서 신상이 아뢰었다.

"반드시 사람 고기로 나았다고 하기는 어려우나 어린아이의 효성이 장하오. 예판의 말대로 하시오."

임금이 지시하였다.

"경상도 고성에 거주하는 신백정의 몸집 큰 처가 한꺼번에 사내아이 둘과 계집아이 하나를 낳았다고 합니다. 그러나 가난하여 세 아이를 한꺼번에 키우기가 힘들 듯 합니다."

"허허허. 셋 중에 아들이 둘이라니 다행이구려. 콩 열 말과 미역을 내리라고 경상 관찰사에게 이르시오."

임금이 웃자 모두 큰 소리로 한바탕 웃었다.

"사천현에 사는 참봉 잉읍실(仍邑實)이 신백정 박문의 처가 눈에 거슬린다고 발로 차서 낙태를 하게 하였습니다. 율문대로 하면 응당 교수형에 처해야 합니다."

웃음을 터뜨리던 대소 신료들이 갑자기 웃음을 뚝 그쳤다.

"육전에 적힌 대로 함이 타당하다고 아뢲니다."

형조참판 정초가 말했다.

"형률을 어기기는 어렵지요. 신백정이나 노비 같은 천민들도 그들의 일에 충실하고 열심히 살고 있다는 것을 잊어서는 아니 되오."

임금이 대신들을 다시 한 번 둘러보고는 말을 이었다.

"불씨의 말을 믿는 것은 아니지만 인간은 생로병사의 길을 간다고 하였소. 이는 누구도 피할 수 없는 길이오. 군왕인 과인이나 세쌍둥이를 낳은 백정의 처나 다 같은 길이 아니겠소?"

대신들은 몹시 당혹한 표정을 지었다. 조회에서 임금이 부처의 말을 인용하고 백정과 지존을 동급으로 비유하는 것이 당치 않은 일이기 때문이다.

"그렇게 놀랄 것까진 없소. 과인이 평소 생각했던 말을 한번 해 본 것이오."

임금은 조금 뜸을 들인 뒤에 다시 선지를 내렸다.

"백정을 비롯한 천민들도 나라를 위해 할 일이 있다면 차별을 줄이고 등용해야 할 것이오. 바깥쪽에 산재한 신백정은 각도 경차관으로 하여금 감사와 의논하여 처자가 있는 자는 모여 가정을 이루게 하고 농사를 제대로 짓게 하시오. 재질이 있는 자는 군졸 요원으로 권고하시오. 정역과 봉족(奉足)을 나누어 군적을 만드시오. 늙고 병든 자는 정역에서 제외하고 모두 장정으로 채우시오."

봉족이란 군역 등으로 나라 일을 보러 나간 집에 가서 가사를 도와주는 사람을 말한다.

"예. 분부 명심하여 거행하겠습니다."

병조판서가 대답했다.

"일전에 예조에서 올리기를 백정에게 군역을 정하자고 하였지요. 군역뿐 아니라 백정의 자녀 중에도 독서를 원하는 자가 있으면 글을 읽게 하시오."

이날 조회에서 내린 세종의 선지는 훗날 대신들에게 커다란 논란을 일으켰다. 그러나 이 일로 임금에게 상서를 올린 대신은 없었다.

홍석이와 송오마지는 김종서의 명을 받고 두 번째로 홍 두목의 산채를 찾았다. 홍득희는 다른 사람을 모두 물리치고 천막에서 석이, 송오마지와 마주 앉았다.

"그래 내 편지는 임금님에게 잘 전달이 되었느냐?"

홍득희가 가장 궁금해 하는 일을 물었다.

"확실히는 모르지만 아마 보셨을 것입니다."

홍석이가 대답했다.

"궁궐로 들어오는 방법을 강구하라 하셨으니 전하께서 읽으신 것이 틀림없습니다."

"나를 궁중으로 들어오라고?"

홍득희의 눈이 휘둥그레졌다.

"그냥 가정집 규수로 변장하고 가마를 타고 한성으로 들어오면 아무도 모를 것입니다."

송오마지가 김종서의 계획을 말해 주었다.

"여기 옷과 신발을 가지고 왔습니다."

홍석이가 보따리를 내놓자 홍득희가 풀었다. 비단 치마 저고리, 쓰개치마, 당혜, 수주머니, 노리개 등이 나왔다.

"이건 양반집 마님 옷인데."

홍득희가 환하게 웃었다. 귀부인 옷을 보고 저절로 웃음이 나오는 것을 보면 자신이 여자는 여자라는 생각이 들었다.

"모레가 의금부 옥사를 습격하기로 한 날인데 그것을 늦추어야겠구나. 모레가 초하루니까 초이렛날을 잡아서 차비하라고 하지."

홍득희가 결정을 했다. 송오마지와 홍석이는 밤을 이용해 산채를 빠져나왔다. 그러나 이번에는 두 사람을 남태령에서부터 따라온 그림자가 있었다. 홍석이는 전혀 눈치를 채지 못했다.

강상의 죄를 막아라

세종은 홍득희를 보면서 정치에 대해 새로운 생각을 가다듬었다. 먹고 입을 것 걱정하지 않으면서, 인륜의 도를 어기지 않고 편안하게 잘 사는 것을 태평연월이라 하지 않는가. 이 기본적인 문제를 원만하게 해결해주는 것이 정치를 맡은 사람들의 책임일 것이다.

그 중에서 인륜의 도를 지키지 않음이 임금을 자주 괴롭혔다.

진주에 사는 백성이 아비를 죽였으니 참형에 처해야 한다는 형조의 상계가 올라왔다. 또 함양에 사는 조충(趙忠)이란 백성이 형 조열과 늘 반목하며 살더니 마침내 형을 죽였다고 조카들이 고발한 사건과 교하에 사는 흔만이란 자가 아버지를 때려 실신하게 한 죄로 잡혀와 있다는 상계가 올라왔다.

나라의 녹을 먹고 있는 이효성(李孝誠)이란 관원은 아버지의 상중에 기생과 동침하고 음란하게 놀아나는 것을 사헌부에서 고발하였다. 이효성은 율문에 의하면 화간이라 곤장 80대에 해당하지만, 이 경우는 강상의 죄에 속하므로 곤장 백 대를 쳐야 한다는 게 상소의 내용이었다.

"비록 공신이라도 십 죄악을 저질렀으니 엄벌함이 마땅합니다."

우의정 맹사성, 형조판서 노한 등이 강력하게 엄벌을 주장했다.

"이런 일은 과인의 부덕의 소치이다. 허조가 전에 과인에게 상하의 명분을 엄격히 세우라고 권하더니 과연 그 말이 옳구나!"

임금이 탄식하였다.

임금은 편전에서 무너져가는 강상의 법도를 바로 세우는 방책에 대해 의논하였다.

"효행록과 같은 것을 펴서 세상에 널리 퍼뜨려 여염집 백성들이 읽고 본받게 함이 어떨까 하옵니다."

변계량이 의견을 상주했다.

"옳은 말이오. 충신, 효자, 열녀 중에서 특별히 후세에 모범이 될 만한 일을 편찬하여 널리 알리는 것이 좋을 것 같소."

임금이 흡족하여 말을 계속했다.

"아울러 시와 아름다운 행적을 기리는 글을 짓고 시화 따위를 덧붙여서 '삼강행실(三綱行實)'이라 이름함이 좋을 듯하오."

"참으로 지당한 교지입니다."

황희가 머리를 조아렸다.

"정몽주를 충신록에 넣는 것이 좋겠군요."

"불가하옵니다."

대사헌이 목소리를 높였다.

"정몽주는 조선의 건국 측면에서 보면 장애물에 불과했지만 자신의 나라인 고려를 위해 목숨을 바친 것은 충신임이 틀림없소."

"아무리 그러해도 건국한 지 30년도 안 되어 아직 궁궐의 잔디가 여물지도 않은 짧은 세월입니다. 벌써 그를 충신록에 넣는 것은 부당합니다."

대사헌이 고집을 굽히지 않았다.

"허허. 누가 충신록에 넣자는 것인가. 다만 그의 행동만을 두고 볼 때 전조의 충신임이 틀림없지요. 후세 사람들이 두 임금을 섬기지 않은 정신을 배워야 할 게요."

임금은 도서 편찬에 대해 집현전 학자들과 진지하게 의논했다.

"효성에 관한 옛날의 사례를 모으고, 열녀, 충신, 또한 옛날의 사례와 함께 본조에 기록된 일들도 함께 편찬함이 좋을 듯합니다."

정인지가 의견을 내었다.

"주자소로 하여금 많이 인쇄하여 여염집 백성들도 읽게 해야 할 것입니다."

최만리가 의견을 내놓았다.

"하지만 많은 백성이 글을 모르니 배포를 한들 효과가 그리 크지 않을 것 아닌가."

임금이 문제점을 지적했다.

"글을 아는 선비들이 읽고 가르치도록 하면 되지 않겠습니까?"

그 의견에 임금은 대답하지 않고 한참 있다가 말했다.

"글을 모르면 그림으로 그려서 설명을 하면 어떨까? 일반 백성이나 천민들이 이해하는 데 도움이 되지 않을까 하는데……."

임금의 말에 모두 찬성했다.

'이럴 때 여진 문자라도 널리 썼더라면…….'

임금은 혼자 홍득희의 편지를 생각했다. 그러나 여진 문자 이야기는 입밖에 내지 않았다. 학자들이 들으면 분명히 오랑캐 글자라고 못마땅해 할 것이 틀림없기 때문이다.

"그림을 넣는다면 책 이름을《삼강행실도》라고 하는 것이 좋겠군. 누가 쓸 것인가?"

임금이 좌중을 둘러보았다.

"부제학 대감이 좋을 듯합니다."

정인지가 말했다.

"부제학 설순이 편찬의 책임을 지고 빠른 시일 내에 완성하시오. 발문은 누가 쓰는 것이 좋겠소?"

"대제학 정초 대감이 좋을 것 같습니다."

최항이 대답했다.

"그러면 대제학 정초에게 부탁하여 발문을 알기 쉽게 쓰게 하고, 주자소로 하여금 상당한 부수를 펴내게 하시오. 이 책을 많은 백성들이 읽고 본받아 대대로 충신이 나오고 효자 열녀가 나와야 할 것이오. 아비를 죽이고 남녀가 부정을 저지르는 일이 근래에 와서 더욱 늘어난 것 같으니 큰일이오.

《삼강행실도》가 완성되어 갈 무렵 정초가 발문을 지어 내놓았다.

《삼강행실도》에 실은 충신, 효자, 열녀는 각 110인이다. 그들의 행실을 기록하고 그 모습을 그림으로 그렸다. 그리고 시와 찬을 지어 붙이기도 했다. 성상께서 신에게 발문을 쓰라고 명하셨다.

효자는 부모가 살아 있을 때 효도를 다하고 죽어서는 정성을 다하니 진실로 이것이 효성이다. 부인이 정렬을 지키는 것은 마땅히 남편이 죽은 뒤에 있는 일이다. 충신이 절의를 다하는 것은 나라가 어지러울 때 나타나는 법이다.

부인은 행동을 반드시 예에 맞게 하여 남편을 도와야한다,

신하는 임금으로 하여금 부귀와 영화로 편안하게 되도록 해야 하며, 그 덕택에 백성이 편안하면 이것이 충(忠)이다. 충과 정(貞)은 떳떳하고 영구한 도일 것이니, 항상 이 뜻을 밝히면 당연히 행할 바를 알 것이다.

임금은 삼강행실도를 일반 백성이나 신백정들이 보게 하기 위해

서는 그림을 덧붙이는 정도로는 미흡하다고 생각했다. 글공부를 한 양반들은 물론이고 천민의 아내나 딸들도 익히 뜻을 알게 하는 방법을 모색했다.

먼저 임금부터 연장자를 공경하는 모범을 보이기 위해 근정전에서 연회를 베풀었다. 도성 내의 80세 이상 노인을 경복궁 근정전으로 초청했다. 승지들을 시켜 주상에게 몸을 굽혀 절하며 예를 취하는 것을 중지하도록 일렀다. 노인들이 절하는 번거로움을 덜어주기 위해서 파격적인 지시를 내린 것이다.

초청받은 4품 이상의 노인은 차례대로 전(殿)에 오르게 했다. 우의정을 지낸 유정과 좌의정을 지낸 이귀령 등 여섯은 월대 위로 모셨다. 서인들과 천인 노예들도 초청했다. 이들은 궁전 뜰에 자리를 만들었는데 모두 86명이었다. 푸짐한 음식을 대접하자 노인들은 모두 흡족해 했다.

"금상이야 말로 하, 은, 주 태평시대의 성군이오."

노인들이 임금에 대한 칭송이 자자했다.

"암. 삼강오륜의 기풍을 제대로 일으키는 나라는 융성하는 법이지요."

"다 좋은데 백정, 화척들과 한자리에 앉자니 어쩐지 찜찜하군."

천민들의 숫자가 의외로 많아 고루한 노대신들이 못마땅해 했다. 그러나 임금은 안절부절 못하면서도 잔치를 즐기는 천민들 쪽에 자주 눈길을 주었다.

잔치는 해가 뉘엿해서야 끝 무렵이 왔다. 임금은 노인들을 돌아보며 치하했다.

"마침 날씨가 맑고 화창하여 오늘 연회를 잘 마쳤습니다. 과인의 마음이 참으로 기쁩니다. 내일은 노마님들을 모실 것이니 많이 참석토록 해주시오."

치하를 마치자 노인들이 의식을 위해 마련한 임금에게 절하는 자리로 나가려 하자 임금이 급히 대언을 시켜 만류했다.

이튿날은 소헌왕후가 사정전에서 80세 이상의 노부인을 초청하여 연회를 열었다. 중전의 연회에는 전날 임금의 연회보다 훨씬 많은 사람이 참가했다.

2품 이상의 노부인 중에는 작고한 도순문사 경의의 처 곽씨 부인 등 14인이다. 이들은 전으로 올라와 소헌왕후 정면에 동서로 나누어 나란히 앉았다. 4품 이상이 23명, 9품 이상이 66명이었다. 관아에서 일하는 천민과 사가에 있는 노비 등 118명은 전각의 뜰과 행랑에 나누어 앉았다. 연회에 참석한 노부인이 모두 2백20여 명이었다.

임금과 왕후의 경로 연회가 끝난 다음날 임금은 지신사에게 지시했다.

"재상을 지낸 노인이 대궐을 드나들 때는 조카나 노비 등 네 명이 부축하도록 하라. 비록 천민일지라도 노인이 궁궐을 출입할 때는 한 사람 정도는 부축하는 사람을 허락하라."

임금은 일반 백성이나 천민들을 위해 제도를 개혁하고 선정을 계속 베풀었다. 그러나 모든 사람이 임금의 이런 뜻에 응하는 것은 아니었다.

형조에서는 일부 여종들의 그릇된 행위에 대해 시정을 건의했다.

"갑오년에 전하의 교지로 양민에게 시집간 관아나 사가의 여종이 낳은 아이는 모두 아버지의 신분을 따라 양민으로 해주라고 하였습니다. 그러나 이 제도를 악용한 사례가 많습니다. 명백하게 천민에게 시집간 여종이 양민과 간통하여 아이를 낳고는 양민으로 신고하는 경우가 많습니다. 이런 경우는 누구의 아들인지 분명히 가릴 수가 없어 어려움이 많습니다.

그뿐 아니라 관비나 사가의 여종이 한 달 사이에도 여러 남자에게 시집가서 누구의 아이인지 알 수 없는데도 양민의 아이라고 주장하니 분간이 더 어렵습니다. 앞으로는 양민이고 천민이고 가릴 것 없이 뒤섞여 간통하여 낳은 아이는 송사로 받아들이지 말도록 하여 주십시오."

민간의 도덕 해이뿐 아니라 관리들의 기강 해이도 여기저기서 생겼다.

사헌부 집의 김종서가 임금을 알현하는 것은 주로 홍득희에 관한 비밀 임무 때문이었으나 다른 감찰 일로도 보고를 하곤 했다.

"광주 목사 신보안이 갑자기 죽어 사헌부에서 찰방 윤형을 비밀리에 파견하여 조사한 일이 있습니다."

"그래 급사한 이유를 알아내었소?"

김종서의 보고를 듣던 임금이 말을 재촉했다

"예. 목사 신보안이 그 곳에 있는 기생 소매와 간통을 해오다가 그 일이 들통 나서 변을 당한 것입니다."

"쯧쯧쯧. 예나 지금이나 남녀 문제가 큰 탈을 내는군. 그래 기생이 목사를 죽였다는 것이오?"

"그런 것이 아니라, 기생 소매는 전 호군 노홍준의 첩이었는데 노홍준이 간통 사실을 알고 소매를 기둥에 묶어놓고 신보안을 불러 모욕을 주었답니다. 질투에 눈이 먼 노홍준은 그것으로 분이 풀리지 않아 결국 신보안을 다시 불러내 때려죽이고는 쉬쉬하고 있었답니다."

"신 목사의 가족들이 왜 변고 고발을 하지 않았던가?"

"남의 기생첩과 간통하다 맞아 죽었다는 것이 집안 망신이라 쉬쉬하였답니다."

임금은 착잡한 표정으로 말했다.

"모범을 보여야 할 관료들이 그런 짓이나 벌이고 있으니 백성들이 무엇을 배우겠나."

"형조로 넘겨 국문하도록 하였습니다."

"아무래도 김 집의는 내 가까이서 할 일이 많을 것 같아 . 내일 다시 교지를 내릴 터이니 그렇게 아시오."

그 이튿날, 일부 대소 신료들의 자리를 새로 정하는 교지가 내렸다. 김종서는 우부대언으로 교지를 받았다. 이조판서에 임금의 사부

였던 이수, 대제학에 이맹균, 지신사 정흠지는 이조참판으로, 지신사에 허성, 한성 판사에 서선, 좌부대언에 황보인을 임명했다.

홍득희는 홍석이와 송오마지가 두 번째 다녀간 뒤 소두목 회의를 열었다. 그 자리에서 그 동안 숨겨온 내막을 모두 털어 놓았다.

"관리는 절대로 믿을 수 없습니다. 무슨 함정이 있을지도 모릅니다."

강원만이 불만을 털어 놓았다.

"여기도 이제 들켰으니 빨리 다른 곳으로 산채를 옮겨야 합니다."

"강 두령. 너무 성급하게 결정하지 마시오. 그동안 사정 이야기를 들어보니 전적으로 믿을 것은 못되지만 우리가 잘만 이용한다면 큰 덕을 볼 수도 있는 일입니다."

"홍 두령 말이 옳아요. 일단 거래를 하는 것이 좋을 것 같습니다."

소두목 이영생이 홍득희를 지지하고 나섰다.

"속지만 않으면 괜찮은 장사입니다. 한번 붙어보지요."

"모두 의견이 그렇다면 나도 따르겠소."

강원만이 금방 태도를 바꾸었다,

"다음에 만나자는 기별이 올 텐데 어디서 어떻게 만나는 것이 좋겠소?"

홍득희가 소두목들을 돌아보았다.

"아니 덮어놓고 만나서 어떻게 한다는 말입니까? 그놈들이 한두 놈이 온다고 하던가요?"

강원만은 아직 의구심을 떨치지 못한 것 같았다.

"양쪽이 모두 안전한 곳을 택해서 만나야 할 것 같은데……."

홍득희의 말을 이영생이 가로 막았다.

"만나서 무슨 이야기를 할 것인가가 중요한 일이지요? 홍 두목은 그들을 만나서 무슨 일을 하고자 하는 것인지요?"

그제야 홍득희는 송오마지한테 보낸 편지가 무슨 내용인지 이들이 알지 못함을 깨달았다.

"우리가 언제까지 봉물짐이나 터는 화적으로 살 수 없지 않소. 우리 같은 신백정을 양민으로 인정해주고 소를 잡아 생계를 잇는 많은 신백정들이 먹고 살게 소 잡는 일을 법으로 막지 말라는 흥정을 임금과 하려는 것이오."

"허허. 그게 말이 되는 소립니까? 이 나라 임금이 미치지 않은 이상 우리 같은 화적떼를 상대로 흥정을 한단 말이요? 홍 두목은 여기 드나들던 그 송오마지가 제정신 있는 놈이라고 생각하시오?"

강원만은 어림도 없는 일을 꾸미고 있다고 생각한 모양이었다.

"송오마지와 석이는 사헌부 집의의 심부름을 온 것이오. 내가 서찰도 써 보냈는데 아마도 그것을 임금이 보았을 것이오.

"아니. 홍 두목도 그걸 말이라고 하시오? 내 어째 그 놈이 이상하다고 생각했지. 홍 두목 동생이라고 믿지 마시오. 누님 팔아먹는 동생 얼마든지 있어요."

듣고 있던 홍득희가 벌컥 화를 냈다.

"강 두령. 한번만 더 그따위 소리 하면 이 칼이 가만있지 않을 것이요. 알겠소!"

홍득희가 번개처럼 빠르게 가슴에서 단검을 빼들어 강원만의 얼굴에 가져다 대었다. 불끈 쥔 주먹이 부르르 떨었다. 불이 튀는 눈빛으로 강 두령을 쏘아 보았다.

"아, 알았어요. 단도 좀 치우고 이야기합시다."

불같은 성질로 보아 여차하면 홍득희가 정말 칼을 쓸지도 모른다는 것을 강원만은 잘 알고 있었다.

"이쪽으로 오라고 하는 것은 위험하니까 노량진이나 마전포 같은 데서 만나는 것이 어떨까?"

이영생이 의견을 내놓았다.

"우리가 날짜를 정해주고 여기서 가까운 곳에서 만나는 것이 어떨까요?"

두령들이 왈가왈부하고 있을 때였다. 갑자기 밖이 소란해졌다.

"홍 두목님, 큰일났습니다!"

김영기가 뛰어 들어오면서 고함을 질렀다.

"무슨 일이냐?"

모두 벌떡 일어서면서 본능적으로 활과 칼을 챙겨 들었다.

"관군이 쳐들어옵니다. 초소에서 연락이 왔습니다."

산채는 갑자기 벌집 쑤신 듯 사람들이 우왕좌왕했다.

"홍 두목! 그것 보시오. 놈들이 배신한 것이오. 목이 달아나는 게 뻔한데 핏줄이라고 안 팔아먹을 놈 있나요. 불알을 뽑아서 강아지한테 던져줄 놈!"

강원만이 홍석이를 빗대놓고 욕설을 퍼부었다.

"빨리 화약과 화통을 챙겨서 먼저 피하라. 모두 관악산으로 들어가라!"

홍득희가 먼저 말위에 올라앉으며 명령했다.

"화약, 불화살 가진 자들은 먼저 산등성이를 넘어가야 한다."

홍득희는 말에서 다시 내려 천막으로 들어갔다. 홍석이가 가져다 준 귀부인 옷 보따리와 지필묵을 급히 다시 챙겨 들고 나왔다.

"자! 싸우지 말고 모두 흩어져라. 관악산 우물터에서 모두 만나자."

홍득희가 산비탈로 말을 몰고 올라가면서 소리쳤다.

"박무 두령은 모두 도망갈 때까지 남아서 막아주고 맨 나중에 피하시오."

순식간에 산채는 텅 비어 버렸다. 한발 늦게 산채에 도착한 관군은 허탕만 치고 말았다.

이날 기습은 경기 감영의 군졸들이었다. 청계산을 감시하고 있던 감영에서 홍석이 일행의 뒤를 밟다가 홍득희의 산채를 발견하고 기습한 것이다.

파저강의 여간자(女間者)

홍득희의 산채가 습격당하자 김종서가 더 놀랐다. 겨우 연줄을 만들어 놓은 홍득희가 홍석이나 송오마지를 믿지 않을 게 뻔한 일이기 때문이었다.

송오마지는 산채 습격 사실을 관노 간자들로부터 즉각 보고받았다. 습격을 나갔다가 허탕을 친 병력은 경기도 감영의 군졸들이었다. 청계산에 말을 탄 사람들이 드나든다는 일반 백성의 제보를 받은 감영에서 미행을 붙였던 것이다.

임영대군의 처 남씨를 치료하기 위해 수강궁 별채로 간 홍석이는 치료를 끝내자마자 김종서에게 따졌다.

"약속이 틀리지 않습니까? 나는 내일부터 치료고 무엇이고 하지 않겠습니다. 산채에도 물론 가지 않을 터이니 목을 자르든지 말든지 마음대로 하시오."

홍석이는 분해서 주먹을 부르르 떨었다. 김종서가 자신을 이용해 누나를 잡으려 한 것이 틀림없다고 생각했다. 홍석이는 김종서의 말을 거역하면 운명이 어떻게 된다는 것을 잘 알고 있었다. 그러나 누나와 동료들을 팔아먹으면서 제 목숨을 구할 생각은 추호도 없었다.

"나도 깜짝 놀랐어. 그러게 내가 미행을 조심하라고 하지 않았나."

김종서는 도리어 조심을 하지 않은 홍석이를 나무랐다.

"그럼 나리가 관군을 시켜 누님의 산채를 공격한 게 아니라는 말씀이오?"

"무슨 말을 그렇게 하는가? 내가 그렇게 신의 없는 사람으로 보이는가?"

김종서는 섭섭한 얼굴로 홍석이를 쳐다보았다. 자신을 믿어 달라는 듯 홍석이의 눈을 마주 보았다.

"전하의 어명으로 하는 일이지만 비밀리에 성사해야 하는 일이기에 감영이나 현감에게는 알릴 수가 없는 노릇이었네. 그러니 잡지 말라는 명도 내릴 수 없는 것 아니겠는가."

홍석이는 김종서의 말에 내심 고개를 끄덕였다. 그렇지만 다짐을 받는다는 생각으로 한 번 더 어깃장을 놓았다.

"세상에 임금이 뭐가 무서워서 비밀리에 일을 추진한답니까? 임금이 못하는 일도 있습니까? 나를 그렇게 얕보지 마시오. 난 이미 죽은 목숨이니 이 목숨 가지고 장난치지 마십시오."

김종서는 막무가내로 나가는 홍석이를 어떻게 달래야 할지 몰라 쩔쩔맸다.

"내가 직접 그곳에 가면 어떻겠나?"

김종서는 답답해서 대안을 내놓아 보았다.

"누가 받아나 준답니까. 이젠 아주 군사를 이끌고 가시려고요?"

김종서는 더 이상 이야기를 해보아야 진전이 없을 것 같았다. 그래서 할 수 없이 홍석이를 그냥 옥사로 돌려보냈다.

며칠 뒤, 김종서는 송오마지와 홍석이를 객사로 다시 불렀다. 홍석이는 화가 좀 풀린 것 같았다. 송오마지는 풀이 푹 죽어 있었다.

"오마지는 우리가 일부러 습격하지 않았다는 것을 잘 알 것이다."

송오마지가 고개를 끄덕였다.

"어떤가. 다시 한 번 가서 내가 홍 두령과 직접 만나게 해줄 수 있을까?"

사정조로 말하는 김종서의 작은 신장이 더 작아 보였다. 좌대언이라면 정3품의 당상관이다. 높다면 높은 벼슬인데 관노와 화적 앞에서 체면이 말이 아니었다.

"저쪽에서 믿어 줄까요? 그게 가장 큰 문제지요."

송오마지가 대답하는 동안 홍석이는 김종서를 빤히 쳐다보기만 했다.

"새로 옮겨간 산채를 알고 있으니 다시 연락을 해 보겠습니다."

송오마지가 말했다. 홍석이는 아무 말도 없이 가만히 서 있기만 했다.

지난 해 10월. 평안감사 박규(朴葵)가 급보를 보내온 이후부터 조정에서는 북쪽의 여진족에 대한 대책을 논의하기에 바빴다. 박규가 전해온 급보는 여연군에 여진족 4천여 명이 기습해 왔다는 것이었다. 강계절제사 박초가 나가 싸워서 포로가 된 백성 26명을 되찾아 왔고, 말 30필, 소 50마리를 빼앗아 왔다고 했다. 그러나 우리 군사 13명이 전사했고, 추격은 더 이상 하지 못했다는 것이다.

임금은 즉각 상호군 홍사석을 보내어 토벌했다. 그러나 군사 48명이 전사하고 75명이 포로로 잡혀 갔다. 임금은 황희에게 전사자 가족의 부역을 면제하고 세금을 면제해 주라는 지시를 내렸다.

북쪽의 오랑캐는 두 명의 지도자가 이끌고 있었다. 가장 세력이 큰 자는 이만주(李滿住)이고 두 번째는 홀라온 우디거(忽剌溫 兀狄哈)였다. 이들은 서로 짜고 우디거가 조선 영토를 침범한 뒤 이만주가 우디거를 잡으러 오는 척하면서 노략질을 하는 약은 수를 쓰기도 했다.

북쪽 변경을 더 이상 방치할 수 없다고 생각한 임금은 3군 지휘부와 좌의정 황희를 비롯해 호조판서 안순, 참찬 허조, 판중추사 하경복 이맹균, 성억, 평안도 병마도절제사 최윤덕, 도진무 김효성 등을 근정전으로 불러 대책을 의논했다.

"먼저 오랑캐의 침범을 효과적으로 대처하지 못한 여연군절제사

김경, 진무 박초, 김영화, 정유 등을 엄벌에 처해야 합니다."

"여진족에 대해서는 태종께서 유화 정책을 써 왔으나 이제 한계에 이른 것 같습니다. 더 이상 그냥 둘 수가 없을 것 같습니다."

황희가 토벌을 주장했다.

"그러하옵니다. 그들이 우리 땅에 와서 살고 있기도 하니 엄히 다스려야 합니다."

참찬 허조도 동조했다.

"대군을 일으켜 쫓아내야 합니다. 다시는 우리 국토를 한 치도 넘보지 못하게 해야 합니다."

최윤덕이 더욱 강경한 발언을 했다.

"경들의 의견은 모두 지당하오. 지금부터 토벌 준비를 완벽하게 진행하도록 하시오. 우선 적의 실상을 살피는 것이 중요하니 적당한 사람을 뽑아 파저강(婆豬江, 압록강 서쪽 부분) 너머로 보내서 정탐하는 것이 좋겠소."

임금은 북쪽 사정에 밝은 전 소윤 박호문을 불러 정탐할 준비를 명하고 절대로 토벌을 여진족이 눈치채지 못하게 하라고 당부했다. 그리고 김종서를 불렀다.

"홍득희를 박호문과 함께 파저강 너머로 파견했으면 하는데 경의 의견은 어떻소? 물론 신분은 감추고 해야 할 것이오."

뜻밖의 제의에 김종서는 깜짝 놀랐다.

"지금 그럴 입장이 아니니 것 같습니다."

김종서가 당황해서 말했다.

"산채 습격 때문에 그러시오? 오해야 풀면 그만 아니오."

임금은 한 번도 보지 못한 홍득희와 오랜 지기라도 되는 양 자신 있게 말했다.

"홍득희도 이런 기회가 오기를 기다렸을 거요. 통 크고 야망 있는 여걸 아니오?"

"하지만……."

김종서는 산채 습격 이후 자신과 말도 하지 않는 홍석이의 뜨악한 태도가 머릿속에 떠올라 자신 없게 대답했다.

"파저강 이북의 지형은 우리에게 생소한 곳이오. 싸움에서 이기자면 지세를 이용하는 것이 최고요. 여진 말을 잘 알아 여진족이나 진배없는 홍득희가 간다면 많은 정보를 수집해 올 것이오."

"그렇긴 합니다. 홍득희는 소다로에서 혼 강까지가 활동 무대였으니 백두산 인근의 지형은 잘 알고 있을 것입니다. 그러나……."

김종서도 임금의 뜻은 잘 알고 있으나 홍득희를 설득시키는 것이 큰 문제였다.

"경이 직접 만나 설득을 해 보시오."

임금은 머뭇거리는 김종서를 지그시 바라보며 빙긋이 웃었다.

송오마지와 홍석이는 관악산 샘터골의 홍득희 산채에 도착했다.

"너희들, 여기까지 찾아왔느냐. 아주 우리를 잡아먹어라."

홍득희의 눈길이 곱지 않았다.

"이놈들, 내 칼을 받아라!"

강원만이 환도를 뽑아들고 송오마지 앞으로 뛰어왔다.

"강 두령 칼에 죽겠소. 자, 치시오."

송오마지는 전혀 놀라지 않고 털썩 주저앉아 목을 쑥 내밀었다. 정말로 목을 치라는 것 같았다.

"에잇!"

강 소두령이 칼을 높이 쳐들었다. 송오마지는 각오를 한 듯 눈을 꽉 감았다.

"잠깐!"

홍석이가 강 두령의 앞을 가로막았다.

"여기 오자고 한 것은 나니까 나부터 먼저 죽이시오. 오마지는 내 말 들어 주다가 이 꼴 되었으니 나부터 죽이시오."

홍석이가 무릎을 꿇으며 털썩 주저앉았다. 강원만은 주춤하더니 슬그머니 칼을 치켜든 손을 내렸다.

"한 번 더 실수하면 그때는 내가 너를 반드시 죽여 줄 것이다."

홍득희가 냉엄한 목소리로 말했다.

"자, 이번에는 우리를 어디에 팔아먹을 것인지 한 번 들어나 보자. 저쪽으로 가자."

홍득희는 여전히 냉랭한 목소리였으나 낯빛은 많이 부드러워졌다. 홍득희는 바위틈에 생긴 동굴로 두 사람을 데리고 들어갔다.

"좌대언 김종서 나리가 홍 두목을 꼭 만나고 싶어하십니다."

송오마지가 단도직입적으로 말했다.

"만나는 장소와 방법은 누님이 원하는 대로 따르겠답니다."

홍석이가 나직이 말했다.

"그래!"

홍득희는 이번에는 오래 생각하지 않았다.

"우리가 안전한 장소를 골라야 한다. 안전하다는 것은 우리 쪽 숫자가 우세해야 한다는 뜻이다."

홍득희는 바지저고리를 벗고 여자 옷을 입고 있었다. 겉모습은 얌전한 처녀의 모습 그대로였다. 아무도 화적떼의 두목으로 보지 않을 것 같았다.

"또 제 무덤 파고 있군."

어느새 들어왔는지 강원만이 투덜거렸다.

"날짜는 내일이 좋을 것 같은데……."

홍득희가 강원만의 말을 무시하고 말했다.

"양화진 나루에서 만나기로 하지. 우리는 양화진 건너에서 기다리고 있고 김종서는 배를 타고 우리 쪽으로 오라고 해."

"맞아요. 배를 타고 오면 몇 명이 오는지 훤히 알 수 있고, 여차하면 배가 오기 전에 달아날 수도 있습니다."

강원만이 갑자기 신명난 사람처럼 맞장구를 쳤다.

"두목은 역시 훌륭해. 저 꾀를 관군이 어찌 따라오겠어."

조금 전의 불만은 어디로 사라졌는지 강원만은 홍득희에게 찬사를 늘어놓았다.

양측이 만난다는 것이 결정되자 구체적인 작전이 논의되었다. 강 건너편의 사정은 알 것 없고 이쪽에는 만일의 경우에 대비해 몇 군데에 병력을 매복하기로 했다.

"두세 사람이 타는 작은 배 한 척만 타고 건너와야 하고, 배에는 무늬 없는 흰 깃발을 달라고 전해라. 시각은 정오가 좋겠다."

홍득희가 최종 결정을 내렸다.

홍석이와 송오마지는 산채에서 계곡을 타고 내려가지 않고 일부러 산 능선을 타고 올라 다른 계곡으로 내려갔다.

이튿날 양화진 건너편 남측 강안에 비단 옷에 쓰개치마를 쓴 귀부인 둘이 여종을 거느리고 나타났다. 멀리 50여 보 뒤에는 날렵한 차림의 젊은 검객 두 명이 따르고 있었다. 그리고 백여 보 후방에는 활을 메고 말을 탄 남자 30여 명이 나무 그늘에 서 있었다. 강둑에 올라서 있는 귀부인은 홍득희였다.

그들이 얼마 기다리지 않아 강의 북안인 양화진에서 조그마한 배 한 척이 남쪽을 향해 노를 저어 왔다. 배 위에 세워진 장대에는 무늬 없는 흰 깃발이 나부끼고 있었다.

"왜 아무도 안 보이느냐?"

김종서가 이마에 손을 대고 강 건너편을 바라보다가 송오마지와 홍석이에게 물었다. 배에는 이 세 사람과 노 젓는 사공만이 타고 있었다.

"나리가 하선하면 어디선가 나타날 것입니다."

송오마지가 말했다.

"나리를 묶어서 모시고 갈 수도 있습니다."

홍석이가 빙긋 웃으며 농을 했다. 배가 강안 선착장에 닿자 여종이 딸린 귀부인이 다가왔다. 송오마지가 앞장서고 김종서와 홍석이가 뒤따라 강둑으로 올라갔다.

"누님, 저 왔습니다."

홍석이가 소리를 질렀다.

잠시 후 여자 셋, 남자 셋이 강둑에 마주섰다. 강 양쪽에서는 각각 수십 명의 갑사와 화적들이 둑 위의 여섯 남녀를 멀리서 뚫어지게 지켜보고 있었다.

"누님, 좌대언 김종서 어른이십니다."

홍석이가 김종서를 소개했다. 한쪽은 위세가 등등한 정삼품 당상관 좌대언 김종서, 한쪽은 화적 두목이며 한성 방화범 홍득희. 참으로 희한한 만남이 양화진 둑 위에서 이루어지고 있었다.

"이런 곳에서 처자를 보게 되어 면목 없네."

김종서가 먼저 인사를 건넸다. 홍득희는 김종서가 생각하던 것 보다 훨씬 미인이었다. 서글서글한 눈매와 가냘픈 몸매의 그녀는 도저히 화적떼의 두목으로 보이지 않았다.

"이런 데서 뵙게 되어 송구합니다. 우리 석이를 돌봐 주신다니 은혜를 잊지 않겠습니다."

홍득희가 쓰개치마로 얼굴을 반쯤 가린 채 김종서에게 고개를 숙였다.

"저 쪽에 빈 주막이 있으니 우선 들어가시지요."

일행은 둑 밑에 있는 주막으로 이동했다. 어쩐 일인지 아무도 없었다. 홍득희의 명으로 화적들이 주막에 있는 사람들을 모두 딴 곳으로 끌고 갔기 때문이었다.

"들어가시지요."

김종서가 마루 위로 올라갔다. 남녀동석을 피하기 위해 홍득희는 마당에서 옆으로 비스듬히 섰다. 그 모습이 퍽 고왔다. 허우대 좋은 여장부일 것이라 짐작했던 김종서로서는 이 사람이 정말 홍득희인가 싶을 정도로 의구심이 일었다.

"홍 처녀의 서찰은 주상 전하에게 올렸네. 전하께서 감명을 받으신 것 같았네."

김종서는 말을 해놓고 슬쩍 홍득희의 표정을 살폈다. 홍득희로 위장한 여인이라면 서찰 내용은 모르리라.

"천민들을 위한 바른 정치에 도움이 되었으면 해서 외람된 말씀을 올린 것입니다. 역정을 내실까 걱정하였는데 어여삐 여겨주셨다니 감읍할 따름입니다."

홍득희가 틀림없는 것 같았다.

"전하에게 크게 도움이 될 것이네. 이제 홍 처녀가 나라를 위해서 해야 할 일이 있으니 꼭 들어주어야겠네."

김종서는 안심하고 말을 건넸다.

"제가, 나라를 위해서요?"

홍득희의 눈에서 빛이 났다.

"자네들은 잠시 집밖으로 나가 있겠나?"

김종서가 주위에 서 있는 사람들을 보고 말했다. 송오마지와 홍석이가 대문 밖으로 나갔다. 마루 위의 김종서와 마당의 홍득희, 단 두 사람만이 주막에 남았다.

"만약 홍 처녀가 조정 일에 협조한다면 내가 성의를 다해 신백정을 비롯한 천민들의 소망이 이루어지도록 힘쓰겠네."

김종서가 잠시 말을 잠시 끊었다가 이었다.

"며칠 뒤에 조정의 밀사가 파저강 너머 여진족 두목을 만나러 가네."

"그 일과 제가 무슨 관계가 있는지요?"

홍득희가 김종서 쪽으로 몸을 돌렸다.

"홍 처녀가 그 밀사 일행과 함께 가서 여진족의 상태를 면밀히 알아왔으면 하네."

"여진족을 치려는 것인가요?"

홍득희가 신경을 곤두세우고 물었다.

"저는 어려서 여진족과 함께 자라 여진족은 제 종족이나 마찬가지입니다. 그런 그들에게 위해를 가하는 일은 도울 수 없습니다."

홍득희는 단호히 말했다.

"종족이 다르다는 핑계로 사람을 도륙하는 것은 인륜에 어긋나는 일입니다. 아무리 조선인이라도 해서는 안 될 일은 하지 않아야 합니다. 조선의 양반이 천민들을 마음대로 죽이고 부려먹고, 남편이 있건 없건 끌고 가서 첩으로 삼는 일이, 여진을 오랑캐라고 치는 것과 무엇이 다르겠습니까?"

"그들을 토벌하려는 것이 아니네. 우리 땅에 들어와서 횡포를 부리지 못하게 파저강 너머로 되돌려 놓으려는 것이네."

김종서는 진심을 다해 홍득희를 설득했다.

"홍 처녀는 조선 사람이네. 아무리 여진족과 친밀히 지냈어도 그들이 조선인은 아닐세. 조선을 괴롭히지 않으면 이웃 민족으로 함께 살아가겠지만, 조선을 괴롭히면 그들은 오랑캐일 뿐이네. 지금 조선의 변방 백성들은 그들 때문에 하루도 편안히 살지를 못하고 있네. 어서 변방의 백성들을 구해야 하네. 그래서 홍 처녀처럼 여진족을 잘 알고 그쪽 지형에 밝은 사람이 우리에겐 꼭 필요하다네."

"무슨 말씀인지 알겠습니다. 한 가지만 묻겠습니다. 이 일이 상감마마께서 원하시는 일이옵니까?"

"물론이네. 그러니 내가 여기까지 온 것 아니겠는가."

김종서의 답을 듣고서야 홍득희는 고개를 끄덕였다.

"알겠습니다. 분부에 따라 파저강을 건너가겠습니다. 저도 조선과 여진이 먼 훗날까지 평화롭게 살자면 변방 문제를 확실히 정리할 필요가 있다고 생각합니다. 조선과 여진 양쪽을 위하여 할 수 있는 일은 하겠습니다."

홍득희의 답에 김종서의 얼굴이 활짝 펴졌다.

"고맙네. 전하께서 잊지 않으실 것이네."

"너무 오래 머문 것 같습니다. 그럼 저는 먼저 자리를 떠나겠습니다."

홍득희가 몸을 돌려 한 발짝 떼어놓자 말 한 마리가 기다렸다는 듯이 마당으로 들어왔다. 홍득희는 몸을 휙 날려 말에 올라 쏜살같이 대문 밖으로 사라졌다. 쓰개치마가 바람에 펄럭였다.

김종서는 그런 홍득희의 뒷모습을 넋을 잃은 듯 바라보았다.

계축년(1433) 3월 21일, 전 소윤 박호문(朴好問) 일행이 강계를 지나 파저강을 넘어갔다. 일행은 박호문 외에 평복을 한 갑사 세 명과 남복을 입은 홍득희가 함께했다. 홍득희는 강계 만호의 딸로 안내를 맡은 것으로 위장했다.

일행은 술 다섯 병과 규격 백포(白布) 다섯 필을 가지고 갔다. 그들은 강을 건너기 전 강계 만호의 집에서 하룻밤 머물렀다. 북방 변경에 이르자 홍득희는 고향에 온 듯해 좀처럼 잠이 오지 않았다.

이튿날, 일행은 파저강을 배로 건넜다. 이윽고 여진 마을에 도착한 일행은 여진족 최대 세력의 두목인 이만주의 집으로 갔다. 박호문은 이만주와 구면이었다.

"박호문 나리 아니오. 이게 얼마 만이오?"

이만주는 박호문을 껴안고 반가워했다.

“오랜만이오. 이 아이는 강계 만호의 딸이고 저애들은 내 근수 노비들이오.”

박호문은 적당히 둘러댔다. 일행은 가져온 술과 백포를 선물로 주었다.

“우리 집에 편히 머무시오.”

일행은 이만주의 호의로 그의 집에 며칠 동안 묵으면서 대접을 잘 받았다. 그 사이에 홍득희는 여진족의 상황과 동태를 면밀히 살폈다.

며칠 뒤 알아낼 것을 다 알아낸 일행은 백여 리 떨어진 다른 마을로 갔다. 이만주는 그 마을의 두령 타납노를 소개해주었다. 일행은 타납노의 집에 머물면서도 대접을 잘 받았다.

홍득희는 갑사 한 사람을 데리고 여진족의 요새와 병력을 살피러 다녔다. 열흘 동안 정찰을 마친 일행은 다시 압록강을 건너 한성으로 향했다.

“색시는 정말 사역원(司譯院, 통역소)에 배속된 관기가 맞소?”

홍득희의 정체를 알 수 없었던 박호문이 돌아오면서 궁금했던 것을 물었다.

“정말인지 거짓말인지 영감이 한번 알아 맞혀 보세요.”

홍득희는 일부러 요염한 웃음을 지어 보였다.

오랑캐 문자를 연구하라

세종 대왕

한성으로 돌아온 홍득희는 박호문의 안내로 영추문 밖 객사관에서 김종서를 만났다. 홍득희는 남복 차림이었다.

"홍 처녀 정말 수고했네. 여진 장수들의 동태는 어땠는가?"

김종서는 얼굴에 아무 표정도 나타내지 않았다.

"여진 사람들은 평온했습니다. 그러나 유사시엔 사방에서 무기를 들고 뛰어나올 차비가 되어 있었습니다. 그들은 일하다가도 금방 전투를 할 수 있는 습성이 있는 사람들입니다. 파저강 동북쪽보다는 서남쪽에 병력이 더 집중되어 있는 것 같았습니다."

"자세한 이야기는 내일 병조 녹사가 기록하게 하고 조선군이 징벌을 나갈 시기인지 아닌지를 가린다면 어떻게 말 할 수 있는가?"

"한 가지만 여쭈어 보겠습니다."

홍득희는 일어서려는 김종서를 도로 앉혔다.

"김자환이라는 여진족 출신 백성이 임금님으로부터 상을 받은 일이 있습니까?"

홍득희가 진지한 표정으로 물었다.

"김자환이라, 그런 일이 있었지. 그런데 그 사람 이야기는 왜?"

"그 사람 때문에 여진족 두목 중, 한 사람이 칼을 갈고 있습니다. 경위를 아시는지요?"

"내가 기억하기로 김자환의 본명은 소소(小所)라네. 강계에 살고 있다가 어릴 때 임합라(林哈剌)에게 잡혀가 여러 해 동안 종으로 살았네. 장성하자 타납노(吒納奴)의 여종과 결혼해서 살았지."

김종서는 김자환에 관한 일을 비교적 상세히 알고 있었다.

"작년 최윤덕 체찰사가 여진을 칠 때 기회를 노리고 있던 김자환이 처와 함께 도망쳐 와서 최 체찰사에게 많은 정보를 주었네. 그 공을 치하해 전하께서 이름을 하사하고 상금도 주셨지. 김자환이란 이름은 스스로 돌아왔다는 뜻이라네."

듣고 있던 홍득희가 그제야 알겠다는 듯 고개를 끄덕였다.

"실은 그곳에 갔다가 타납노의 집에서 며칠 묵었습니다. 그런데 타납노가 우리 임금을 좋지 않게 이야기하더이다. 이유를 물어 보니 소소, 즉 김자환 때문이라고 하더군요. 김자환이 누구냐고 물었지만 그는 대답하지 않았습니다."

홍득희는 세상에 묘한 일도 있다는 생각이 들었다. 이만주가 소개해준 인연으로 우연히 타납노의 집에 묵었지만, 거기서 가장 큰 정보를 얻은 셈이었다.

"그거 참 중요한 얘기네."

김종서도 타납노와 김자환 사이에 얽힌 사연이 보통 일이 아니라고 받아들이는 것 같았다.

"일을 좀 늦추면 안 되겠습니까?"

홍득희가 조심스레 물었다.

"전하께서는 이미 4월 초에 출정하기로 정해 놓으셨네."

"녹음이 덮이기 시작한 시기라 우리에게 유리한 점도 있겠지만 강을 건너기가 쉽지 않을 것입니다. 차라리 강물이 어는 시기를 택해서 도강을 하는 것이 쉬울 것입니다."

"파저강은 언제 얼어붙는가?"

"10월은 되어야 할 것입니다."

"전하께서는 그때까지 기다리시지 않을걸세."

김종서가 고개를 가로로 흔들었다.

"먼 길에 고단할 테니 우선 가서 쉬고 며칠 뒤 다시 만나세."

홍득희는 김종서가 마련해준 말을 타고 관악산 산채로 달렸다. 태어나서 지금까지 해오던 일이 아닌 엉뚱한 짓을 하고 있는 자신이 정말 옳은 일을 하고 있는 건지 의문이 들었다. 그러나 이것이 전체 신백정에게 도움이 된다면 적극 나서야 된다고 마음을 다졌다.

한강에 이른 홍득희는 노량진 나루로 가기 위해 말고삐를 잡은 채 배에 올랐다. 거기에 뜻밖의 사람이 있었다.

"아니, 박무 두령."

산채에 있어야 할 박무가 배를 타고 한강을 건너고 있었다. 찢어진 옷에 빈손이었다.

"홍 두령!"

박무가 사람이 있건 없건 아랑곳 않고 큰소리로 홍득희를 부르며 반가워했다.

"왜 여기서 어물거리는 거요? 무슨 일이 있었소?"

홍득희는 박무의 행색을 보고 무슨 일이 있었다는 것을 금방 짐작했다.

"오늘 새벽에 한성부의 군사들이 구름처럼 몰려와 기습을 했습니다. 모두 뿔뿔이 흩어져 목숨을 부지하기 바빴습니다. 음성에서 온 도자 소두목은 목숨을 잃었고 10여 명이 잡혀갔습니다. 나는 한성에 들어가 잡혀간 사람들의 동정을 살피다가 돌아가는 길입니다."

"한성부에서?"

홍득희는 정신이 아찔했다. 조정에서 자신에게 임무를 주느니 어쩌느니 하면서 딴 데 정신을 팔게 하고 자신의 무리를 뿌리째 뽑으려고 한 게 아닌가 하는 의심이 들었다. 특히 산채에서 가장 유식한 불교 신자인 도자가 죽었다는 것은 큰 충격이었다.

"그래 모두 어디로 갔소?"

홍득희는 치밀어 오르는 분노를 참으며 차분하게 물었다.

"모두 이천 쪽으로 갔습니다. 이틀이면 연락이 될 것입니다."

"추격이 있을지도 모릅니다. 남쪽은 위험하니 모두 북쪽에서 모이도록 하세요. 연락 닿는 대로 빨리 전하세요. 우선 파주의 오포산이 좋겠소."

홍득희가 울분을 못 이겨 두 주먹을 불끈 쥐며 말했다.

"나는 여기서 양화진을 거쳐 이산포를 건너 오포산으로 가서 숨을 곳을 찾아보겠소."

홍득희는 노량진 나루에서 박무를 남쪽으로 보낸 뒤 강변을 따라 말을 달렸다.

'김종서, 이 자를!'

홍득희는 어금니를 악물었다.

왕실과 조정은 전쟁 분위기로 술렁거렸다.

임금은 경복궁 후원에서 장수들이 모여 활쏘기 연습하는 모습을 보러 사대로 나갔다.

"집현전에 가서 지금 특별한 일이 없는 학사들은 모두 이리로 오라 하시오."

임금이 내관에게 일렀다. 얼마 있지 않아 집현전의 정인지, 최항, 박팽년, 성삼문 등이 모였다. 그들은 무관들이 하는 활쏘기 연습에 문관인 자기들이 왜 불려왔는지 의아해했다.

"문관이라고 해서 무인의 기개를 몰라서는 아니 되오. 전쟁이 얼마나 무섭고 쓸데없는 짓인가를 알 필요가 있소. 그러나 그 쓸데없는 짓을 하지 않으면 사직이 존재할 수 없고 백성이 노예가 됨을 면치 못할 것이오."

임금이 학사 한 사람 한 사람의 얼굴을 똑바로 보며 말을 이었다.

"전쟁은 꼭 저렇게 사람을 쏘아 상대를 죽이는 것만이 능사가 아니오. 싸우지 않고 이긴다면 그것이 제일 좋은 전쟁이라는 것을 학사들은 다 잘 알 것이오. 싸우지 않고 이기려면 상대방을 말로 설득해야 하오. 그런데 그 말을 모르면 좋은 승리를 가져오기 힘드오. 과인이 알아보았더니 집현전에 여진족 문자를 아는 사람이 하나도 없었소. 싸우는 상대가 오랑캐라면 오랑캐 말이나 문자를 다 알아야 한다고 생각하오. 여진 말과 문자, 몽고 팔사파 문자, 범어, 일본 문자 이런 오랑캐의 사투리도 다 알아야 할 것이오."

임금의 설명이 끝나자 성삼문이 질문했다.

"오랑캐의 말은 사역원에서 알아야 할 말이 아닌지요?"

"사역원 역관이 통역을 하는 것은 당연한 일이오. 그러나 사역원 원래의 임무는 말을 통역하는 것이지 다른 나라의 말이나 글자를 학문으로 연구하는 것은 아니오. 그 일은 앞으로 집현전에서 해야 할 것이오."

이로 인해 집현전에는 어학 바람이 불었다. 여진 문자를 배우기 위해 화척이 스승으로 오고 범어를 배우기 위해 흥천사 승려들이 스승으로 왔다.

"집현전에 별 일이 다 생기는군. 중이 와서 혓소리를 가르치지 않나, 화척이 와서 스승 노릇을 하질 않나."

일부 집현전 학자는 어학 공부를 못마땅해 했다. 특히, 교리 최만리는 불평을 노골적으로 쏟아냈다.

임금은 삼군 장수들, 삼공 육조의 대신들과 토벌군의 책임자를 누구로 선정할지 의논했다.

좌의정 이직이 먼저 의견을 내었다.

"중군도총제로 최윤덕, 좌군도총제로 이순몽, 우군도총제로 최해산이 적임인 줄로 아뢰옵니다."

"최윤덕은 평안도 병마도절제사를 겸하고 있으니 도체찰사 겸 중군도총제로 하고 이순몽을 좌군도총제사, 최해산을 우군총제로 하면 어떻겠소?"

임금이 대신들을 돌아보았다.

"황공하나이다. 신 이순몽 한말씀 올리겠습니다."

임금은 말없이 이순몽을 내려다보았다.

"군사의 진퇴는 오로지 중군의 행동에 달렸다고 생각합니다. 중군에 힘을 보태기 위해 신이 중군의 부장을 맡아 최 장군을 도와 선봉에 나서겠습니다. 따라서 좌군은 최해산 총제를 임명하심이 타당한 줄로 아룁니다."

"경의 생각이 그렇다면 그것도 좋겠소."

임금이 고개를 끄덕였다. 이어 지휘부를 임명했다.

"평안도 도체찰사 겸 중군 상장군에 최윤덕, 부장에 이순몽, 도진무에 호조참의 김효성, 좌장군에 최해산, 우장군은 이각이 각각 맡도록 하시오."

최해산 좌장군은 고려의 명신 최무선 화통도감의 아들이다. 최무선은 중국에서 화약에 관한 기술을 도입해 화통과 같은 무기를 개발하여 국방에 큰 보탬이 되었다.

최해산도 아버지로부터 기술을 전수받아 화약무기 개발에 힘써 왔다. 세종 6년에는 새로 개발한 화포를 광연루에서 시범 발사하는 데 성공했다. 이 시험 발사에는 임금도 참관하여 칭찬을 아끼지 않았다. 최해산은 수군의 지휘관이 되어 왜구를 쳐부술 때도 화약 무기를 사용해 여러 번 승전고를 울렸다.

"좌장군 최해산은 하루 빨리 파저강으로 출발해 강을 건너는 부교 다리를 놓도록 하시오."

임금이 즉석에서 명을 내렸다.

"얼음이 얼 때까지 기다렸다가 가만히 군사를 일으켜 강을 건너는 것이 좋은 방책일 듯 싶습니다."

맹사성이 다른 의견을 내놓았다.

"지금은 농번기라서 군사를 동원하는 데 무리가 있습니다. 무리하게 강을 건너다가 복병이라도 만나면 진퇴양난이 될 것입니다."

맹사성이 연달아 불가론을 내놓았다.

"전쟁을 획책하면 빠를수록 좋은 것이오. 어물어물하다가는 패전의 원인이 되오. 경들은 차질 없이 승전고를 올리시오."

임금은 힘주어 명을 내리고 편전을 떠났다.

이틀 뒤 광화문 앞 육조거리에서 제1차 북정 출정식이 거행되었다. 세종이 즉위하던 해에 있었던 대마도 기해동정(己亥東征) 이후 두 번째 해외 원정이었다. 임금은 중군 상장을 겸하고 있는 평안도 병마절도사 겸 도체찰사 최윤덕에게 부월(斧鉞)을 내리고 필승의 교지를 내렸다.

"오랑캐를 제어하는 방법은 예로부터 별 계책이 없었다. 고대 중국의 하(夏)·은(殷)·주(周)의 제왕들도 끝까지 추격하지 않고 얽매어 두었을 뿐이었다. 천하를 평정한 한나라 고조도 흉노를 무찌르는 것은 마른 나뭇가지 꺾듯 쉬운 일이었으나 화친했다. 옛 사람들이 이렇게 한 것은 하찮은 벌도 쏘면 독이 있듯이 서로 칼질하여 크고 작은 상처를 남기지 않기 위함이다. 또한 차마 하찮은 것을 베지 못하여 한 일일 것이다.

그러나 파저강의 적은 이와는 다르다. 임인년 여연군에 침입하여 분쇄되고 저들의 소굴을 잃게 되자 강가에 살기를 호소하였다. 나라에서 그들을 가엾게 생각하여 허락했는데 은혜를 잊고 변방 백성을 죽이고 가축을 노략질해 가니 징계하지 않을 수 없다.

오랫동안 평화가 계속되어 사방에 걱정이 줄었다. 맹자가 말하기를 외적이 없는 나라는 망한다고 하였다. 오늘의 출정은 여진족이 스스로 불러온 일이기는 하나 이는 하늘이 우리를 경계함이다."

임금은 준엄한 목소리로 교지를 계속 읽어 나갔다.

"적의 우두머리 이만주, 동맹가위 등은 조선 땅 노략질을 우디가의 소행이라고 했으나 믿을 수 없다. 또한 임합리와 타합노가 도망친 자기들 노비를 내놓으라고 하나 김자환은 본디 조선 백성이다.

옛날 경원에서 한흥부가 오랑캐한테 죽었는데 하륜은 오랑캐를 쳐선 안 된다고 하였고, 조영무는 쳐야 한다고 하였다. 선왕께서는 조영무의 말을 따라 토벌하였다.

기해년 대마도를 칠 때도 어떤 대신은 불가하다고 하였으나 대의를 위해 장수들에게 치기를 명하였다. 오늘 출정하는 장수들은 모두 용맹성을 발휘하여 반드시 승전하고 돌아올 것으로 믿는다."

임금은 격려를 마치자 도체찰사와 장군들에게 활과 화살 그리고 말과 안장을 주었다.

임금은 최윤덕이 원정길에 오른 뒤 전투 지역에서 비켜나 있는 함길도에 비상 경계령을 내렸다. 전쟁이 일어나면 동북 국경에도 전운이 감돌 것에 대비한 것이다. 그뿐 아니라 북방 지대에 있는 모든 백성에게 주의를 당부하고 어린 아이와 노약자, 부녀자는 산속으로 대피할 것을 권했다.

1천여 명의 군사와 함께 최윤덕이 강계군에 도착했다. 먼저 온 좌장군 최해산이 보고를 올렸다.

"강 위에 부교를 놓는 일이 쉽지 않습니다. 그뿐 아니라 마천에서 우리 산성까지 사이가 험난하기 이를 데 없습니다. 마을과 마을의 연결이 조밀하여 유사시 사방에서 공격이 있을 것이라는 보고도 있습니다. 여러 가지 우려가 많습니다."

최해산의 보고는 먼저 정찰 임무를 수행한 홍득희의 보고와 일치하는 것이었다.

"그러면 병력이 얼마나 더 필요한가?"

최윤덕이 물었다.

"1만 명 이상이 있어야 할 것 같습니다."

최해산의 말을 듣고 최윤덕은 장수 회의를 소집했다.

이틀 동안 머물면서 적전을 면밀히 검토하고 내린 결론은 총 병력 1만 5천 명이 필요하다는 것이었다. 장수들의 결정은 곧 임금에게 전달되었다. 임금에게 명을 받은 1만 4천 명의 주력군이 즉각 강계부에 투입되었다.

최 도절제사는 각 군에 병력을 나누어 배치했다.

부장이며 중군 선봉대인 이순몽이 2천5백15명을 거느리고 수괴 이만주의 본영으로 출발했다. 좌장군 최해산은 2천70명을 거느리고 차여 방면을 맡았다. 우군절제사 이각은 2천70명을 거느리고 백마

천 방향으로 향했다. 절제사 이징석은 3천10명을 거느리고 우라 등지로 향했다. 적괴 부두목 격인 임합라의 부모가 있는 곳은 김효석이 1천8백80명을 거느리고 떠났다. 절제사 홍사석은 1천1백10명을 거느리고 팔리수 쪽으로 진군했다. 최 체찰사는 2천5백99명을 직접 인솔하고 가장 저항이 심할 것으로 보이는 임합라와 타납노의 소굴로 향했다.

파저강에서 공격을 시작한다는 보고를 받은 임금은 격려 교지를 보내려고 준비했다. 임금은 우대언 김종서를 불렀다.

“최 장군한테 격려 교지를 내리려고 하오. 홍득희를 함께 그곳으로 가서 작전을 도우라고 하면 어떻겠소.”

김종서는 임금의 말에 아주 난감한 표정을 지었다.

“아뢰옵기 황송하오나 홍득희를 찾을 수가 없습니다.”

“그게 무슨 말이오, 좌대언.”

임금이 놀라 눈을 크게 떴다.

“한성부에서 홍득희의 산채를 습격하여 모두 흩어져 버렸습니다.”

“한성부에서? 홍득희가 파저강에 가고 없을 때 일어난 일이오?”

임금은 긴 숨을 내쉬고 물었다.

“그러하옵니다.”

“몇 명이나 죽었소?”

“한 명이 죽고, 열 명이 포로로 잡혔습니다. 한성부 갑사는 여섯 명이 다쳤다고 합니다. 지금 상계가 올라와 있는데 가지고 오겠습니다.”

김종서가 나가려고 하자 임금이 말했다.

"그건 나중에 볼 테니 우선 홍득희를 찾으시오. 그리고 교지를 가지고 가는 경차관과 함께 파저강에 갈 수 있도록 해 보시오."

김종서는 대답을 못하고 서 있었다. 자신과 왕래한 후 두 번이나 관군의 습격을 받은 홍득희가 왕명을 어떻게 받아들일지 모를 일이었기 때문이다.

"무얼 하시오. 빨리 시행하도록 하시오."

임금이 재촉하자 김종서는 얼른 돌아서 나왔다.

'큰일이야. 큰일.'

김종서는 대궐을 나와 우선 홍석이와 송오마지를 불렀다.

한참 뒤 객사관에 나타난 사람은 송오마지와 의금부 졸도였다.

"홍석이는 어떻게 되었나?"

"아무리 끌고 오려고 해도 말을 듣지 않습니다. 그냥 죽이라고만 합니다."

의금부 졸도가 설명했다.

"쇤네도 오긴 했습니다만 나리께는 한마디도 드릴 말씀이 없고 들을 말도 없습니다."

송오마지도 한마디 하고는 입을 다물어 버렸다.

오랑캐를 함부로 죽이지 말라

난감한 마음으로 어전을 물러난 김종서는 소헌왕후를 알현하러 갔다. 한 상궁을 통해 만나겠다는 기별이 왔다.

김종서는 내전에서 수렴 너머로 왕후를 알현할 수 있었다.

"좌대언이 웬일이십니까?"

"임영대군 부인 병환은 상당히 차도가 있다고 들었는데 더 치료를 해야 할지 여쭈러 왔습니다."

"그렇지 않아도 좌대언을 불러서 치하를 하려고 했습니다. 내가 유심히 살펴보았는데 눈동자도 바로 돌아온 것 같고 경망하던 행동도 좀 고쳐진 것 같습니다. 치료를 맡은 그 죄수도 선처를 하도록 전하께 여쭙겠습니다."

"그럼 치료를 계속해야 할는지요."

왕후는 한참 생각하다가 대답했다.

"너무 오래 계속하면 불미한 소문이 날지 모르니 일단 중지하고 다음을 기약하지요."

"분부대로 하겠습니다."

김종서가 절하고 나오려하자 왕후가 불러 세웠다.

"좌대언. 내가 그 죄수에게 우선 작은 보답을 하려 하니 전해 주시오. 좀 있다가 내관을 시켜 보내드리리다."

김종서는 나오면서 한쪽은 해결되었다고 생각했다. 홍석이가 분명히 치료를 거절할 테니 계속한다고 해도 시킬 방법이 없었다. 죽으면 그만이라고 목을 내미는 자를 무슨 재주로 일을 시킨단 말인가.

김종서가 승정원으로 돌아와서 한숨을 쉬고 있을 때 내전 내관이 보따리를 들고 왔다.

"중전마마께서 대감께 직접 전하라고 하셨습니다. 의원에게 내리는 하사품이랍니다."

내관이 물러가고 난 뒤 김종서는 홍석이에게 주라는 보따리를 풀어 보았다.

보자기를 풀자 종이로 포장된 물품이 나왔다. 김종서는 호기심에 종이를 조심스럽게 풀어보았다. 금단(錦緞, 비단)이었다. 그것도 황, 록, 적, 자색의 옷감 네 벌이었다. 이런 옷감은 당상관 이상이 입는 옷을 만들 수 있는 옷감이었다. 참형을 앞둔 화적한테 왕후가 당상관 옷감을 하사한다는 것은 보통 일이 아니었다.

김종서는 사헌부에서 가장 믿을 만한 관원을 시켜 홍석이를 데려오라고 일렀다. 오지 않겠다면 묶어서라도 데려오라고 일렀다.

오래지 않아 관원이 홍석이를 데리고 객사로 왔다.

"나를 빨리 죽여버리시오. 내가 없어야 누님이 살 수 있을 것 아니오. 이제 더 이상 끄나풀 노릇은 할 수 없소."

화가 끝까지 난 얼굴과 불만으로 가득 찬 말로 보아 홍석이가 폭발 직전에 있다는 것을 금세 알 수 있었다.

"이제 대군 부인 치료는 안 해도 되네. 그동안 애쓴 덕분에 많이 쾌차되었네."

김종서는 무슨 말부터 할까 망설이다가 그 말을 먼저 했다.

"흥! 끝까지 속이는군요. 나는 그 여자가 누군지도 몰랐는데 이제 보니 왕비 감이었군요."

"세자빈은 아니고 대군 부인이었네. 말 안한 건 미안하네. 대군 부인이 낫게 된 것은 자네의 공일세. 그래서 중전마마께서 자네한테 귀한 물건을 하사하셨네."

김종서는 소헌왕후의 하사품을 내밀었다.

"금방 죽을 놈이 그런 건 어디 씁니까?"

홍석이는 말은 그렇게 하면서도 궁금했던지 보따리를 흘금흘금 보았다.

"중전마마께서는 상감마마께 여쭈어 자네를 양민으로 만들어 준다 하셨네."

그 말에 홍석이는 아무 대답도 하지 않았다. 화가 조금 풀린 것 같았다.

"이 하사품 궁금하지 않아? 내가 풀어보지."

김종서가 보따리를 풀어 금단 옷감을 펼쳐 보았다. 홍석이로서는 난생 처음 보는 비단이었다.

"장가도 못 갈 놈인데……."

홍석이의 얼굴이 많이 펴져 있었다.

"이건 원래 남자들이 관복으로 해 입는 옷감이지."

홍석이의 얼굴이 펴진 것을 보고 김종서가 본론을 꺼냈다.

"산채를 습격한 것은 잘못된 일이란 것을 상감마마께서도 알고 있다네."

김종서가 홍석이의 얼굴을 살피면서 조심스럽게 말했다.

"그런 일이 한 번도 아니고 두 번씩이나 일어나는데 나리를 믿을 놈이 어디 있겠어요?"

"나라도 안 믿지. 그러나 결코 조정에서 한 일은 아니네. 도둑을 맞으려면 개도 안 짖는다 하지 않던가."

"우리가 도적이고 개인데 어느 개가 짖어요."

홍석이가 툴툴거렸다. 마음이 완전히 풀린 것 같았다.

"죽은 사람이 있었다는데 내가 대신 사과하지. 그리고 이번 일만 잘 되면 잡혀온 사람도 곧 풀려날 수가 있어."

"이번 일이라뇨?"

홍석이가 신경을 곤두세웠다.

"홍득희 두령이 나라를 위해서 또 해야 할 일이 있어서 그러네."

김종서는 대화가 잘 풀려간다고 생각했다.

"이 옷감, 누님한테나 주시오."

갑자기 홍석이의 심사가 틀어진 것 같았다.

김종서와 홍석이의 승강이는 거의 반나절이나 계속되었다. 결국은 홍석이가 넘어갔다. 홍득희를 만나 다시 김종서를 만나도록 설득하기로 했다.

"나 혼자 누님 만나러 가서는 안 돼요."

협력에 동의한 홍석이가 조건을 붙였다.

"송오마지도 안 돼요. 옥 안에 있는 동창을 풀어주어야 해요."

동창이라면 여진족으로 홍득희의 오른팔 격인 화척이었다. 원래는 여진족 맹가첩목아 대장의 집안이었으나 맹가첩목아가 죽으면서 홍득희와 한패가 되었다. 지난 번 한성 화재 때 홍석이와 함께 잡혀와 있었다.

"내가 노력해 보마."

김종서는 임금의 윤허를 받아 동창을 석방시켰다.

풀려난 동창과 홍석이는 홍득희 두목을 수소문했다. 송오마지의 도움을 받아 홍 두목이 오포산 쪽으로 갔다는 것을 알았다. 두 사람은 마전포를 거쳐 오포산으로 갔다. 강둑 길목을 한나절 정도 지키고 앉았다가 강원만 소두령의 부하 한 사람을 만났다. 김 도막지라는 나이 어린 버들 백정이었다.

"도막지!"

"형님들. 어찌 풀려났소?"

"그건 나중에 묻고 홍 두목 있는 곳을 아느냐?"

"그건 모르고 강 두령 있는 곳은 알아요."

두 사람은 도막지를 따라 오포산 중턱의 강원만 막사로 갔다.

"이놈, 석이! 또 우리를 팔아먹으러 왔느냐? 이젠 절대 안 속아. 네놈부터 죽일 것이다."

강원만이 등에서 화살을 뽑아 시위에 메었다. 그리고 활시위를 팽팽히 당겼다.

"강 두령. 잠깐만 참아요. 이 사람이 나를 풀어준 거요. 정말 우리를 팔아먹으려면 나를 왜 풀어주겠어요. 그저께 잡혀간 열 명도 풀어낼 묘책이 있나 봐요."

동창이 강 두령을 가로막으며 말했다. 잡혀간 열 명도 풀어낼 방도가 있다는 말에 강 두령은 활시위를 놓았다.

"그저께 일은 우리의 사정을 모르는 한성부 졸개들이 한 짓이래요. 정말 내가 팔아먹은 것 아닙니다. 내가 그런 짓을 했으면 왜 다시 오겠습니까?"

홍석이가 열심히 사정을 했다.

"모르겠다. 홍 두목한테 가서 결판내자."

강원만이 두 사람을 데리고 좀 떨어져 있는 홍득희의 산채로 갔다.

홍득희는 석이의 설명을 듣고 수긍하는 듯했다. 특히 동창을 데리고 온 것을 대단히 고마워했다.

"꼭 죽은 사람이 돌아온 것 같소. 정말 잘 살아왔어요. 고생은 하지 않았나요? 그놈들은 툭하면 압슬형인가 뭔가를 해서 죽지 않더라도 병신을 만든다고 하던데……."

홍득희는 몇 번이나 동창을 아래위로 살펴보았다.

산채에 와 있는 소두목들의 아내와 딸들이 먹을 것을 준비해 왔다. 기장떡과 조로 만든 술이었다. 도망을 다니면서도 술통은 지고 다니는 것이 화척들의 습관이었다.

"이번에는 무슨 함정이냐?"

홍득희가 비꼬는 것인지 농인지 모를 말을 했다.

"임금이 하라는 일이 있나 봐요. 누님을 꼭 만나야 한대요."

"상감마마를 그렇게 함부로 부르는 것이 아니다. 우리가 비록 도적질을 해먹고 살지만 임금은 양반들만의 임금이 아니다. 우리 임금님도 된다."

홍득희가 엄숙하게 말했다.

"누님도 녹봉 좀 잡수셨소? 어째 사람이 달라 보이네."

"헛소리 말고. 어디서 만날 것인지 정하고 온 거냐?"

"누님이 허락하면 다시 가서 약조를 해야 합니다."

홍득희가 잠깐 생각하다가 대답했다.

"내가 여기를 오다가 고양에 있는 낙천정을 들어가 보았지."

"왕실에서 쓰는 낙천정 말인가요?"

곁에 있던 박무가 물었다.

"아무도 없고 폐허처럼 되었더구나."

"전 임금이 살아 계실 때는 자주 쓰던 곳인데 돌아가신 후 버려두어 폐가가 되어 간다고 하더군요."

동창이 거들었다. 낙천정은 태종이 늘 드나들던 곳으로 궁전 못지않게 쓰이던 곳이었다. 홍득희 일당은 낙천정으로 가는 과일 봇짐이며 옷 보따리를 중간에서 가끔 털었기 때문에 그곳 사정을 잘 알았다.

"모레 오시(午時) 경에 낙천정에서 좌대언을 만나자고 하면 어떻겠나. 아무도 드나들지 않으니 들킬 염려도 없고."

"그래도 우리 쪽에서 대비는 단단히 해야 할 것입니다."

강원만이 경계를 풀지 않았다.

그날 저녁 늦게 홍석이 혼자 한성으로 돌아왔다.

이틀 뒤, 김종서가 홀로 말 한 마리에 몸을 싣고 강변을 달려 낙천재로 갔다. 체구는 작지만 어느 상장군 못지않게 강단이 몸에 밴 문신이었다.

이번에는 홍득희가 전각 가운데에 앉아 있었다. 잠겨 있는 문을 뜯고 들어가 먼지도 털지 않고 그냥 앉았다.

"한성부 보충군들의 습격은 내가 전혀 모르는 일이네. 미안하게 되었네."

나중에 온 김종서가 먼저 사과를 했다.

"동창을 놓아 주어서 고맙습니다. 그 은혜를 갚겠습니다."

홍득희가 직설적으로 말했다.

"전하께서는 파저강 전투에 관심이 많네. 꼭 교지를 내려 격려하려고 하는데 홍 처자를 어사와 함께 가도록 하라고 명하셨네."

"누가 어사로 가시나요?"

홍득희가 정면으로 김종서를 바라보았다. 얼굴을 정면으로 마주보기는 처음이었다. 날카로운 콧날과 꾹 다문 입이 범할 수 없는 위엄을 풍겼다.

"집현전 부제학 이선(李宣)에게 교지를 주었다네."

"제가 가서 할 일이 무엇입니까?"

"전하께서는 전쟁에서 서로 희생을 적게 내려면 서로의 말이 통해야 된다고 하시네. 여진족 말과 글을 알고 그쪽 지리도 잘 아는 사람이 홍 처자 아닌가. 홍 처자는 무술도 뛰어나고 지략도 있는 장수감이니 여러 모로 토벌군에 도움이 될 것이네."

김종서와 홍득희의 회담은 간단히 끝났다. 모레 아침 진시에 낙천정에서 어사 일행과 만나기로 했다. 평안도 파저강으로 가자면 어차피 낙천정 옆을 지나야 하니까 안성맞춤의 장소였다.

이틀 뒤, 진시가 되기 훨씬 전에 홍득희가 동창과 함께 낙천정으로 갔다. 홍득희는 파저강 너머의 지리에 밝은 동창을 데리고 가면 도움이 되리라 생각하고 허락을 받을 셈이었다.

"홍 처자, 어서 오시게."

김종서가 미리 와 있었다. 흰 말 한 마리가 기둥에 매여 있었다.

"이 말을 전하께서 하사하셨네. 저기 안에 들어가면 갑옷과 투구가 있으니 입고 나오시게."

홍득희가 전각 안의 방에 들어가 보았다.

거기에는 번쩍이는 갑사복 한 벌과 투구가 있었다. 홍득희는 하사품을 입어 보았다. 아주 잘 맞았다. 언젠가 갑옷을 걸치고 군사를 호령하고 싶은 꿈을 가진 홍득희였다. 그 꿈이 엉뚱한 기회로 이루어지는 것이 감격스러웠다. 힘이 갑자기 솟는 것 같았다.

홍득희가 밖으로 나오자 김종서가 흐뭇한 표정으로 지켜보았다.

"정말 믿음직한 장군이네. 참 잘 어울리네."

"광대 모습 아닌가요?"

홍득희가 쑥스러운 듯 얼굴을 약간 붉혔다.

"이것도 전하께서 내리신 것이네."

김종서는 활과 화살, 그리고 칼을 주었다.

홍득희는 자기의 활과 화살, 그리고 칼을 동창에게 주었다.

"동창도 같이 갔으면 하는데 허락해 주십시오,"

홍득희가 동창을 돌아보며 말했다.

“두어 사람은 따라가도 되니 염려 마시게.”

김종서가 동창의 인사를 받으며 말했다.

“이선 어사는 홍 처자가 간다는 것과 비밀 임무를 알고 있으니 별도로 임명장도 필요 없을 것이오. 그냥 패두(牌頭, 작은 무리의 우두머리)로만 부를 것이오.”

곧 이선 어사 일행 20여 명이 들이닥쳤다.

“그대가 홍 패두인가?”

이선 부제학 겸 평안도 어사는 홍득희의 아래위를 여러 번 훑어보고는 말을 걸었다.

“예, 잘 거두어 주십시오.”

홍득희가 공손하게 인사를 했다.

“자, 갈 길이 머니 빨리 출발하자.”

이선 어사가 김종서에게 인사하고 급히 말을 몰았다. 홍득희는 일행의 말미에 서서 따라갔다. 홍득희 뒤로는 여정에 쓰일 수레 다섯 대가 뒤따랐다.

이선 어사 일행이 강계 최윤덕 도체찰사 본영에 도착한 것은 닷새 뒤였다.

“수고가 많으시오. 전황은 어떠한가요?”

이선 어사가 본영에서 비장과 함께 최윤덕 도체찰사한테 교지를 전달했다. 최윤덕은 부복하고 교지를 받은 뒤 대궐 쪽을 향해 절을

네 번 했다.

"특별히 소개할 사람이 있소."

이선 어사는 홍득희 패두를 최 장군에게 소개했다. 특별히 다른 임무가 있다는 것도 함께 설명했다.

"고맙네. 천군을 얻은 듯하네."

최윤덕이 홍득희를 반갑게 맞이해 주었다.

최 장군은 비장과 직할 부대의 군졸을 모아놓고 임금의 교지를 낭독했다.

모든 지휘관과 병사들은 들어라. 우리 신민을 보호하는 것이 그대들의 첫 번째 목표라는 것을 명심하라.

백성들이 희생되거나 불편해 하지 않도록 힘쓰라.

적을 긍휼히 여길 줄 알아야 한다.

조선의 사직을 만대에 튼튼하게 하며 조종이 지켜온 국토를 한 치도 침범당하지 말라.

모두 승전의 기쁨을 안고 개선하기를 바라노라.

대체로 이런 내용의 교지였다. 대마도를 정벌할 때는 임금이 아닌 영의정 유정현이 승전 격려문을 보냈었다.

교서 낭독이 끝나자 최윤덕이 나서서 일장 훈시를 하였다.

"나의 명령을 위반하는 자 있으면 군법으로 처리한다. 싸움에 임해서 지휘를 이탈한 자, 북소리를 듣고도 전진하지 않는 자, 위급해진 장수를 구출하지 않는 자, 군사의 비밀을 누설하는 자, 요망한 말을 퍼뜨려서 군사를 현혹시키는 자는 용서치 않는다."

모두가 눈동자 하나 움직이지 않고 최윤덕의 훈시를 듣고 있었다.

"패두를 구출하지 않은 자도 벨 것이다. 자기 패를 잃고 다른 패를 따라가는 자, 시끄럽게 떠드는 자, 적의 마을에 들어가서 명령을 내리기 전에 재물, 보화를 거둔 자는 벨 것이다. 적의 마을에 들어가서 늙고 병든 자와 어린아이를 치지 말 것이며 비록 장정일지라도 항복하면 죽이지 말라."

최 도체찰사는 더욱 목청을 높였다.

"험한 곳을 행군하다가 별안간 적을 만났을 때는 멈추어서 방어하며 뿔피리를 불어 인근 부대에 알려야 한다. 이럴 때 도망가는 자는 베어야 한다. 적의 닭, 개, 소와 말을 죽이지 말라. 건물에 불지르지 말라. 토벌의 원칙은 정의로서 불의를 베는 데 있다는 것을 명심하라. 다시 명하건대 공을 세울 욕심으로 늙은이와 어린아이를 벤다든지 중국인을 베는 자는 군법을 시행할 것이다."

최 장군은 이마의 땀을 씻은 뒤 훈시를 계속했다.

"지금부터 하는 말을 잊지 말라. 강을 건널 때는 다섯 사람씩, 열 사람씩 순서대로 배에 오르되 먼저 오르려고 다투지 말라. 19일에 함께 적의 심장을 칠 것이다. 만약 비바람이 불고 캄캄하면 하루를 늦출 것이다."

홍득희는 최 장군의 지시를 들으며 상당히 유능한 장군이라고 생각했다.

홍득희는 동창과 함께 최 장군의 직할 부대에 속한 열 명의 패두가 되었다. 장병들은 홍득희가 여자인지 남자인지 분간하지 못했다.

"홍 패두는 항상 나와 거리를 너무 떨어지지 말라. 여진족과 싸우기 전에 가능하면 대화를 해볼 테니 돕도록 하라."

최 장군이 임무를 명확하게 주었다.

혈로를 뚫는 여장수

최윤덕 장군의 중군 2천5백여 명은 임합라와 타납노가 있는 영채를 직격하기 위해 강가로 내려갔다.

원래 작전은 최해산이 먼저 가서 배를 이어 배다리를 만들어놓으면 군사들이 강을 건너는 것이었다. 그러나 비가 억수로 퍼붓고 배다리를 설치하면 노출될 가능성이 많아 포기했다. 대신 배를 타고 차례차례 건너기로 했다. 여진족이 철수한 강변 동네 시번동에 도착하자 마을이 텅텅 비어 있었다.

"홍 패두가 먼저 건너가 정탐을 하고 초소를 설치하라."

최윤덕이 가장 중요하지만 위험한 일을 홍득희에게 시켰다. 홍득희는 말을 탄 채 강을 건너며, 군졸들은 배 두 척에 나눠 타고 건너오라 명했다. 그리고 초소를 설치하고 본진에 손짓으로 알렸다. 군졸들은 백여 척의 배에 나눠 타고 순식간에 강을 모두 건넜다.

강을 건너온 중군은 약 6백 명을 강가에 주둔시키고 진군을 계속했다. 여진 땅인 어희강(魚戲江) 입구에 다다랐을 때였다. 노루 네 마리가 본영을 가로질러 산 쪽으로 가고 있었다.

"잡아라!"

누군가가 소리치자 여러 병사가 활을 쏘았다. 그러나 겨우 한 마리밖에 맞히지 못했다. 보고 있던 홍득희가 화살을 날렸다. 앞서 가던 노루의 목에 맞았다. 연이어 동시에 쏘듯 홍득희의 화살이 날아가더니 나머지 두 마리도 쓰러뜨렸다.

"와! 와!"

"명궁이야 명궁."

"명궁이 아니고 신궁이다!"

모두가 감탄했다.

"노루란 산짐승이니까 잡아도 좋다. 우리 군영 앞에 노루가 스스로 나타난 것은 대단히 좋은 징조이다. 승전의 징조임이 틀림없다."

최윤덕 장군이 덕담을 해서 사기를 돋우었다.

최윤덕의 중군은 물론, 최해산의 좌군, 이각의 우군이 일제히 적의 소굴로 쳐들어간 날은 19일 새벽이었다. 최윤덕 장군이 직접 지휘하는 중군 선봉이 임합라의 본거지를 기습했다. 홍득희는 약 50보 뒤에서 군사 열 명을 이끌고 최 장군을 호위하고 있었다.

임합라의 본거지는 쉽게 무너졌다. 아녀자는 이미 모두 대피하고 없었다. 최후 수비군만 수백 명이 남아 있었다. 이들은 처음에는 활을 쏘며 저항하다가 조선군이 대부대라는 것을 알고는 모두 산속으로 도망쳐 버렸다. 최 장군은 군사들의 추격을 중지시켰다.

새벽에 시작된 싸움은 점심때가 되기 전에 끝났다.

타납노의 본거지 공격을 나갔던 이순몽 선봉대의 전령이 말을 달려와 최 장군에게 전황을 보고했다.

"타납노 소굴을 완전히 점령했습니다."

"타납노는 어떻게 되었나?"

최 장군이 물었다. 홍득희는 무슨 대답이 나올지 신경이 쓰였다. 전에 그 집에서 신세라면 신세를 졌기 때문이다.

"놓쳤습니다."

홍득희는 안도의 숨을 내쉬었다. 적장을 놓쳤다는데 안도한다는 것은 말이 안 된다는 생각을 하며 혼자 쓴웃음을 지었다.

어희강 일대의 정탐을 마친 중군은 나누어 군영과 숙소를 만든 뒤 오후에 잠깐 휴식을 취했다.

그때였다. 정찰 나갔던 병사가 보고했다.

"저 모퉁이 너머 강변에서 말을 타고 활쏘기 연습을 하는 여진족 십여 명이 있습니다."

"모조리 소탕하라."

부장 한 사람이 명을 내렸다. 그러나 최 장군이 다시 명령했다.

"죽이지 말라. 도망가지 않은 것을 보니 싸울 사람들이 아닌 것 같다. 홍 패두가 가서 그들의 말을 들어 보아라."

홍득희는 최 장군의 명이 백번 옳다고 생각하고 말을 달려 그들이 있는 곳으로 갔다.

"너희는 여진족이냐?"

홍 패두가 여진 말로 묻자 그들은 머뭇거리다가 고개를 끄덕였다.

"타납노의 부하들이냐?"

홍득희가 다시 물었다.

"아닙니다. 우리는 병사가 아니고 짐승을 잡아 가죽을 만드는 사람들입니다."

홍득희는 선량한 화척이라는 것을 금방 알았다.

"여기서 어물거리면 목숨이 위험하니 나를 따라 오시오. 화살은 모두 전통에 도로 넣으시오."

홍 패두가 그들을 데리고 와서 최 장군 앞에 세웠다. 홍득희의 설명을 듣고 난 최 장군이 말했다.

"우리들의 행군은 다만 타납노와 임합라를 잡으려는 것이다. 너희들을 해치려고 하는 것이 아니니 안심하고 생업에 전념하여라."

홍득희가 통역하는 장군의 말을 들은 여진인들은 말에서 내려 최 장군에게 부복하였다.

20일에도 중군의 진군은 계속 되었다. 도중에서 적과 싸우고 있는 홍사석의 부대를 만나 함께 싸웠다. 이 싸움에서 31명을 포로로 잡았다.

큰 전투 없이 26일을 맞았다. 진군 7일째였다. 이날 아침 중군 본진이 적의 대부대가 있을 것으로 보이는 혼강(渾江) 입구로 갔을 때였다. 각 부대는 흩어져서 잔적을 소탕하며 나아갔다. 홍득희 패는 진군할 때면 언제나 최 장군의 가까운 후방에서 경계를 하고 있었다. 최 장군과 직할 병사 백여 명이 깊은 계곡에 들어섰을 때였다. 갑자기 좌우 산에서 여진 병사 수백 명이 말을 달려 기습해 왔다.

"적이다. 진을 쳐라!"

최 장군이 곧 전투태세에 들어갔다. 병사가 긴급을 알리는 뿔피리를 불었다. 적의 숫자는 조선군보다 훨씬 많았다. 그러나 용감한 조선 정예부대를 쉽게 무너뜨리지는 못했다.

홍득희 패는 재빨리 최 장군을 에워싸고 싸웠다. 최 장군은 원군이 올 때까지 버텨야 한다고 외치면서 계속 화살을 날렸다.

"홍 패두, 저게 무엇이오?"

최 장군이 건너편 산에 흰 연기가 오르는 것을 손으로 가리켰다. 반대편 산에서도 대답이라도 하듯 연기가 피어올랐다.

"서로 신호하여 응원을 청하고 있습니다. 우리가 함정에 빠진 것 같습니다."

"함정? 우리가 오랑캐를 너무 얕본 것인가! 여기서 가장 가까이 있는 부대가 타납노 본거지에 있는 이순몽 부대인데 어떻게 지원을 청하지?"

홍득희는 최 장군이 난처하게 된 것을 깨닫고 있었다.

"제가 가서 원군을 데려오겠습니다."

"하지만 이 포위망을 어떻게 뚫고 나갈 것인가?"

최 장군이 걱정했다.

"걱정 마십시오. 다녀오겠습니다."

홍득희는 칼을 휘두르며 단신으로 포위망을 뚫기 시작했다. 산비탈에서 말을 달리는 기술이 누구보다 뛰어난 홍득희는 가파른 산비탈을 평지처럼 달렸다.

"홍 패두를 엄호하라!"

군사들이 홍 패두를 뒤쫓는 여진 군사를 쏘았다. 화살이 빗발처럼 날았다. 얼마 가지 않아 홍 패두는 포위망을 뚫고 무사히 산 너머로 사라졌다.

최 장군은 이순몽이 5백여 명을 이끌고 구원하러 올 때까지 잘 버텨냈다. 홍득희의 활약으로 원군과 연락이 되어 여진의 기습에서 벗어난 최 장군은 홍득희의 공을 여러 번 치하했다.

행군은 계속되었다. 갑자기 바람이 불고 비가 억수로 내려 행군하던 군사들과 말이 모두 젖었다. 땅에 발이 빠지는 바람에 사람이나 말이 모두 피로에 지쳐 꼼짝할 수가 없게 되었다.

최 장군이 홍득희를 불렀다.

"이 지방에는 이러한 재해가 자주 일어나느냐?"

천기에 대한 질문이었다.

"좀체 비가 오지 않는 곳입니다. 큰 비가 닥치지는 않을 것입니다."

홍득희의 대답에 고개를 끄덕이던 최 장군이 다시 물었다,

"오랑캐들은 이럴 때 어떻게 하느냐?"

"우두머리가 나서서 하늘에 제사를 지냅니다."

"음. 지우제(止雨祭)를 지내는 것이군."

최윤덕 장군은 곧 지우제를 준비시켰다. 하늘에 술잔을 올리며 주문했다.

"오랑캐들이 조선인의 생령을 살해하였는데 하늘은 그 죄를 벌하기 위하여 저들에게 비를 내리고 있습니다. 그러나 하늘이시여! 그 벌이 도리어 우리 죄 없는 군사를 괴롭히나이다. 하늘이시여, 우리를 가엾게 여겨 주소서."

최윤덕은 제상 앞에 꿇어 앉아 억수 같은 비를 맞으며 눈물을 흘렸다.

얼마를 지났을까. 신기하게도 비가 뚝 그치고 바람도 잠잠해졌다. 뒤이어 태양이 눈부시게 빛났다.

열흘간에 걸친 야인 지역의 평정이 끝났다. 비록 수괴를 잡지는 못했으나 그들의 요새와 졸개는 모두 소탕되었다.

"오랑캐의 근거지에 경고하는 방을 붙이시오."

최윤덕 도체찰사의 명에 따라 관군은 타납노를 비롯한 각 수괴들

의 근거지에 방문을 내걸었다.

조선 임금의 명을 받들고 너희들의 죄를 다스리러 왔다. 죄를 지은 수괴들은 자수하여 잘못을 고할 것이며, 무고한 백성들은 안심하고 생업에 종사하기 바란다.

평안도 병마절도사 겸 도절제사, 중군통제사 최윤덕.

각 군영에서 전과 보고가 있었다.

여진족 병사와 주민 남녀 2백 36명을 사로잡고 1백 70명을 베었다. 그뿐 아니라 소와 말 1백 70마리를 노획했다. 조선군의 피해는 전사한 자가 4명, 화살을 맞아 부상한자가 20명에 불과했다. 최윤덕은 우선 박호문과 오명의를 시켜 임금께 승전을 알리도록 했다.

회군 준비에 분주한 군영에서는 승전 잔치가 벌어져 군졸들이 술과 고기를 즐기고 있었다.

홍득희는 혼자 말을 타고 파저강변을 천천히 걷고 있었다. 강 너머 오랑캐 땅에도 노을은 아름다웠다. 홍득희는 착잡한 심정이었다. 일단 최윤덕 군을 도와 싸우기는 했으나 여진족을 친다는 것이 꼭 친정을 치는 것 같아 마음이 편치 않았다. 파주 오포산에 두고 온 신백정 식구들도 마음에 걸렸다. 자기가 없는 동안 무슨 변고가 생겼는지 몰라 불안감을 떨칠 수가 없었다.

그뿐 아니라 조정과 천민 범죄 집단 사이에 선 자신이 어떻게 앞날을 헤쳐 나가야 할지 난감하기도 했다.

"홍 패두!"

멀리서 동창이 말을 달려오며 불렀다. 홍득희가 뒤를 돌아보자 최윤덕이 동창을 앞세우고 달려오고 있었다.

"홍 패두가 안보여 물어봤더니 이 사람이 데려다 주는군."

최윤덕이 계면쩍은 웃음을 띠우며 말했다. 동창은 말 걸음을 늦추어 뒤로 쳐졌다. 홍 패두가 얼른 말에서 내려 고삐를 잡고 서서 최 장군의 명을 기다리는 태세를 갖추었다.

"아니야. 명령을 내리러 온 것이 아니야. 그냥 함께 강변이나 한 번 돌아보세. 말에 오르시게."

홍득희가 다시 말에 올랐다. 최 장군과 홍득희는 나란히 강변에서 마상 산책을 했다. 점점 더 붉어지던 서산의 노을은 잔잔한 강에 비추어져 불길이 일렁이는 것 같았다.

"내 이번에 한성에 돌아가면 홍 패두의 무공을 상세히 상주하여 큰 상을 내리게 하고 싶은데……."

최윤덕이 말끝을 흐리며 돌아보았다. 생색을 내는 것 같았다.

"고맙습니다만, 저는 그럴 자격이 없습니다."

"자격이 없다니?"

"저는 죄를 지은 신백정 도적패의 두목입니다. 천민이라 성은을 입을 자격도 없거니와 더구나 죄를 지어 관아에서 잡으러 다니는 신세가 아닙니까."

"그런 것은 모두 은사(恩赦)를 받아야지. 물론 고루한 대신들의 반대도 만만치 않겠지만 내가 나서겠다."

"고맙습니다만, 너무 애쓰지 마십시오. 이번 일은 김종서 대감과의 약조 때문에 이루어진 것입니다."

두 사람은 한참 동안 아무 말을 하지 않았다. 강 위를 빙빙 돌며 물고기 사냥을 하는 새들을 물끄러미 바라보았다.

"앞으로 어떻게 할 계획인가. 여차하면 우리 군영에 들어와 함께 있는 게 어떤가?"

"여자가 군영에서 무슨 일을 하겠습니까?"

"만약 홍 패두가 양반으로 태어나고 남자였더라면 이 나라의 만군을 호령할 장군이 되었을 것이다."

"저는 다시 저희 패거리로 돌아가서 그들과 함께 무슨 일이든 할 것입니다. 장군님은 이 전쟁을 끝으로 저와의 인연이 끝난 것 같습니다."

"너무 멀리 온 것 같으니 돌아가자."

최윤덕은 홍득희의 본심을 읽은 듯 실망한 표정으로 한참 걷다가 되돌아섰다.

임금은 박호문과 오명의에게서 승전을 알리는 첩서(捷書)를 받고 대단히 기뻐했다.

"장하도다. 최윤덕이 지난 번 대마도 원정 때도 큰 공을 세우더니 또 큰일을 해내었구나. 무엇보다 우리 병사의 피해가 경미하다니 참으로 다행한 일이다."

임금은 첩서를 가져온 두 사람에게 옷 두 벌씩과 술을 내리도록 명했다.

이튿날 조회에서 승전을 알리자 모두 기뻐하고 치하했다.

"지난 번 기해년 대마도를 치고 돌아온 이종무 장군을 환영하는 승전 격려 연회를 연 기억이 나는데 이번에도 그 전례를 따르는 것이 어떠한지요? 경들의 의견을 들어 봅시다."

"그렇게 하심이 지당하옵니다."

맹사성이 아뢰었다.

"기해년에는 도통사 유정현이 돌아올 때 대언 유영에게 명하여 맞이하게 했소. 도체찰사 이종무가 돌아올 때는 과인이 부왕을 모시고 낙천정에 나아가 맞이한 것으로 기억하오. 이번 파저강의 승전은 대마도의 갑절이라고 생각하오. 최윤덕, 이순몽, 이징석, 최해산 등이 돌아올 때는 어떻게 할 것인가 과인이 좀 생각해 보았소."

임금이 잠깐 말을 끊었다가 다시 계속했다.

"최윤덕이 돌아올 때는 과인이 모화관에 나가 맞이하고, 이순몽 이하가 돌아올 때는 대군이 나가 맞이하면 어떻겠소?"

"다시 상교하여 주시옵소서."

황희가 반대했다.

"그것이 만약 너무 과하다면 최윤덕은 대군과 지신사로 하여금 맞이하게 하고 이순몽 이하는 대군과 대신들이 나가 맞이하면 어떠할까? 옛 일을 상고해보면 당나라 덕종은 승전해서 돌아오는 이성이라는 장수를 대궐 문밖에 나가 맞이하고 많은 땅과 집, 여악(女樂) 8명을 내려 보내고 집에서 크게 잔치를 베풀어 그 부모를 기쁘게 해준 일이 있다 하오."

임금은 계속해서 말했다.

"모화관은 북쪽에서 한성으로 오는 길목이니 그곳에서 개선군을 환영하는 것이 어떠하오?"

임금이 대신들을 돌아보았다.

"기해년 태종께서 낙천정에서 원정군을 맞이한 것은 태종께서 마침 낙천정에 거둥하여 계셨기 때문에 이종무가 그곳에 이르렀을 뿐입니다. 오늘의 공은 수복한 공과 달라서, 다만 조그만 도적을 토벌한 데 불과합니다. 어찌 전하께서 나가서 맞이하시겠습니까."

황희가 임금의 의견을 정면으로 반대했다. 황희의 전공 평가 절하 이야기가 나오자 다른 대신들이 덩달아 입을 열었다.

"최윤덕의 장계에 따르면 이순몽은 베어온 적의 머리를 바치지 않았을 뿐 아니라 멋대로 먼저 행군했습니다. 또한 좌군통제사 최해산은 진격 시한을 대지 못했으며, 이징석은 명령도 내리기 전에 먼저 진격한 죄가 있습니다."

"탄핵해야 합니다."

"군율로 다스려야 합니다."

일부 대신들의 성토가 계속되었다.

"조용히들 하시오."

임금이 언성을 높였다.

"최해산이 원수의 명령을 따르지 않고 머뭇거린 것은 사실이오. 또한 천 명이 넘는 군사를 거느리고 싸우면서 가장 성과가 적으니 마땅히 죄를 주어야 할 것이오. 허나 승전 치하를 이미 했으니 죄를 더 이상 논하지 마시오. 그리고 최해산의 수하에 있던 군사에게는 상을 내리는 것이 당연하오."

"하오나 직첩을 회수해야 할 것으로 아뢰옵니다."

병조판서가 말했다.

"빼앗지는 말고 직첩만 달리 하시오."

임금이 결론을 내렸다.

또한 잡혀온 남녀는 경기, 충청 등 여러 곳에 나누어 안치하였다가 이만주 등이 항복해 오면 돌려보내라고 지시했다.

최윤덕 등의 승전 축하연은 근정전에서 베풀어졌다. 임금은 상의원에 명하여 장수들에게 여름 옷 한 벌과 신을 만들어 주고 그 것을 착용하고 연회에 나오도록 했다.

"최 장군의 승전은 오직 사직을 안전하게 하고 백성의 편안한 생활을 도모하기 위한 일편단심이 이룬 성과이다. 싸움에 나갔던 여러 군사의 노고를 높이 치하하오."

임금이 축배를 들었다. 임금은 용상에서 내려와 최윤덕의 자리로 갔다.

“최 장군, 과인의 술을 한잔 받으시오. 오늘은 참으로 기쁜 날이오.”

“황공하나이다.”

최윤덕이 놀라 벌떡 일어서서 술잔을 받았다.

“다른 사람이 경에게 술을 따를 때는 앉아서 받으시오.”

임금의 말을 듣고 모두 놀라워했다. 임금은 세자에게도 술을 돌리도록 명했다.

술이 한 순배 돌고 나자 임금이 관습도감사(慣習都監使, 궁내 음악과 무희를 맡은 부서) 박연을 불렀다.

“오늘처럼 경축할 날이 그리 많겠느냐. 흥을 돋우기 위해 악공과 기녀를 더 오라고 하라.”

“지금 악공 열 명과 기녀 스무 명이 와 있습니다.”

박연이 그 정도면 될 것이라는 의견으로 말했다.

“악공 열 명과 기녀 쉰 명을 더 불러라.”

“예?”

박연이 놀라서 주춤했다. 관습도감에 있는 악공의 총 숫자는 57명이고 기녀는 1백85명이었다. 그중 삼 할을 부르라는 명이었기 때문이다. 박연은 곧 머리를 조아렸다.

“분부대로 하겠나이다.”

악공들의 음률에 맞추어 기녀들이 춤을 추기 시작했다. 흥이 오르자 임금이 먼저 용상에서 내려와 너울너울 춤을 추기 시작했다. 대신들도 모두 일어나 춤을 추었다. 태종이 살아있을 때는 거의 매일 이다시피 술 마시고 춤을 추었지만, 이렇게 모든 대신들이 다 참석하여 함께 춤춘 것은 몇 년 만의 일이었다.

"최 장군도 춤 좀 추시오."

임금이 권유하자 최윤덕이 취해서 비틀거리며 일어나 춤을 추었다. 군관들은 두 사람씩 마주 보면서 춤을 추었다. 이 연회에 홍득희는 물론 참석하지 않았다.

다음날도 파저강 승전행사는 계속되었다. 전공을 치하하는 승진 인사가 이루어졌다.

"최윤덕 우의정. 이순몽 판중추원사. 이각, 이징석 중추원사. 김효성, 홍사석 중추원부사. 이상 교지를 받은 사람에게는 그 봉직에 맞는 노비를 주노라."

지신사가 계속해서 교지를 읽어나갔다.

"평안 관찰사 이숙치는 군사를 조달하고 군량미를 운반하는 데 공이 크므로 공조참판에 승진시켜 관찰사를 겸하도록 한다."

지신사가 교지를 다 읽자 임금이 당부했다.

"전사한 군사들을 위하여 초혼제를 지내도록 하시오."

명신인가, 허명인가

파저강 승전의 논공행상은 오래 동안 계속되었다. 임금이 지신사 안숭선과 좌대언 김종서를 불러 지시하였다.

"파저강에서 노획한 마소와 재산은 여진의 침공으로 가산을 잃은 북변 백성들에게 나누어 주어라."

임금의 지시를 들으며 김종서는 홍득희 같은 사람도 구제되어야 한다고 생각했다. 그러나 공공연히 말할 처지가 못 되어 가만히 있었다.

"노획한 말 중에 큰 놈은 종마로 쓰는 것이 좋겠다."

임금이 덧붙여 말했다.

"분부대로 하겠습니다. 하온데 명나라에서 돌아온 참의 최치운이 뵙기를 원합니다."

안숭선이 아뢰었다.

"들라 하라."

곧 최치운이 들어와서 절하고 아뢰었다.

"황제 폐하께서 전하께 내린 칙서가 있습니다."

최치운이 중국에서 보내온 칙서를 올렸다.

"무슨 내용이냐?"

임금이 읽지 않고 물었다.

"황제 폐하께서 오랑캐 수괴 이만주에게 서찰을 보내어 조선에서 노략질해온 사람이나 가축을 모두 돌려주라고 했답니다. 따라서 전하께서도 노획한 인축이 있으면 돌려주라고 하셨습니다."

최치운이 간단히 설명했다.

"이번 파저강 토벌을 황제가 알고 있던가?"

임금이 물었다.

"아직 보고를 받은 것은 아니었습니다. 그러나 명나라 도독 한 사람이 조선에서 군사를 제멋대로 출정하여 파저강 이북을 침공하였다고 좋지 않게 이야기한 적이 있습니다."

최치운의 말을 듣고 있던 안숭선이 아뢰었다.

"파저강 토벌은 명나라에 알리지 않는 것이 옳을 듯합니다."

"그러기보다는 사신을 보내 잘 설명해서 오해하지 않도록 하는 것이 좋을 듯하오."

임금이 신중하게 생각한 뒤 말했다.

"이 일을 설명할 사람은 경이 가장 적임자이니 경이 다시 다녀와야 하겠소."

임금은 최치운을 지목하여 명하였다.

"최치운을 좌승지로 승진시켜 명나라 사신으로 임명하니 지신사는 속히 시행하라."

그 뒤 좌승지 최치운은 명나라에서 가서 황제가 오해하지 않도록 설명하는 데 성공했다고 상계했다. 임금은 공을 치하하여 밭 5백 결과 노비 30명을 주었으나 최 좌승지는 노비 30명은 사양하여 끝까지 받지 않았다.

파저강 승전 처리는 그것으로 끝나지 않았다. 최해산의 죄에 대해을 대신들이 다시 들고 일어났다.

"최해산의 일을 그대로 넘기면 군율이 서지 않고 조정의 기강이 무너집니다. 문죄하여야 합니다."

상참에서 황희가 문제 제기를 하였다. 이어 사헌부 장령이 아뢰었다.

"최해산은 직첩만 거두고 용서할 일은 아니라고 사료됩니다. 죄가 군기에 관계되는 일이오니 죄를 다스려야 할 줄로 아룁니다."

"최해산은 군기감으로 있을 때도 나라에서 허용한 숫자보다 훨씬 많은 관노를 거느려 사헌부에서 죄를 논하도록 상계한 일이 있었습니다."

권진이 말했다

"최윤덕 정승은 최해산이 파저강에서 잘못한 일을 자세히 말해 보시오."

모두가 떠들어 대니 심기가 편치 않은 임금이 명했다.

"신이 직접 지휘한 군사들이 사로잡은 남녀는 62명, 사살한 적은 98명, 노획물은 각궁과 화살 4백20점, 화살통 8개, 말 25필 등입니다. 중군 이순몽이 사로잡은 남녀는 56명이고 좌군 최해산은 포로 1명, 머리 벤 자는 3명, 각궁 등 20점을 노획했습니다. 우군 이각은 생포 14명, 사살 43명이었고, 조전절제사 이징석은 남자 18명, 여자 26명을 사로잡고 43명을 사살했습니다. 또한 절제사 김효성은 16명 생포, 13명 사살의 전과를 올렸습니다."

최윤덕의 보고를 들은 대신들은 모두 최해산의 전과가 다른 장수에 비해 현저히 빈약하다고 생각했다.

"최해산은 최 장군의 명을 어기고 이튿날 도강하여 야인들이 다 도망하게 하였습니다. 그뿐 아니라 거느린 군사에 비해 전과가 현저히 빈약합니다. 마땅히 군기를 세우셔야 합니다."

임금은 곤혹스러운 표정으로 한참 생각하다가 명을 내렸다.

"출정한 군사에 대해 이미 논공행상이 끝났으니 다시는 더 거론하지 마시오."

이후 상당 기간 최해산을 문제 삼은 상소는 없었다.

임금은 김종서로부터 파저강 전투에서 포로가 된 자 중에 동맹가첩목아의 심복이 있다는 보고를 받았다.

"만약 이일을 동맹가첩목아가 알면 가만있지 않을 테니 우선 비밀에 붙이고 그자를 다른 곳으로 옮겨라."

임금의 명을 받은 김종서는 홍득희와 함께 동맹가첩목아의 심복을 만나야겠다고 생각했다.

한편 최해산의 탄핵 문제가 봉합되자 이번에는 영의정이 된 지 얼마 안 되는 황희에 대한 탄핵의 기운이 서서히 일었다.

임금이 오랜 만에 신빈 김씨의 별당을 찾았다. 임금이 유쾌한 일을 만난 듯 기분을 한번 바꾸고 싶을 때는 신빈을 찾아 위로를 받았다. 스스럼없이 대하고 격식보다는 친근감이 앞서는 여인이 신빈이었다.

"소첩은 내명부에서 이름이 지워진 줄 알았습니다."

신빈의 얼굴은 웃고 있으나 말에는 가시가 돋쳐 있었다.

"그건 또 무슨 소리인고?"

임금이 곤룡포도 벗지 않고 신빈을 두 팔로 안으면서 말했다.

"마마께서 이곳을 찾은 것이 달포만입니다."

"내명부에 올라있는 과인의 비빈이 여섯이나 되는데 달포만이면 자주 온 것 아닌가?"

"나인, 상궁은 모두 빼고 여섯 분이라는 말씀이지요?"

"허허허. 내명부를 따지니까 그렇다는 이야기지."

"황 정승처럼 내섬시(內贍寺) 여종에게 성심을 둔 것은 아니시지요?"

비빈과 왕자, 공주 등에게 필요한 물자를 대는 부서가 내섬시이다. 이 부서는 2품 이상의 대신들에게 술을 대는 일도 한다. 황희 정승이 내섬시의 여종을 첩으로 삼아 낳은 아들이 있는데, 그 아들이 가끔 말썽을 일으켜 상궁들 사이에 화제가 되어 왔다.

"황 정승 첩실 이야기가 왜 나오는 거요?"

임금은 무엇인가 재미있는 이야기가 있다고 생각하자 호기심이 일었다.

"요즘 황 정승에 대한 상소가 많다고 들었습니다. 벼슬이 일인지하에 이르면 흔히 있는 이야기지요."

상궁이 주안상을 들고 들어왔다.

"오랜만에 술이나 한잔 할까?"

신빈이 공손히 어주를 따랐다.

"황 정승의 옛날 이야기가 나인들의 입방에 올랐답니다."

"한번 들어볼까. 그대도 한잔 들고."

신비의 이야기는 황희가 오래전에 박포의 아내와 간통을 했다는 소문이었다. 박포는 태종이 대군 시절 정도전을 참살하고 세자 방석 형제를 죽이는 일에 앞장섰던 무신이었다. 뒤에 논공행상에 불만을 품고 태종의 형인 회안대군 방간을 꾀어서 반란을 일으키게 했다. 방간이 패전하자 목숨을 잃었다.

그의 처는 죽산현에 살았는데 자기 집의 사내종과 간음을 했다. 불륜이 오래 계속되어 소문이 나자 박포의 처는 간통한 노비를 죽여

연못에 처넣었다. 노비의 우두머리가 사건을 추적하여 연못에서 죽은 노비의 시체를 건져 올렸다. 박포의 처는 죽산현감의 국문을 받다가 서울로 도망쳐서 황희를 찾아가 숨겨주기를 청했다. 황희는 박포의 처를 딱하게 생각해 뒤뜰 토굴에 숨겨주었다. 토굴은 겨울에 무 등을 저장하거나 농기구를 넣어두는 광이라 생활하기는 대단히 불편한 곳이었다.

황희는 자주 그 토굴에 드나들며 박포의 처를 돌보아주었다. 은근히 흠모의 눈길을 보내기도 했다. 어느 날 밤, 숨어살던 박포의 처가 사랑방에서 자는 황희를 찾아왔다.

"누구냐?"

황희가 인기척에 놀라 일어났다.

"쉬잇. 박 장군의 전처이옵니다."

"부인이 이 밤중에 웬일이오?"

평소 박포 처의 미모에 관심을 가지고 있던 황희는 자다가 일어나 박포의 처를 조용히 쳐다보았다.

"대감의 은혜는 평생 잊지 않겠습니다. 대감을 오늘밤 소첩이 정성을 다해 모시고 싶습니다. 불쌍한 소첩을 받아주소서."

그렇게 해서 황희는 박포의 처와 몸을 섞었다. 한번 몸을 섞고 난 남녀는 하루가 멀다 하고 잠자리를 계속했다. 몇 달이 지난 뒤 박포의 처는 종 살해사건이 잠잠해졌다고 여기고 고향으로 돌아갔다.

몇 년 전의 긴가민가하던 사건이 다시 사람들의 입에 오르내리고 있는 것이다.

"하하하. 그 이야기요? 그건 오래된 이야기요. 한때 상계가 올라오기를 황희는 대사헌 때 뇌물로 금을 받아서 '황금 대사헌'이라고 했지. 황희가 설우(雪牛)라는 중한테서 뇌물을 받았다고 했지. 또 황희는 강릉부 판사 황군서의 서얼로서 별로 물려받은 재산도 없는데 노비가 많아 집안과 농막에서 일하는 자도 많다고 했던가."

황희가 오래 동안 조정의 중요한 자리에 있었기 때문에 대신들의 시기와 탄핵을 많이 당했다. 어느 대신은 황희를 다음과 같이 평하였다.

"황희는 정권을 잡은 여러 해 동안 매직하고 형옥(刑獄)을 팔아 뇌물을 받았다. 그가 언사가 온화하고 단아하며 사람들과 더불어 의논하는 것이 다 이치에 맞아 보여 임금에게 무게 있게 보였을 뿐이다. 진실은 그는 심술이 바르지 않으며, 자기에게 거슬리는 자가 있으면 몰래 모함하였다."

황희가 처음 탄핵을 당한 것은 임인년(1422) 2월, 사간원 지신사 허성의 상소였다.

"황희는 일찍이 재상이 되어 난역의 죄를 거짓으로 다루었고 위에서 묻는 데 제대로 대답하지 않았습니다. 그 때 외방으로 내쫓기만 했다가 다시 서울로 불러올리니 온 나라 신민이 실망하고 있습니다."

동부대언 곽존중이 상소를 읽자 임금이 중간에 그만 읽으라고 했다. 난역의 죄라고 하는 것은 세자 양녕대군이 탈선을 일삼자 대신들이 세자 자격이 없다고 했으나 오직 황희만 나이 어려서 그럴 뿐이라고 두둔한 것을 두고 하는 말이었다.

두 번째 구설에 오른 것은 을사년(1425) 황희가 겸직 대사헌으로 있을 때 남원 부사 이간으로부터 수레를 덮는 우비를 뇌물로 받았다는 사건이었다.

그 이듬해 황희는 다시 남원 부사 박희중의 부정을 눈감아 주었다고 사헌부의 탄핵을 받아 직무정지를 당했으나 그해 3월 해제 되었다. 그리고 승승장구하여 이듬해에는 좌의정이 되었다.

임금은 모친상을 당한 황희에게 쌀 등 곡식 50석과 종이 1백 권 등의 많은 부조를 했다. 또한 상을 치르느라 허약해진 황희를 불러 특별히 고기를 주기도 했었다.

"전하께서 신이 늙어 혹시 병이 날까 봐 가엾게 여기시어 고기를 먹으라고 하시니 신은 감격하나이다."

황희가 머리를 조아리며 고기를 먹었다.

2년 뒤 또 다시 사위 서달이 지방 아전을 죽인 사건을 무마하려다 탄핵당하여 의금부에 갇혔다

황희는 이제 늙어서 더 정사를 보지 못하니 사임하겠다고 했으나 임금은 윤허하지 않았다. 이튿날 임금은 좌의정 황희와 우의정 맹사성을 보석시켰다. 그러나 빗발치는 상소를 더 이상 묵살하지 못하고 사흘 뒤 황희와 맹사성을 파직했다. 이번에도 얼마 안 가 황희는 다시 좌의정으로 복직되었다.

복직된 직후인 무신년(1428) 정초, 첨절제사 박유가 해초 두 말을 황희에게 뇌물로 주려다가 발각되어 구설수에 올랐다.

같은 해 6월 사헌부에서 황희가 관원 박용의 아내 복덕이라는 여자로부터 말 한 필과 술대접을 받고 박용의 부정을 봐 주었으니 논죄하라는 상소를 올렸다.

황희는 여기에 대항하여 상소를 올려 대질을 요구하였다.

"박용에게 말과 술대접을 받고 부탁의 편지를 써 주었다는 것은 다 신이 한 일이 아닙니다. 그런데 사헌부에서는 신을 거론하고 있습니다. 전하께서는 신의 죄를 묻지 말라 하셨으나 온 나라가 바라보고 있는데, 이와 같이 몸을 더럽히는 오명을 얻고 어찌 견디겠습니까. 신이 심장을 드러내고 집마다 가서 타이르고 해명할 수 있겠습니까? 그러나 변명하지 않으면 세상의 인심이 허위와 진실을 어찌 구분하겠습니까? 청컨대 유사에 나아가 대질하게 하여 주시옵소서."

황희가 임금 앞에 직접 나아가 눈물을 흘리면서 호소했다.

그 이튿날 황희의 아들 황중생이 지신사 정흠지를 찾아왔다. 황중생은 내섬시 여비 출신의 첩에게서 난 아들로 궁내에서 일을 했기 때문에 궁내 대신들과 안면이 많았다.

"아버지가 대감을 통해 상감마마께 말씀을 올리라고 해서 제가 왔습니다."

지신사는 황중생의 다음 말을 기다렸다.

"어제 사헌부에서 죄를 따졌는데 언사가 공정하지 않고 불손했다고 합니다. 그래서 아버지는 공정하지 못한 사헌부에서 더 이상 조사받을 수 없으니 사건을 의금부로 옮겨 조사해 주기를 희망한다고 하셨습니다."

"그 이야기뿐이냐?"

지신사가 물었다.

"복덕과 대질하게 해달라고 하셨습니다."

지신사가 그대로 임금에게 보고했다.

"여자가 정승한테 술대접을 했단 말인가? 그것 믿기 어려운 이야기 아닌가? 자세히 좀 알아보아라."

임금은 의금부에서 박용의 처 복덕을 먼저 가두고 국문하라고 명하였다.

조사가 진행 중일 때 황희가 다시 임금에게 사직서를 올렸다.

"신은 원래 성품이 어리석고 견문이 얕아 쓸 만한 구석이 없고 행실이 빼어난 것도 아닙니다. 태종 전하를 뵈어 잘못 기용되었으나 털끝만한 보필도 한 것이 없습니다. 그러다가 성명하신 전하를 섬기게 되어서는 재상에까지 이르렀으나 본래 배운 것이 없는데다 노쇠하여 아무런 도움이 되지 않으니 실로 죄가 큽니다. 이번에 전하의 일월 같은 밝으심에 힘입어 모함을 변명하여 밝힐 수 있었습니다. 생각하건대 신이 남에게 신임을 받을 만한 사람도 아니면서 지위가 신하로서 지극한 자리에 있다는 것이 송구스럽습니다.

마침내 신 스스로의 잘못으로 누가 사헌부에까지 미치게 되었습니다. 엎드려 비옵건대 노쇠한 신을 가엾게 여기시어 은퇴한 선비로 돌아가게 하여 주십시오."

임금은 허락하지 않는다는 비답을 내렸다.

"경은 세상을 다스려 이끌 만한 재주와 학문을 지니고 있도다. 아버님이 신임하셨고 관료의 사표가 되기에 충분하도다."

황희는 이날 결국 사임하였지만, 얼마 후 다시 정승으로 복귀했다. 다시 2년 뒤(1430) 사헌부에서 황희에 대한 상소를 올렸다.

"황희를 벌주시옵소서. 사재주부 태석균이 제주 감목관(監牧官)으로 부임했을 때 말이 많이 죽었습니다. 태석균은 죄를 면하고 녹봉을 받기 위해 관련 상부 관청 여러 군데에 청탁하였습니다. 그 중 황희에게도 청탁하였는데 황희는 사헌부 집의 이심에게 다시 청탁하였습니다. 황희는 태석균이 불쌍하지 않느냐고 하면서 청탁을 했다고 합니다. 문죄하여 주시옵소서."

그러나 임금은 조정의 대신을 함부로 파직할 수 없다 하며 윤허하지 않았다.

사헌부도 물러서지 않았다. 더 강력한 상소를 올렸다.

"신 등은 황희가 청탁한 죄에 대하여 상소로 갖추어 보고하였으나 전하께서는 대신을 면직하는 것을 어렵게 생각하시어 허락하지 아니한 점을 심히 유감으로 생각합니다.

이번 일을 그대로 둔다면 신 등은 청탁에 의하여 법을 굽히는 징조가 시작되어 금할 수가 없을까 심히 걱정됩니다. 바라옵건대 전하께서는 그를 파면하여 추방하시고 다시는 등용하지 마시어 법을 굽히는 징조를 막으십시오."

임금은 여러 대간의 의견을 자꾸 듣다 보니 고민이 되었다.

"과오라면 용서되겠으나 고의라면 어찌 용서할 수 있겠습니까? 대신이 고의로 잘못을 저지른 것은 더욱 엄히 다스려야 합니다."

이갑손이 강력하게 말했다.

"황희는 다만 속히 처리할 것을 말했을 뿐이라는데 그것은 청탁이라 할 수 있을까?"

임금이 황희 편을 들어주려는 것이 역력했다.

"황희가 사헌부에 말하기를 태석균의 죄는 용서해도 된다고 하였으니 이것이 법을 굽히는 일이 아니고 무엇이겠습니까? 옛적에는 대신이 죄를 지으면 다만 모욕적인 벌을 내리지 않을 뿐이지 용서하지는 않았습니다. 파면하여 나라의 기강을 바로 잡으십시오."

대간들이 모두 같은 말을 하였다.

임금은 고민하다가 마침내 황희를 파면했다. 그러나 그 후 황희는 또다시 복직하였다.

2년 뒤에는 내섬시 주부 박도가 관가의 농토를 부당하게 황희의 어머니 김씨 명의로 해주었으니 진상을 밝히라고 사헌부에서 상소를 올렸다. 또 사간원에서도 황희를 파면하라는 상소를 올렸다.

"영의정 황희가 교하에 있는 둔전(屯田)을 넘겨 받기를 청하여 사사로운 농장을 삼으려 했습니다. 백관의 수반이 되어 부끄러움을 알지 못하니 파면하소서."

그러나 임금은 도승지 안숭선에게 이렇게 말했다.

"황희는 국정을 맡은 대신이요, 또 태종께서 신임하시던 사람이다. 내 어찌 경솔하게 자르겠느냐. 부왕께서는 양녕대군을 세자에서 폐하려 했을 때 황희가 두둔한 일을 회고하면서 황희는 실로 죄가 없다는 분부와 함께 눈물을 흘리시었다. 어찌 부왕의 뜻을 거스르겠느냐."

세종이 보위에 있는 동안 사헌부, 사간원, 의정부, 예조, 형조, 성균관 등에서 꾸준히 문죄를 요구한 인물은 황희 외에도 여럿이었다. 가장 단골로 등장하는 사람은 이상 행동을 많이 한 양녕대군이었고 그 다음은 양녕대군의 장인 김한로였다. 양녕대군이 세자 시절 한때 본방의 자리에 있었기 때문일 것이다. 그 외에도 회안대군 방간이 있었다. 방간은 귀양살이 하는 본인뿐 아니라 그 아들 이맹종도 온갖 상소의 대상이 되었다. 그러나 신축년(1421) 3월 방간이 유배지 충주에서 사망함으로서 끈질긴 상소는 끝났다

형제 중에
숨은 칼날이 있다

임금이 소헌왕후의 내전에서 세자와 진양대군, 임영대군을 불렀다. 진양대군이란 뒤에 세조가 되는 수양대군을 말한다.

"셋째 며늘아기 병이 좀 나은 것 같다고 하던데 어떤가?"

"북변에서 온 의원이 침을 놓은 이후 좋아진 것 같습니다."

북변에서 온 의원이란 홍득희의 동생 홍석이였다.

"세자도 그 의원에게 진맥을 한번 받아보게 하는 것이 어떨까요?"

소헌왕후는 세자의 병약함을 늘 걱정했다. 장녀 정소공주가 일찍 죽은 후에 심한 충격을 받았던 왕후는 항상 대군과 공주들의 건강에 신경을 쓰고 있었다. 정소공주는 시집 갈 준비를 하다가 홍역으로 세상을 떠나 임금과 왕후가 몹시 슬퍼하여 한동안 침식을 잊기까지 하였다.

"세자는 전의 노중례가 처방해준 탕약 복용을 게을리 하지 말아야 할 것이야."

노중례는 향약에 관해 연구를 꾸준히 해온 당대 제일의 의원이고 학자였다. 집현전 직제학 유효통 등과 함께 일 년 이상을 힘들여 방대한 향약의 집대성인 《향약집성방(鄕藥集成方)》을 완성했다. 여러 책을 참고하고 동방의 여러 경험을 한 곳에 모아 구하기 쉬운 약을 망라했다. 임금은 목판으로 인쇄하여 백성들에게 널리 보급하여 보게 하였다. 이 책에는 많은 처방법을 기술했을 뿐 아니라 침구법 1천4백여 가지를 제시했다. 총 85책으로 구성되어 당대의 최신 인술을 모두 담았다.

"세자는 몸도 약한데 책봉을 받은 날로부터 지금까지 한 번도 빠지지 않고 시선을 해왔구나. 이제 그 일은 진양에게 맡겨도 괜찮지 않겠느냐?"

임금이 아무 말도 하지 않고 앉아 있는 세자를 보고 말했다. 시선(視膳)이란 임금이 수라를 들기 시작하여, 마칠 때까지 곁에서 시중을 드는 것을 말한다. 왕실의 법도 중 하나였다.

"소자도 그렇게 생각합니다. 그렇게 하십시오. 형님!"

진양대군이 세자를 돌아보며 반갑게 받아들였다.

"아니옵니다. 소자에게 맡겨진 일인데 어찌 동생에게 떠넘기겠습니까?"

세자의 태도는 단호했다.

"지금 세자는 종학에 다니고 있으니 번거로운 일을 좀 덜어내야 할 것도 같습니다."

왕후가 찬성하고 나왔다.

"장차 국본으로서 책임져야 할 일이 첩첩한데 그런 일은 동생이 할 수도 있지 않을까?"

그러나 이날 시선 문제는 결론을 내지 못했다.

"아바마마, 오늘은 경연이 없으십니까?"

임영대군이 물었다. 오후에는 임금이 세자를 제외한 대군들을 모아놓고 공부를 가르치곤 했는데 그 일을 이름이다.

"오늘은 신체 단련을 위해 후원으로 나가는 것이 좋겠다."

임금이 일어서면서 말했다. 세자와 대군들이 일어나 임금을 따라 경복궁 후원으로 나갔다. 아직 해가 서산을 넘자면 한 식경은 더 있어야 할 것 같았다.

"오늘 활쏘기를 한번 해보자."

임금과 세자, 진양, 임영대군 네 부자가 사대(射臺)로 나갔다. 별시가 갑사들을 데리고 황급히 달려와 차비를 마쳤다.

"일순에 다섯 발씩 쏘기로 한다."

임금이 어궁을 받아들었다.

"피융. 탁."

어궁을 떠난 화살이 허공을 가르며 석양을 받아 반짝 빛나는가 싶더니 과녁에 꽂혔다. 과녁에 그려진 호랑이 얼굴의 눈을 화살이 꿰뚫었다.

"명중이오."

빨간 깃발을 올리며 고시 갑사가 목청을 높여 소리쳤다.

"전하, 참으로 감탄스럽습니다."

진양대군이 허리를 굽히며 좋아했다.

임금이 다시 활시위를 당겼다. 힘을 준 오른팔이 가늘게 떨렸다.

"우방!"

고시 갑사가 소리쳤다. 화살이 과녁의 오른쪽으로 비켜갔다는 소리다.

임금이 다시 시위를 당겼다. 팔이 조금 더 떨렸다.

"양(揚)!"

고시 갑사가 흰 기를 흔들었다. 화살이 과녁 위로 빗나갔다.

결국 네 발은 모두 빗나갔다. 5시1중이었다.

대군들은 아버지의 기운이 예전만 못하다는 것을 느낄 수 있었다.

"허허허. 역시 힘이 달리는 모양이야. 이번엔 세자가 쏘아보거라."

세자가 주춤했다. 활은 거의 쏘아본 일도 없고 좋아하지 않았기 때문이었다.

세자가 난처해하는 모습을 본 진양대군이 나섰다.

"아바마마, 제가 한번 쏘아 보겠습니다."

임금의 명을 받을 수도 없고 안 받을 수도 없는 세자도 난처하지만 거절당한다면 임금의 체면도 난처해질 판이었다.

“그래? 유가 먼저 해보겠다고? 그렇게 하자.”

진양대군이 활을 잡았다. 여러 왕자 중 세종의 부왕 태종을 가장 닮은 왕자가 진양대군이었다. 성격이 활달하고 무예가 출중해서 사냥을 나가면 언제나 수확이 좋았다.

“슝!”

화살이 눈에 보이지 않을 정도로 빠르게 날아갔다.

“턱”

곧이어 갑사가 붉은 기를 흔들며 소리쳤다.

“명중이오.”

임금도 세자도 환하게 웃었다. 쉴 틈도 없이 두 번째 화살이 날아갔다.

“명중이오.”

이번에도 화살은 호랑이의 코끝을 꿰뚫었다.

5시 5중! 놀라운 활솜씨였다. 지켜 섰던 별장이며 시위 군졸들이 혀를 내둘렀다.

“형님은 역시 명궁 중의 명궁이시오.”

임영대군이 찬사를 보냈다.

“마마께서는 태종을 닮으셨습니다.”

어느새 왔는지 중군총제 김익생이 지켜 섰다가 말했다.

"말만 할 것이 아니라 김 총제가 한번 쏘아 보시오."

임금이 갑자기 김 총제를 사대에 올려 세웠다.

당황한 김익생은 하는 수 없이 활시위를 당겼다. 5시 1중, 임금의 솜씨와 비겼다.

"하하하. 중군총제 자리를 진양대군한테 내줘야겠소. 하하하."

임금이 크게 웃었다.

"송구하옵니다. 더 갈고 닦겠습니다."

김익생이 머리를 조아렸다. 그러나 모두가 유쾌하게 웃었다.

"양녕대군이 계셨더라면 활 솜씨를 한번 보았을 텐데."

임금의 말에는 아무도 대답을 하지 않았다. 세종은 궁내에서 기쁜 일이 있을 때는 항상 형인 양녕을 잊지 않았다. 양녕에게 고기를 자주 내려 보내고 중국에서 좋은 물건이 들어오면 꼭 챙겨서 보냈다. 그러나 양녕은 임금의 이러한 우애를 아는지 모르는지 계속 대신들의 눈에 나는 일만 저질러 상소가 끊임없었다.

활쏘기를 한 다음날 임금은 양녕을 궁으로 불러 들였다.

"형님을 본 지가 참 오래되었습니다. 이번에는 며칠 계시다 가시지요."

"전하의 뜻을 감사히 받겠습니다. 피를 나눈 형제의 우의에 참으로 감읍합니다. 그러나 대신들이 가만히 있지 않을 것입니다."

"어디 한두 번 듣는 소리인가요. 저녁에 경회루에서 형님을 위한 연회를 열겠습니다."

그날 저녁 임금은 양녕을 위하여 관습도감의 기생들과 악공을 불러 술과 노래와 춤으로 여러 왕자들과 함께 밤늦도록 연회를 즐겼다. 이 일이 대신들 귀에 들어갔다. 제일 먼저 사헌부 지평 허우가 문제를 제기했다.

"양녕대군 이제는 부왕께 죄를 지었사온데 전하께서 은밀히 궁으로 불러들여 유숙을 허락하고 연회까지 여시니 신 등은 울분을 억제할 길이 없사옵니다. 온 나라 신민들의 심정도 그러하옵니다."

그리고 대간들이 밀봉한 상소를 올렸다. 임금은 보지 않고 있다가 며칠 만에 뜯어보았다.

"태종께옵서 양녕대군 이제가 법도를 쫓지 않아 추방의 영을 내린 것은 비단 신들뿐 아니라 전하께서도 익히 아시는 일입니다. 지난번 이제를 불러 보실 때에 대간이 글로서 온 힘을 다해 간한 일이 있습니다. 그때 전하께서는 이 다음에 부를 일이 있으면 반드시 그대들에게 알리겠노라 하시고는 또 내밀하게 불러들였습니다. 불러들인 지 며칠이 되었을 뿐 아니라 강무대 시연에 함께 데리고 간다 하시니 신료들에게 실망을 주었습니다. 이는 곧 태종의 유훈에 위배되는 일입니다."

임금은 상소 두루마리를 집어 던져버렸다.

"형제끼리 얼굴 좀 보겠다는데……."

세종은 신료들을 생각하며 혼자 한탄했다. 결국 세종은 상소를 들어주지 않았다.

오후 석양 무렵에 임금은 다시 세자와 양녕대군 및 다른 대군들을 데리고 후원 활터로 나갔다. 양녕의 활솜씨를 보기 위해서였다. 그러나 거기에는 뜻밖의 손님들이 기다리고 있었다. 황희 정승 이하 사헌부 대사헌 신개를 비롯한 사간원, 예조, 이조, 호조, 형조 등 육조 판서를 비롯한 당상관 수십 명이 상소를 들고 있었다.

임금이 대군들을 거느리고 나오자 신개가 앞으로 나와 상소를 읽기 시작했다. 신개가 상소를 읽는 동안 모든 대신들은 부복하고 머리를 조아렸다.

"양녕대군 이제는 이미 태종께서 외지에 버려두었사온즉 성상을 뵈올 길이 없습니다. 지난날 전하께서 우애의 정으로 초야에서 접견하신 것도 불가한 일이었는데, 요사이에는 성안에 유숙하고 그것도 모자라 궁내부에 머물러 있게 하였으니 이는 선왕의 훈계를 헛 문서로 만든 것이옵니다."

"가만!"

임금이 신개의 낭독을 중지시켰다.

"경들이 기어이 골육의 정을 끊으려는 것인가?"

그러나 신개는 다시 낭독했다.

"이번 일은 조종을 존경하는 의가 아닙니다. 또한 사직과 세상을 위하는 일도 아닙니다. 이제의 광포함과 사나운 행동은 조종(祖宗)께서도 노할 일이고 전하께서도 당연히 노해야 할 일입니다. 이대로 두신다면 만백성이 다 노하여 앞날이 어두울 것입니다. 계속하여 임시방편으로 이제의 내왕을 허락하신다면 장차 이제의 목숨을 보존하기 힘들 것입니다."

"무엇이라고? 경들이 너무 심한 것 아니오?"

임금이 언성을 높였다. 그러나 신개는 상소문을 끝까지 읽었다.

"부디 태종께서 남기신 가르침을 따르시고, 무용지물을 다락 위에 치워두듯 하지 않으시면 다행이겠습니다."

임금은 상소문 낭독을 들으며 신료들이 괘씸하기 짝이 없다고 생각했다. 과거 10여 년 동안 양녕을 탄핵하는 글을 많이 보았으나 지금처럼 집단으로 몰려와, 이토록 야박하게 끝까지 상소하지는 않았었다.

양녕에 대한 탄핵은 세종이 보위에 오르기 전부터 시작되었다. 태종 18년, 의정부 삼공신, 육조의 신료들이 "양녕은 간신의 꼬임에 빠져 여색을 탐하고 불의를 저질렀으니 장차 보위에 오르면 무슨 일을 저지를지 모릅니다. 그러하오니 세자를 폐하십시오." 라고 상소를 올렸다. 뒤이어 사간원, 사헌부 등의 강력한 상소로 양녕은 폐세자가 되었고 충녕대군이 즉위하게 되었다.

상왕 태종은 경기도 광주에 양녕이 머물 집을 정해주고 조용히 살도록 배려해 주었으나 그는 조용히 머물 생각이 없었다. 세종 1년 광주 목사가 달려와 아뢰었다.

"양녕이 지난밤 자정에 편지를 써놓고 담을 넘어 도망했습니다."

이 소동은 양녕의 첩인 어리가 자살하는 것으로 끝이 났다.

이후에도 양녕은 계속 말썽을 일으켰다. 술과 여자와 사냥을 좋아하여 대신들에게 비난 받을 일을 계속 벌였다. 조정에서 금지한 매사냥을 즐겨하여 대신의 집에서 속임수로 매를 손에 넣기도 했다. 여색을 즐겨 큰아버지인 태상왕 정종의 첩실 기생과 간통했는가 하면 여동생 남편의 애첩 기생과 간통하여 비난을 받기도 했다.

세종 10년에는 좌의정 황희, 호조판서 안순 등이 상소를 올렸다.

"전하께서는 이제의 죄가 색욕뿐이라고 하시며 사사로이 은혜를 베푸셨는데, 이제는 색욕으로 전하를 속였으니 어찌 군주를 기망한 죄에 해당하지 않겠습니까? 대간의 청을 굽어 살피시어 이제의 직첩을 회수하고 변방으로 내쫓아 법을 엄하게 세워서 공정한 도의의 중함을 알리소서."

그러나 임금은 상소를 물리치고 양녕을 계속해서 돌보았다.

세종은 재위 10년을 넘기면서 여러 가지 병환에 시달렸다. 풍진(風疹)이 중요한 지병이었다. 임금뿐 아니라 종실 가족도 고치기 어려운 병에 시달리는 경우가 많았다. 그중에도 허약한 세자 향의 건강은 항상 임금과 왕후의 걱정거리였다. 14살에 가례를 치러 세자빈을 맞이했으나 아직 세손을 생산할 능력이 없는 것 같았다.

임금은 김종서를 불러서 하명했다.

"홍득희의 동생 홍석이를 불러 세자를 좀 진맥하게 하는 것이 어떠할까?"

임금의 명을 듣고 있던 김종서가 아뢰었다.

"홍득희는 파저강의 전공이 큽니다. 그리고 홍석이는 임영대군의 부인을 치료한 공이 있으니 두 사람의 고신(告身, 직첩)을 우선 바꾸는 것이 어떠할지 여쭙니다."

임금도 생각하고 있던 일이었다.

"노비였던 장영실에게 5품 벼슬을 준 일이 있으니 천민에게 벼슬 주는 법을 어겼다고 하지는 않겠지."

임금이 전례를 들면서 김종서의 의견을 받아들였다.

"홍득희는 자칭 화척이나 신백정이라고 하지만은 따지고 보면 노비의 신분을 가지고 있는 것은 아닙니다."

"경원 소다노에서 화전민의 딸로 태어났다고 하니 경제육전이나 형률에 비추어보면 양민에 속하는 것이 아닌가."

임금도 역성을 들었다.

"그러하옵니다. 하지만 명나라 사신의 봉물짐을 털고 그 수하들이 관군을 죽인 일도 있습니다. 한성을 불로 습격하여 노략질한 죄도 있습니다. 육전이나 형률에 비추면 참형에 해당합니다. 그러나 그의 공적은 그것을 사하고도 남을 만합니다."

"드러내놓고 홍득희에게 벼슬을 준다면 대신들이 또 벌떼처럼 상소를 올릴 것이 뻔한데……. 더구나 홍득희는 여자가 아닌가. 여자에게 벼슬 주는 경우는 내명부와 외명부밖에 없는데 말이야."

임금은 입을 꾹 다물고 한참 생각하다가 말했다.

"어쨌든 홍석이를 불러서 세자를 진맥하게 하시오."

임금의 명을 받은 김종서는 홍석이를 불렀다. 송오마지가 홍석이와 같이 왔다.

"석이는 곧 석방될 테니 조금만 기다리면 될 거야."

시무룩한 표정으로 있는 홍석이에게 김종서가 달래듯이 말했다.

"도망가고 싶었다면 산채에서 안 돌아왔겠지요."

송오마지가 대신 대답했다.

"석방된다는 그 말 믿어도 돼요?"

홍석이는 말이 없는데 송오마지가 물었다.

"전하께서 곧 교지를 내리실 거야."

"누님은 어떻게 되나요?"

홍석이가 비로소 입을 열었다.

"홍득희도 사면이 되든지 벼슬을 주든지 할 거야."

"후후후. 나리, 웃기는 이야기 그만하시오. 이 나라에서 여자도 벼슬을 줍니까?"

홍석이가 비웃듯이 말했다.

"궁중에 가봐라. 상궁들은 모두 품계가 다 있다."

"누님은 상궁 같은 거 백 개 주어도 하지 않을 사람이오."

"누님은 지금 어떻게 지내고 있느냐?"

김종서가 뒤늦게 안부를 물었다.

"그렇지 않아도 나리를 만나야 한대요. 내일 미시쯤 낙천정에서 뵙자는데요."

"정말이냐?"

김종서가 반가운 표정으로 되물었다.

"내가 꼭 갈 테니 만나자고 전해."

"또 관군이나 몰고 오지 마시오."

홍석이가 여전히 볼멘 목소리로 말했다.

"그건 그렇고 석이는 중요한 일을 또 하나 해주어야겠다."

김종서가 심각하게 말했다.

"세자 저하 진맥 좀 해야겠어. 이건 어명이시다."

"어명이라고요? 나를 이 나라 백성 취급해주는 겁니까?"

말은 비딱하게 하면서도 홍석이는 기분이 나쁘지 않은 것 같았다.

이튿날 김종서는 혼자서 말을 달려 낙천정으로 갔다. 홍득희가 먼저 와서 기다리고 있었다. 남장에 말 두 필을 끌고 왔다. 한 필은 홍득희가 산채에서 타는 말이었고 한 필은 파저강 토벌 나갈 때 임금이 하사한 백마였다.

인사를 나눈 뒤 김종서가 먼저 말을 꺼냈다.

"전하께서 지난번 일을 치하하셨다. 곧 좋은 소식이 있을 것이니 자애자중하고 기다리시게."

홍득희는 비스듬히 돌아서서 김종서를 정면으로 쳐다보지 않았다. 남녀 내외의 예를 지키기 위해서였다.

"고맙습니다."

"곧 좋은 교지가 내릴 것이네."

"저 혼자만을 위한 일이라면 사양하겠습니다."

홍득희가 나직하지만 단호한 목소리로 말했다.

"우선 신분부터 자유롭게 해야 하지 않겠는가. 신백정에 화적떼 신분은 면해야 할 것 아닌가."

김종서의 말에 홍득희는 언성을 높였다.

"저는 원래 천민 신분이 아닙니다. 경원 소다노의 양민입니다. 하지만 지금 양민이니 천민이니 하는 것을 따지려는 것은 아닙니다. 전하께서는 천민도 향학에 입학하도록 허용하셨다고 하는데, 천민의 신분을 모두 풀어 주어야 합니다. 양민과 양반만이 전하의 백성이 아니지 않습니까."

"그런 정치 개혁은 홍 처자가 말하기엔 벅찬 일일세."

김종서는 홍득희가 시대를 초월한 혁명가라는 생각이 들었다.

"제가 전하를 뵈옵고 말씀 올리도록 해주십시오."

김종서는 홍득희가 보통 처녀가 아니라는 것은 알았지만 사나이 뺨치도록 대담한 여자라는 것을 다시 느꼈다.

"제가 북쪽 변경 정탐 갔을 때 잡혀간 우리 산채 사람 열 명을 풀어 달라고 했지요. 약속 꼭 지켜주세요. 그리고 여기 가져온 말은 임무가 끝났으니 도로 돌려 드립니다. 이것도 함께 드립니다."

홍득희가 보자기에 싸인 물건을 내려 놓았다.

"이건 무엇인가?"

김종서가 의아해서 물었다.

"전하께서 주셨다는 갑옷입니다. 이제 입을 일이 없을 것 같습니다."

"이것은 전하께서 하사한 것이라네."

"싫습니다. 그럼 또 연락드리겠습니다."

홍득희는 황급히 말에 올라탔다. 그리고 김종서를 돌아보지도 않고 말했다.

"우리 동지 열 명이나 빨리 풀어 주십시오. 그러면 전하의 부름을 받잡겠습니다. 그렇지 않으면 제가 동지들 끌고 한성부 옥사로 쳐들어가서 구출하겠습니다. 나리, 안녕히 가십시오."

홍득희는 채찍을 내려치며 쏜살같이 말을 달려 한강변으로 나갔다.

세자빈 치마 속 뱀 두 마리

임금의 형제들이 이런 저런 일로 끊임없이 속을 썩였다면 자녀와 며느리들 또한 마찬가지였다. 정소공주는 일찍 죽어 임금의 가슴에 못을 박았고, 임영대군의 처는 온전하지 않은 사람을 데려와 속을 썩이고 있었다. 그리고 세자는 어릴 적부터 몸이 허약해 도무지 앞날이 미덥지가 않았다. 세자가 빈을 보기는 했지만 세손을 보기는 요원한 것 같았다.

임금은 세자 나이 열네 살일 때 혼인을 시켰다. 그리고 왕후의 의견을 따라 세자에게 내명부 정 4품에 해당하는 후궁을 세 명이나 두었다. 세자빈은 무반인 총제 김오문의 딸이었다. 할아버지 김구덕도 무반 출신 판돈영부사였다.

임금이 세자빈을 무반 집안 출신으로 고른 것은 세자 향이 몸이 약하여 국본의 구실을 제대로 할지 걱정되어서였다. 후세를 위해 건장한 무반 집안의 딸을 빈으로 맞이했다. 휘빈으로 책인(册印)을 받은 김씨는 세자보다 네 살이 많은 열여덟 살이었다. 휘빈은 체격이 우람하고 손발이 커서 장부의 기질을 가졌다.

창경궁을 동궁으로 쓰고 있는 세자는 혼인한 지 서너 달 동안은 휘빈의 침방에 들었으나 그 후는 발길을 끊었다.

"저하, 왜 소빈을 버려두십니까?"

근 석 달 만에 찾은 세자를 보고 휘빈이 투정했다.

"미안하오. 글공부를 좀 하다가 보니까."

세자의 그 말은 헛말은 아니었다. 세자가 서연을 받는 시강원에 밤늦게까지 불이 밝혀져 있는 날이 많았기 때문이었다.

세자는 오래 버려둔 빈궁을 대하자 죄스러운 마음이 생겨 슬그머니 안아 보았다. 그러나 굵은 허리가 품안에 잘 들어오지 않았다. 키도 커서 얼굴 맞대기가 어설펐다. 더구나 살결이 거칠어 도저히 춘정이 생기지 않았다.

"전하……."

휘빈은 세자의 품을 파고들었다. 세자에게 입을 맞추며 온갖 교태를 부렸다. 그러나 그럴수록 세자는 움츠러들었다. 그러다 마침내 휘빈을 슬그머니 밀어냈다.

"미안하오."

세자는 돌아눕고 말았다. 그리고 휘빈의 침방을 오랫동안 찾지 않았다.

휘빈은 세자가 찾아오지 않자 안달이 났다. 처음에는 참고 있었으나 시간이 갈수록 초조해졌다.

"호초야, 거기 좀 앉아라."

세자빈이 침방 차비를 하러 들어온 내전 시비를 불러 앉혔다.

"저하께서 밤마다 어디로 가시는지 알아보았느냐?"

호초가 대답을 않고 머뭇거렸다.

"왜 대답을 못 하는 게야? 바른 대로 말해 보아라."

"대개는 시강원에서 책을 읽습니다."

호초가 마지못해 대답했다.

"그럼 시강원에서 밤을 지새운다는 말이냐?"

휘빈이 다그쳤다.

"그럴 때도 있습니다."

공부하기를 좋아하고 잡기나 사냥 같은 것을 좋아하지 않는 세자의 평소 생활은 그와 비슷했다.

"그럴 때도 있다고? 그럼 다른 때는 어디서 주무시느냐?"

"외청에서 주무실 때도 있고요."

"그럴 때는 누가 식사를 챙기고 침소를 돌보느냐?"

휘빈은 계속 따지듯이 물었다.

"내전비 두 사람이 시중을 듭니다."

"내전비! 누구냐, 효동이냐?"

"예. 효동이와 덕금입니다."

"뭐야? 그년들이……."

휘빈의 얼굴이 질투로 일그러졌다.

"같이 자기도 하더냐?"

휘빈의 입에서는 나와선 안 될 말까지 나왔다.

"그런 것은 확실히 알지 못합니다."

"확실히 모른다고! 그럼 요망한 년들이 잠자리도 같이 했겠구먼. 내 이년들을 가만 두지 않을 거야."

휘빈은 얼굴이 붉으락푸르락 하며 끓어오르는 질투를 참지 못했다.

"마마!"

호초가 걱정스러운 얼굴로 말했다.

"마마. 고정하시와요. 만약 마마께서 내전비들을 그런 일로 혼내시면 중전마마께서 아시게 될 것입니다."

중전이라는 말에 휘빈은 조용해졌다. 그러나 휘빈의 질투는 그칠 줄 몰랐다.

"유모, 오늘밤에도 저하께서는 내 방에 안 오십니까?"

저녁 무렵이 되면 몇 번이나 지게문을 들락날락하면서 유모를 졸라댔다. 유모의 입장은 참으로 난처했다. 이런 일이 반년 이상 계속되었다. 휘빈에게 시달려서 그랬는지 모르지만 유모는 갑자기 죽었다.

소헌왕후는 궁정 유모 중에 가장 나이 지긋한 사람을 골라 다시 휘빈의 처소인 창경궁으로 보냈다.

새로 온 유모와 호초는 빈궁을 찾지 않는 세자 때문에 매일같이 휘빈에게 시달림을 당해야 했다. 큰 체구에 화가 나면 거친 말을 마구 하는 휘빈을 모두 두려워했다. 그럼에도 시집 올 때 데리고 온 몸종 순덕은 진심으로 휘빈을 위해 노력했다. 안팎으로 넘나드는 유언비어를 잠재우는가 하면 휘빈의 튀는 성정을 감싸 주었다.

세종이 어느 날 신빈 김씨를 찾았다.

"신빈이 오늘은 과인을 즐겁게 좀 해 보아라."

임금이 가장 많이 찾는 비빈은 물론 정비인 소헌왕후였다. 그러나 자녀를 가장 많이 둔 빈은 신빈 김씨였다.

태종이 거느린 비빈과 상궁 나인은 모두 마흔 명이 넘었으나, 세종은 비빈이 여섯에 불과했다. 세종이 많이 찾는 비빈의 순서를 보면 소헌왕후와 신빈 다음으로는 혜빈 양씨, 숙원 이씨, 상침 송씨, 그리고 왕자 하나를 둔 영빈 강씨였다.

소헌왕후는 전형적인 양반집 요조숙녀의 기질을 타고 났을 뿐만 아니라 성정이 온화하고 너그러웠다. 임금을 모시는 방법도 절도에 벗어나는 일이 없었다. 어떤 경우에는 임금이 어려워하기도 했다. 태종이 심온의 집안을 쑥밭으로 만들 때 소헌왕후도 폐비시키려 했으나 세종이 강력하게 반대하여 중전 자리는 유지했다.

"전하의 정력이 예전만 못합니다. 전의들을 혼 좀 내소서."

신빈이 임금이 어의를 벗는 것을 도와주면서 말했다.

"군주도 나이는 속이지 못하나 봐."

임금은 벗은 몸을 통째로 신빈에게 맡기면서 신빈을 처음 만나던 때의 밤을 생각했다. 초야에 회포를 푼 임금은 새벽에 눈 뜨자마자 신빈의 몸을 더듬었다. 그때 일이 까마득한 옛날처럼 회상되었다. 그때의 신빈은 펄펄 뛰는 잉어처럼 싱그러웠다. 하룻밤에 두 번, 세 번 운우의 정을 나누어도 모자랐다. 그러나 아직도 신빈의 솜씨는 대단했다. 임금의 잠든 오관을 모두 깨우는 신비한 능력이 있었다.

즐거운 행사가 끝나자 신빈이 먼저 말을 걸었다.

"마마. 동궁에서는 아직 아무 소식이 없나요?"

"소식이라니?"

"휘빈이 빨리 세손을 잉태해야 할 것 아닙니까?"

"글쎄. 무슨 얘기 듣지 못했소?"

"듣긴 들었는데요."

신빈이 말하려다 말고 잠시 주춤했다.

"무슨 얘기를 들었는데?"

임금이 벌떡 일어나 앉았다.

"저하께서 너무 서연에 열중하시어 통 휘빈의 침소를 찾지 않는다 합니다."

"어떻게 아시오?"

"유모가 그러는데 휘빈이 밤마다 저하 모셔오라 졸라서 괴롭답니다."

"허허허. 그게 정말이오?"

"세자가 휘빈 침방에 들지 않은지가 오래 되었다고 합니다."

"세자 나이 올해 열여덟인데……."

"아이 만드는 방법이야 익히 아실 것 아닙니까. 호호호."

"쯧쯧……."

임금이 다정하게 눈을 흘겼다.

이튿날 임금은 소헌왕후에게 넌지시 일렀다.

"세자가 오래 동안 빈궁 침방을 찾지 않는다는데 중전이 좀 알아보시는 것이 어떻겠소?"

"그러세요? 전하께서는 어떻게 아셨습니까?"

"궐내 소문이 그러하답니다. 빨리 세손을 보아야 할 텐데……."

"아무리 아들이지만 침실 일까지 타이를 수가 있겠습니까?"

"아무래도 중전이 눈길을 주어야 할 것 같소."

임금의 걱정을 들은 소헌왕후는 이튿날 세자 향을 불렀다.

"어마마마, 찾아 계시온지요."

"세자, 앉으시오."

소헌왕후는 세자가 어릴 때 좋아하던 유과로 다과상을 차려 내놓았다.

"요즘 서연은 잘하고 있다는 이야기 들었어요."

"아직 미거합니다."

"공부도 좋지만 빈궁을 너무 비우는 것도 좋지 않은 일이오. 빈궁도 어미와 같은 여자인데 허전한 마음이 왜 없겠소. 눈길을 좀 자주 주오. 세손을 빨리 생산하는 것이 종사를 위하는 일이고 효도하는 일이라오."

"소자 명심하겠습니다."

세자는 큰 걱정거리를 안고 교태전을 물러났다.

소헌왕후는 다시 세자빈 휘빈을 불렀다.

"빈궁, 같은 여자로서 물어 보는데……."

"어마마마, 분부 내리시옵소서."

"요즘 세자가 빈궁을 찾는 일이 뜸하다면서?"

소헌왕후의 물음이 떨어지자마자 휘빈이 대답했다.

"저하는 저를 잊은 것 같습니다."

"잊다니. 무슨 말을 그렇게 하느냐?"

그제야 휘빈은 말이 잘못 나온 것을 알았다.

"황송하옵니다."

"그래, 빈궁을 찾지 않은 지가 얼마나 되었느냐?"

"일 년이 넘었습니다."

"그렇게 오래 되었단 말이냐? 남자가 아내를 찾지 않는 것은 꼭 남자만 탓할 일이 아니다. 빈궁에게도 책임이 없는 것이 아니니 몸을 조신하게 하여라."

"명심하겠습니다."

"그리고 각별히 조심할 것은 이럴 때 일수록 투기를 하여서는 아니 된다."

세자는 소헌왕후의 당부가 있은 이후 근 일 년 만에 휘빈의 침방을 찾았다. 그러나 휘빈이 어쩔 줄 몰라 하면서 지나치게 세자에게 매달리는 바람에 합방은 이루어지지 않았다. 이 일로 세자는 휘빈 처소 근방에도 가지 않게 되었다.

여자와의 합방을 별로 좋아하지 않는 세자지만 나이 열여덟인지라 여자를 전혀 외면하지는 않았다. 상차림과 침방 일을 보는 내전 시비 덕금과 효동이 아침저녁으로 늘 곁에 있으니 눈길이 가지 않을 수 없었다. 시강원이나 외침에서 슬쩍 손목도 잡고 더러는 동침도 했다.

세자와 두 내전비의 사이가 보통이 아니라는 것을 눈치 채지 못할 만큼 둔한 세자빈이 아니었다. 몇 달 동안 질투에 불타고 있던 휘빈이 호초를 들볶았다.

"덕금이와 효동이 저년들로부터 저하를 갈라 놓으려면 어찌하면 되겠느냐."

"……."

"너는 나보다 나이도 많고 사가에서 자랐으니 무슨 방법이 있지 않겠느냐?"

휘빈이 다그치자 호초가 답을 내놓았다.

“세자가 사랑하는 다른 여자를 떼는 방술이 있다고 들었습니다.”

“그래! 그 방법이 무엇이냐? 빨리 말해 봐라.”

“사랑받는 여자의 신을 태워서 남자에게 먹이면 정이 떨어진다고 합니다. 틀림없는 주술이라고 들었습니다.”

휘빈의 눈이 반짝였다. 그러나 곧 실망으로 어깨가 축 쳐졌다.

“무슨 수로 덕금이와 효동이의 신발을 훔쳐다가 저하가 드시게 한단 말이냐.”

“쇤네한테 방법이 있습니다.”

“무슨 방법이 있느냐?”

휘빈의 눈이 다시 반짝였다.

“두 아이의 신발을 제가 훔쳐 오겠습니다. 신의 뒤축을 잘라 불에 태워 재를 만든 뒤 저하의 술에 타서 드시게 하면 감쪽같이 될 것입니다.”

“정말 묘한 수로구나. 빨리 좀 시행하자.”

휘빈은 신이 났다.

그날 밤 호초가 덕금과 효동의 당혜 가죽신을 훔쳐왔다.

“이리 가져오느라.”

휘빈이 직접 가죽신의 뒤축을 잘라 불에 태웠다. 까맣게 탄 재는 아무 냄새도 나지 않았다.

“제가 소주방에 가서 술독에 털어 놓고 오겠습니다.”

호초는 모두가 잠들고 내금위 순라꾼도 교대하러 간 사이 소주방에 가서 술독에 가죽신 재를 타 넣었다.

휘빈과 호초는 성공을 서로 축하하며 소리 죽여 웃었다.

그 이튿날 아침 창덕궁에는 조그만 소동이 일어났다. 내전비 두 명의 당혜가 없어지고 세자의 반주에 검은 티가 섞여 나왔다. 세자는 마시지 않고 내놓았다. 소주방의 찬비들만 혼이 났다.

결국 휘빈의 주술은 실패했다. 휘빈은 다시 시도하기 위해 숨겨둔 가죽신의 뒤축을 더 잘라내 일부는 다시 재로 만들고 일부는 여러 가지 약을 넣어두는 휘빈의 약낭에 숨겨 두었다.

내전비의 신발이 없어진 것이 휘빈의 짓이란 소문이 났다. 이 소문은 경복궁 내전까지 퍼졌다. 소문의 시작은 휘빈의 몸종 순덕이로부터였다. 순덕은 휘빈이 입궁할 때 친정에서 딸려 보낸 시비였다. 항상 휘빈의 신변을 챙겨주던 순덕은 어느 날 휘빈의 약낭이 불룩한 것을 이상하게 여겨 열어보았다. 뜻밖에 가죽신의 뒤축 조각이 약낭에 있었다. 놀란 순덕은 그것을 황급히 감추었다. 이 광경을 지켜본 다른 무수리가 소문을 낸 것이다.

소문이 마침내 경복궁 내전 제조상궁에까지 알려졌다.

"창덕궁에 가서 휘빈 처소의 순덕이를 불러 오너라."

제조상궁 한씨가 엄명을 내렸다. 대전의 제조상궁이라면 궁중 모든 궁녀의 우두머리로 내전에서는 정승 못지않은 권세를 누리는 자리다. 일개 시비인 순덕은 겁을 잔뜩 먹고 대전으로 불려왔다. 옥색 저고리 남빛 치마에 은비녀를 단정히 꽂은 제조상궁의 얼굴만 보아도 순덕은 주눅이 들었다.

"네가 순덕이냐?"

그러나 음성은 너그럽고 인자하게 들렸다.

"예."

순덕이 떨리는 목소리로 대답했다.

"네가 빈궁마마의 약낭에서 괴이한 물건을 찾아내서 버렸다는데 참말이냐?"

순덕이는 깜짝 놀랐다. 괴이한 물건이란 당혜 가죽신 뒤축 오린 조각을 말하는 것이 분명했다. 그러나 순덕은 사실대로 말할 수가 없었다. 세자빈의 친정어머니 이씨가 자신을 딸려 보낼 때 당부한 말이 생각났다. 세자빈을 위해서 목숨을 바칠 사람은 너뿐이다. 구중궁궐 어려운 시집에서 네가 빈궁마마를 지켜야한다고 하던 말이 귀에 생생하였다.

"그런 일이 없었습니다."

"없었다고? 그런 소문이 헛소문이란 말인가?"

"결단코 그런 일이 없습니다."

순덕이가 딱 부러지게 부인하는 바람에 제조상궁도 하는 수 없이 더 이상 채근하지 못했다.

순덕이는 이 일이 잘못 되면 큰일로 번질 수도 있다는 생각을 하고 말미를 얻어 휘빈의 친정에 갔다. 휘빈의 어머니 이씨에게 사실을 이야기 하자 부부인 이씨가 크게 걱정을 했다. 부부인은 순덕이에게 절대 부정한 짓은 하지 말라는 말을 휘빈에게 전하라며 궁으로 돌려 보냈다.

그러나 휘빈은 하루도 더 참을 수가 없었다. 세자가 덕금이의 몸 위에 올라가 있는 모습을 상상하면 피가 거꾸로 도는 것 같았다. 호초를 시켜 두 번이나 술에 재를 타려고 시도했으나 경계가 엄해서 도저히 뜻을 이루지 못했다.

"호초야. 신발로 하는 술책 외에는 다른 방법이 없느냐?"

초조해진 휘빈이 호초를 다시 졸랐다.

"한 가지가 더 있긴……"

"무슨 방술이냐?"

휘빈이 귀를 바싹 세웠다.

"교접하는 뱀의 정수를 얻어다가 속곳에 차고 있으면 사랑하는 사람이 돌아온다고 합니다. 이것은 틀림없는 방술이옵니다. 제가 사가에 있을 때 직접 보았습니다."

"하지만 이 궁 안에서 무슨 재주로 뱀의 정수를 얻는단 말인가?"

휘빈이 한숨을 쉬었다.

호초는 세자가 너무하다는 생각이 들었다. 일 년 이상을 독수공방하는 휘빈이 불쌍하기 짝이 없었다.

"빈궁마마, 저에게 사가에 나갈 말미를 주시면 제가 친정에 가서 마련해 오겠습니다."

호초는 휘빈의 딱한 처지를 덜어주려고 위험한 짓을 자청했다.

마침내 호초가 친정에 가서 뱀 암컷과 수컷이 교접하는 것을 잡아 그 정수액을 무명베에 묻혀 왔다.

"마마, 이것입니다."

호초는 늦은 밤, 모든 사람이 잠들었을 때 휘빈 침소를 찾아가 헝겊조각을 내놓았다.

"호초야, 정말 고맙다. 내가 중전이 된 뒤에도 네 은공은 절대 잊지 않으마."

휘빈은 그 헝겊조각을 조그만 수주머니에 담아 사타구니 깊숙이 옥문에 닿도록 찼다. 휘빈은 이번에는 세자가 틀림없이 돌아올 것이라 믿었다. 그러나 휘빈의 눈물겨운 노력에도 불구하고 세자는 돌아오지 않고, 세상을 발칵 뒤집어 놓는 일이 기다리고 있었다.

생명과 바꾼 가문의 위기

김종서가 임금에게 홍석이와 홍득희에 관한 보고를 했다.

"홍석이는 일단 진맥을 한 뒤에 대책을 세우기로 했습니다. 홍득희는 전하께서 하사하신 말과 갑주를 반납하고 산채로 돌아갔습니다."

"산채로 돌아갔다고? 천민을 면하지도 벼슬을 받지도 않겠다는 말이오?"

임금이 뜻밖이라는 듯이 되물었다.

"그렇습니다. 자신은 화전민의 딸이니 면천을 할 이유가 없다는 것입니다. 그보다 모든 천민에 대한 조정의 정치가 바뀌어야 한다는 외람된 생각을 하고 있었습니다."

"비록 천민이라도 그 생각을 한번 깊이 들어볼 필요가 있을 것 같으오. 과인 앞에 데리고 오시오."

"분부대로 하겠습니다."

보고를 마치고 돌아서려던 김종서가 다시 입을 열었다.

"전하, 조정 당하관들 사이에 요상한 소문이 오르내리고 있습니다."

"요상한 소문이라고?"

임금이 흥미를 느끼는 것 같아 김종서가 이야기를 계속했다.

"말씀드리기 송구합니다."

"무슨 이야기이기에 경이 다 망설이시오?"

임금이 웃음을 띠며 말했다.

"세자빈에 대한 요상한 소문입니다."

"휘빈 말이오? 세자와 금슬이 좋지 않다고 하여 중전이 타이르기까지 했는데 무슨 요상한 일이오?"

"그와 관련된 일입니다. 휘빈마마께서 투기가 좀 지나치다는 소문입니다."

"투기?"

임금이 자세를 고쳐 앉으며 물었다.

"휘빈마마께서 세자의 사랑을 얻고자 압승술(壓勝術, 주술)을 쓰고 있다는 소문입니다."

"뭐라고요? 방술을 쓴다고요?"

"그러합니다. 관리들이나 궁인들 사이에 떠도는 소문은……."

여러 번 뜸을 들인 김종서는 마침내 임금이 놀랄 만한 이야기를 했다.

"세자께서 총애하시는 내전비 덕금과 효동을 휘빈께서 투기하여 두 아이의 가죽신을 훔쳐다가 세자 저하의 술에 타서 들게 하는 괴이한 일을 저질렀다 하옵니다."

"허허, 저런 변고가 있나. 그래 어떻게 되었다고 하던가요?"

임금은 낭패한 표정이었다.

"그뿐이 아니고……."

"또 다른 괴이한 일이 있소?"

"휘빈께서 저하가 침방으로 돌아오게 한다는 방술로 치마 밑에 교접하는 뱀 두 마리를 차고 다닌다고 합니다."

"엉, 뱀을 치마 밑에 차고 다닌다고! 이런 변괴가 있나. 그게 정말이오?"

임금이 입을 다물지 못했다.

"사실인지 아닌지 알 수 없는 유언비어입니다. 그러나 그런 요상한 말이 떠돈다는 것은 좋지 않은 징조임에 틀림없습니다."

임금은 난감했다. 명문 집안의 규수를 골라 맞이한 며느리가 경악할 실덕을 하다니 이 일을 어찌할 것인가. 그런 여자가 장차 국모가 된다는 것은 끔찍한 일이 아닐 수 없었다.

"하지만 그것은 어디까지나 유언비어가 아니오. 과인이 확인해 보리다."

임금은 곧장 내전으로 들어가 소헌왕후와 마주 앉았다.

“전하께서 대낮에 어인 일이십니까?”

중전은 임금의 얼굴에서 심상찮은 일이 있다는 것을 느꼈다.

“세자빈 말이오.”

임금이 심각한 표정으로 말을 꺼냈다. 소헌왕후는 몹시 긴장했다.

“며늘아기한테 무슨 일이 생겼나요?”

임금은 김종서가 일러준 궐내 소문을 알려 주었다.

“그런 끔찍한 일이……. 소첩이 진실을 가려내겠습니다. 설마하니 그런 일이 있을 수 있겠습니까?”

“중전이 자세히 알아보시오.”

중전에게 당부한 뒤 임금은 신빈의 별궁으로 갔다.

“신빈은 이 이야기를 모를 리가 없을 텐데 왜 과인한테 이야기하지 않았는가?”

임금은 더 자세한 것을 알기 위해 궁중에서 일어나는 모든 일에 밝은 신빈을 다그쳤다.

“신첩이 들어도 하도 어이가 없어 입 밖에 내지 않았습니다. 사실이라면 강상의 죄를 넘어 반역의 일이 되기 때문입니다.”

“반역의 일이라니?”

“떠도는 소문은 아주 망측합니다. 휘빈이 옥문 근처에 뱀 두 마리를 차고 있다고 합니다. 이 뱀이 세자의 하초를 물어 생식 불능으로 만들어 세손을 끊게 한다는 소문입니다.”

"허허허. 갈수록 태산이라더니 이 무슨 망국의 변고인고."

임금은 백성들이 이런 말을 들으면 궁중의 체면이 어떻게 되겠는가를 생각하니 더욱 어이가 없었다.

세종의 당부를 들은 소헌왕후는 우선 휘빈의 몸종 순덕을 불렀다.

처음으로 중전 앞에 불려온 순덕은 겁에 질려 입술을 바르르 떨고 있었다. 곁에는 제조상궁 한씨가 서 있었다.

"한 치도 틀린 말을 해서는 안 된다. 네가 사가에서부터 세자빈의 몸종이었음을 알고 있다. 바른대로 이르는 것이 휘빈을 위하는 길이고 사직에 충성하는 길이란 것을 명심하고 말해라. 만약 거짓을 고했다가는 살아서 궐 밖으로 나가지 못할 것이다."

평소에 온화하던 중전과는 전혀 다른 서슬이 시퍼런 모습이었다.

"쇤네 죽을죄를 지었습니다. 지난 번 제조상궁께서 문죄했을 때 너무 겁나서 바른대로 아뢰지 못했습니다."

순덕이 사색이 되었다.

"이제라도 이실직고하라."

"쇤네가 빈궁마마의 약을 챙기려고 약낭을 열었는데 거기에 여자 당혜의 뒤축을 자른 가죽 조각이 여러 개 나왔습니다."

"그래서 어떻게 했느냐?"

"다른 무수리들과 찬비들에게 은밀히 물어 보았더니 그것이 덕금과 효동의 신발이고 불태워서 저하의 술에 탔다고 합니다."

"저런 몹쓸 것들이 있나. 그래서 어떻게 되었느냐?"

"저하께서 술잔에 재가루가 가라앉은 것을 보시고 드시지 않았답니다."

"그 가죽 조각은 어떻게 했느냐?"

"빈궁마마의 친정어머니에게 알리고 쇤네가 보관하고 있습니다."

"그 일은 휘빈이 혼자서 한 일이냐?"

"아니옵니다. 호초가 한 일입니다."

"휘빈이 치마 밑에 뱀 두 마리를 차고 다닌다는 것은 아느냐?"

"예? 그런 일이 있을 수 있겠습니까?"

순덕이 놀라 얼굴이 백짓장처럼 하얗게 질렸다.

"그 일은 모른단 말이지."

"모르는 일이옵니다."

"너는 빈궁의 시비로서 빈궁의 잘못을 막지 못했으니 죄가 크다. 그 당혜 가죽 조각은 제조상궁에게 주고 네 처소로 가서 대죄하고 있어라."

다음에 덕금이와 효동이 불려왔다. 준엄한 소헌왕후의 문초가 시작되었다.

"너희들은 왜 여기 불려왔는지 아느냐?"

"예."

머뭇거리던 덕금이가 대답했다. 내전비 둘은 두려워하는 기색이 크게 없는 것 같았다.

"너희들이 세자와 잠자리를 같이 한 일이 있느냐?"

"예. 몇 차례 시침을 모신 일이 있습니다."

효동이 대답했다.

"효동이도 그런 일이 있느냐?"

"예. 시강원에서 아무도 없을 때 은혜를 입은 일이 있습니다."

소헌왕후는 걱정하던 일 하나는 덜었다고 속으로 생각했다. 세자가 혹시 남자구실을 못하는 것 아닌가 하는 걱정을 은근히 하고 있었기 때문이었다. 그러나 소헌왕후는 따져야 할 것을 차분히 따져나갔다.

"너희들이 요망스럽게 대낮부터 꼬리를 쳐서 세자의 눈을 어지럽게 한 것 아니냐?"

"아니옵니다. 빈궁마마의 감시가 엄중한지라 잘못하면 살아남지 못한다는 것을 알기 때문에 조심, 몸조심 하였습니다."

효동이 변명했다.

"저하께서 못난 쇤네를 어루만지시고……."

"됐다."

소헌왕후는 덕금의 말을 막았다.

"너희들의 신발이 없어졌다는데 어떻게 된 것인지 아느냐?"

"빈궁마마의 침방을 맡은 내전비 호초의 짓으로 아옵니다."

덕금이 대답했다.

"너희들이 세자의 심사를 혼란하게 한 것은 죄라면 죄가 된다. 세자를 잘못 모신 죄를 물을 테니 가서 대죄하고 있으라."

덕금과 효동도 사색이 되어 나갔다.

다음에 호초가 불려왔다. 오뚝한 코와 얇은 입술, 매서운 눈초라가 비범한 계집으로 보였다.

"왜 여기 불려왔는지 아느냐?"

소헌왕후가 부드러운 목소리로 물었다. 우선 마음을 약간 풀어준 다음 따져야겠다는 생각이었다.

"네가 지은 죄를 아느냐?"

"죽을죄를 지었습니다."

"덕금이와 효동이의 신을 훔쳐 뒤축을 잘라 재를 만든 일은 네가 한 짓이냐?"

"신을 훔쳐 온 것은 쇤네의 짓이옵고 불태워 재로 만든 것은 빈궁마마께서 직접 했습니다."

"세자의 술 단지에 몰래 가져다 넣은 것은 네가 한 짓이냐?"

"예. 죽여주십시오."

"왜 그런 짓을 했느냐?"

"빈궁마마께서 저하가 침방에 오도록 하는 술법을 여러 번 묻기에 방술을 말씀드렸던 것입니다."

"몇 번이나 그런 짓을 하였느냐?"

"두 번 실패하고 세 번째 하려고 가죽 조각을 마마께서 보관하고 계셨는데 없어졌다고 합니다."

"너는 어디서 그런 술법을 배웠느냐?"

"예전에 박신 대감의 소실이었던 중가이한테서 들었습니다."

호초는 각오를 한 듯 고분고분 대답했다.

"산 뱀 두 마리를 잡아다가 휘빈의 사타구니에 차고 다니게 한 것이 사실이냐?"

"예? 산 뱀을 말씀입니까?"

호초가 놀라 눈을 동그랗게 떴다.

"왜 놀라느냐?"

"아닙니다요. 산 뱀이 아니고 뱀이 교접할 때 흘린 정수를 헝겊에 묻혀서 그것을 주머니에 넣고 속곳 속에 차고 다니면 반드시 남자의 사랑을 받는다고 해서……."

"그래서 그런 짓을 했느냐?"

"죽을죄를 지었습니다."

제조상궁 한씨는 혀를 내둘렀다.

"누가 그런 요상한 술법을 알려 주었느냐?"

"정효문 대감의 기생 소실 하봉래에게 들었습니다."

정효문은 총제의 벼슬에 있었는데 평양 기생 하봉래와 정을 통해 본처를 쫓아낸 죄로 사헌부의 탄핵을 받아 하옥된 자였다. 황주목사로 있을 때는 자리를 이탈하여 탄핵 받은 일이 있고, 음란녀 유감동과도 간통한 사실이 드러나 사헌부에서 처벌을 상소하기도 했다.

"뱀의 정수는 어디서 구했느냐?"

"쇤네의 사가에 가서 오라비에게 부탁해서 구해 왔습니다."

"참으로 맹랑한 사람들이구나."

소헌왕후는 너무 황당해서 말을 잊었다. 명문 대신 집안의 규수가 저지른 짓이라기엔 치졸하고 어리석기가 상상을 초월하는 일이었다. 그러나 한편으로는 얼마나 남편의 사랑을 얻고 싶으면 그런 황당한 일을 벌였을까. 휘빈이 측은하기도 했다.

"너는 왕실에 대해 대죄를 지었다는 것을 아느냐?"

"쇤네의 어리석은 죄는 죽어 마땅합니다. 하오나 빈궁마마는 쇤네에게 속았을 뿐입니다. 통촉하시옵소서."

"네가 지금 휘빈을 걱정할 입장이냐?"

소헌왕후가 제조상궁을 향해 명령했다.

"호초를 옥에 가두고 국문할 채비를 하라."

호초는 눈물을 흘리며 상궁들에게 끌려 나갔다. 왕후는 순덕이 가지고 있다는 가죽신 뒤축을 오려낸 조각을 가지고 오라고 했다.

"휘빈을 들라 하라."

소헌왕후가 마지막으로 장본인을 불렀다.

휘빈은 순덕이와 호초가 중전에게 불려갔다는 이야기를 들어 불안하기 짝이 없었다. 그러나 아무도 만나지 못했기 때문에 무슨 변고가 있는지 확실히 모르고 중전 앞에 불려왔다.

"중전마마, 세자빈 입시이옵니다."

한 상궁이 문밖에서 아뢰었다.

"들라 일러라."

세자빈이 들어와 큰절을 했다. 왕후가 빈의 얼굴색을 살폈다. 불안을 감추려 애쓰는 표정이 역력했다.

"휘빈! 덕금이와 효동이의 당혜를 가져다 불에 태워 그 재를 세자의 술에 타서 들게 한 것이 사실이냐?"

소헌왕후가 준엄한 목소리로 물었다.

"아니옵니다. 천부당만부당하옵니다."

휘빈이 딱 잡아뗐다. 앙큼한 빈이 왕후는 더 없이 괘씸했다.

"이것이 휘빈의 약낭에서 나왔는데 아직도 거짓말을 고하느냐?"

소헌왕후가 가지고 있던 가죽 조각을 휘빈 앞에 던졌다. 그러나 휘빈은 눈 하나 깜짝 않고 말했다.

"소첩의 종년들이 한 짓이옵니다."

"그래서 휘빈은 몰랐단 말인가?"

"뒤에 알고 야단쳤습니다."

너무도 뻔뻔한 대답이었다.

"그러면 속곳 속에 차고 있는 흉물도 모르는 일이냐?"

휘빈은 얼굴이 하얗게 변했다. 그러나 곧 완강히 부인했다.

"흉물이 무엇인지 모르오나 결코 그런 일이 없습니다."

"네가 끝까지 거짓말을 하는구나. 그렇다면 증거를 찾아주마."

소헌왕후가 마침내 노기를 띠었다.

"치마 밑에 있는 주머니를 순순히 내놓아라!"

소헌왕후의 눈빛이 무서워졌다.

"아무것도 없사옵니다."

휘빈은 이판사판이니 끝까지 버텨보겠다는 모양이다.

"한 상궁, 휘빈의 치마를 들추고 흉측한 물건을 찾아내라!"

소헌왕후의 추상같은 명령이 떨어졌다. 한 상궁은 어쩔 줄 모르고 주춤거렸다.

"무엇 하느냐?"

소헌왕후의 호령이 다시 거칠어졌다.

제조상궁이 와락 덤벼들어 휘빈의 치마를 걷어 올렸다. 초록 광사 당저고리 아래의 남색 광사 치마가 걷혀 올라갔다. 여름 복장인 홑당의 치마 아래에는 속치마, 그 밑에는 단속곳만이 있었다. 한 상궁은 단속곳을 헤치고 속곳 끈에 묶인 주머니를 찾아냈다. 한 상궁이 주머니를 풀어내 소헌왕후 앞에 놓았다. 화려한 다섯 가지 빛깔의 헝겊으로 지은 주머니였다.

소헌왕후가 주머니를 열고 삼베 헝겊 조각을 꺼냈다. 색이 누르스름했다. 뱀의 정수로 보이는 흔적이 얼룩이 져 눌어붙어 있었다.

"이래도 거짓말을 하겠느냐?"

그때서야 휘빈이 머리를 바닥에 붙이고 울면서 말했다.

"중전마마, 죽을죄를 지었습니다. 소첩을 죽여주시옵소서."

휘빈이 흐느껴 우는 모습을 보자 소헌왕후는 어느 정도 노기를 풀었다. 따지고 보면 아들인 세자가 잘못한 일도 많았다. 여자의 입장에서 본다면 지아비를 그리워하는 아내의 심정은 누구나 같은 것이 아니겠는가.

"세자가 너의 그런 행동을 불러온 것도 부인할 수는 없을 것이다. 그러나 휘빈은 빈의 도리를 지키기는커녕 비천한 내전비의 말에 속아 큰 잘못을 저질렀으니 물러가 주상 전하의 처분을 기다려라."

소헌왕후로부터 자초지종을 들은 세종은 크게 한숨을 내쉬었다.

"폐빈할 수밖에는 없겠소."

"소첩도 그렇게 생각합니다."

며칠 뒤 근정전에 대소 신료가 모두 모인 자리에서 임금은 휘빈 김씨의 폐빈에 대한 교지를 내렸다.

"배필이 서로 만나는 것은 일반 백성의 시초로서 사람의 운명과 나아가서 국가의 성쇠도 여기에서 시작된다고 볼 수 있다. 옛날 주나라의 문왕이 세자로 있을 때 착한 여인 사씨를 얻어 비둘기 한 쌍이 서로 화답해 우는 것처럼 화순하고, 덕행이 아래에까지 미치었다고 한다. 아아, 아름답구나. 그러나 아래 대로 내려올수록 후한 풍습은 점점 엷어지고 여자가 지켜야 할 훈계는 전하여지지 않았도다. 남편의 달콤하고 사사로운 총애만 바라게 되어 아내로서의 덕행을 잊는 경우가 많았다.

대개 남녀 침실의 일이란 은밀하기 때문에 애매한 경우가 많으나 잘못의 증좌가 확실히 있다면 본인의 잘못이니 누구를 원망하랴.

과인이 김씨를 누대의 명가 딸이라고 간택하여 세자빈으로 삼았더니, 뜻밖에도 김씨가 남자를 미혹시키는 방법으로 압승술을 썼다는 증좌가 발견되었다.

김씨를 세자빈으로 삼은 것은 장차 종묘의 제사를 받들며 남의 어머니로서 세상의 모범이 되어 만세의 복조를 연장하려 함이었다. 이제 어찌 계명의 도를 다할 것이며 부덕한 자가 받드는 제사에 조종의 신령이 흠향하겠는가. 과인은 이에 종묘에 고하고 김씨를 폐빈하여 서인으로 삼았으며 책인(冊印)을 회수하고 사가로 쫓아 보내어 다시는 경박한 사람이 종실의 가법을 더럽히지 못하게 하고자 한다. 김씨의 비위를 맞추려고 죄에 빠지게 한 시녀 호초는 유사에 넘겨 형벌을 받게 하였다. 관료들의 걱정을 덜고자 이에 일의 처음과 끝을 알리는 교서를 내리노라."

임금은 교서에서도 휘빈 김씨의 죄상에 대한 내용을 상세히 밝히고 그 조사 경위에 대해서도 소상히 알렸다.

호초는 형률에 의해 서소문 밖에서 참형에 처했다. 순덕은 사가로 쫓겨나고 주변에 있던 여종 두 명도 곤장을 맞았다. 그러나 폐비 사건은 이것으로 끝나지 않았다.

좌사간 유맹문 등이 상소를 올렸다.

"엎드려 교지를 보니 김씨를 폐출하시고 호초를 법대로 형벌을 주셨으니 결단하심이 밝으셨나이다. 그러나 중가이와 하봉래가 궁인과 사귀어 요사스러운 술법을 가르쳐서 궁중에 화를 미치게 하였으니 그 죄가 죽음을 면할 수 없을 것입니다.

또한 순덕이가 가죽신 조각을 김씨의 어머니에게 가져가 사실을 알렸으나 이를 쉬쉬하였으니 아비 김오문과 친정어미 이씨 또한 죄가 있습니다.

정효문의 애첩 하봉래가 저지른 일을 정효문이 어찌 몰랐겠습니까. 정효문, 김오문, 중가이, 하봉래를 모두 유사에 맡겨 율에 따라 처단 하소서."

사헌부 장령 최문순도 상소를 올려 호초, 중가이, 하봉래를 국문하라 하였다. 그러나 임금은 더 이상 문제를 삼지 않았다.

며칠 뒤 임금은 가슴 아픈 소식을 들었다. 폐빈 김씨와 아버지 김오문, 어머니 이 씨가 자결하였다는 것이었다. 김씨의 아버지 김오문은 무관 출신으로 직책이 삼군도체찰사에 이르러 군부의 최고 통솔자였다. 강직하고 충성심 강한 김오문은 폐서인으로 쫓겨 온 여식 김씨가 가문에 먹칠을 하고 조상에게 큰 죄를 지었다고 생각했다.

김오문은 준비한 비상으로 딸과 부인을 먼저 자결시켰다. 본인은 흰 옷으로 갈아입고 북향하여 네 번 절하고 주상에게 용서를 빈 뒤 무인답게 칼로 할복하여 자진하였다. 죽음으로서 가문의 명예를 지키려 한 것이다.

여악(女樂)은 음란의 근원인가

임금은 억조창생의 어버이라고 불리는 만큼 문무백관을 거느리고 있으며, 정처인 비를 비롯하여 수십 명의 비빈을 거느리고 산다. 누가 보아도 세상에서 가장 행복한 사람처럼 보인다. 세종은 비빈 여섯 명을 거느리고 자녀를 스무 명이 넘게 두었다. 그러나 군왕은 바깥으로 비치는 것과는 달리 고독하다. 나이 30을 훌쩍 넘기자 몸의 노쇠함과 함께 속마음을 털어놓을 가까운 사람이 드물었다.

임금은 심온 사건 이후로 소헌왕후를 각별히 사랑했다. 격조 높고 요조숙녀의 길에서 한 치도 어긋나지 않는 왕후의 처신이 때로 답답할 때도 있었지만 임금을 보위에서 굳건히 버티게 해주는 보이지 않는 지주이기도 했다. 그에 비해 신빈 김씨는 임금에게 여유와 활력을 느끼게 하는 안식처라고 할 수 있었다.

그러나 신하로서 마음을 터놓을 수 있는 대상은 드물었다. 가장 가까이 있다고 생각하는 부하 첫 번째가 김종서였다.

김종서가 임금의 명을 받고 강녕전으로 들어섰다. 강녕전은 주로 임금이 사사로운 일을 보는 전각이라 신료들을 잘 불러들이지 않는 곳이었다.

"좌대언 김종서 입시이옵니다."

"요즘 과인 대신 까다로운 명나라 사신을 접대하느라 고생이 심한 것을 잘 알고 있소."

"황공하옵니다."

"요즘 내가 쾌차하지 못하여 전과 많이 다른 것 같으오. 경은 지금부터 과인의 곁에서 과인의 말을 바깥으로 충실히 전하고 또 바깥의 말을 충실히 알려야 할 것이오."

"분부대로 하겠습니다."

"풍질(風疾)을 내가 왜 얻었는지 경은 잘 모를 것이오. 지난번 한낮에 경복궁 2층에서 창문 앞에 누워 잠시 잠이 든 적이 있었다오. 그러다 갑자기 두 어깨 사이가 찌르는 듯이 아파 잠을 깼지요. 이튿날은 괜찮더니 며칠 지나니까 또 찌르듯이 아프더이다. 어깨 사이 등이 약간 부은 것 같기도 하고."

"전의의 치료를 받지 않으셨습니까?"

“그들은 시원한 답을 주지 못했소. 아프다가 덜 하다가 지금은 마침내 고질이 되었소. 이젠 허리띠를 모두 줄여야 할 모양이오.”

“망극하옵니다.”

김종서는 임금의 이야기를 들으며 공연히 자신이 죄를 지은 것 같은 생각이 들었다.

“허리가 줄어서 상의원 별좌를 시켜 옷을 새로 만들도록 하였소,”

임금의 얼굴빛이 어두워졌다. 또 등줄기가 당기는지 얼굴을 찌푸렸다.

“나이 서른을 훨씬 넘기고 나니 몸에 이상한 조짐이 수시로 나타나오. 일전에는 귀밑털에 흰 털이 두 올 났었소. 신빈이 호들갑을 떨면서 뽑으려고 덤벼 그냥 두게 하였소. 병이 많아서 그런 것이라며 웃을 수밖에……. 허허허.”

임금은 쓸쓸하게 웃었다.

“내가 몸이 이러하니 그대만 그런 줄 알고 있으시오.”

임금은 활 한 자루와 화살을 가져 오게 했다.

“경도 몸을 늘 단련하도록 하오. 내가 이 활과 화살을 줄 터이니 늘 지니고 다니다가 짐승을 만나면 쏘시오.”

김종서는 임금이 다른 사람에게는 좀처럼 말하기 힘든 신상 문제를 털어놓았다고 생각했다. 또한 신하의 건강을 걱정하며 활과 화살을 주는 자상한 마음이 너무나 고마웠다.

“전하, 황공하옵니다. 분부대로 항상 가지고 다니도록 하겠습니다.”

김종서가 부복하고 활과 화살을 받았다. 5척 단구인 김종서가 활을 어깨에 메자 그 끝이 땅에 닿았다.

"요즘 세상 돌아가는 인심이 어떠하오? 경상도에서 큰 지진이 나고 강원도에서는 초여름에 눈이 왔다고 하던데……."

"가뭄이 계속되어 열흘 이내에 비가 오지 않으면 벼농사에 지장이 많을 것이옵니다."

"작년에 흉년이 들었는데 또 흉년이 들면 백성들이 너무 고달파질 것이오. 을사년에 내섬서에서 주조한 동전을 제용감 등을 통해 유통하게 한 지가 6, 7년 되었지만 아직 유통이 잘 되지 않고, 쌀과 직포로만 거래를 한다고 하니 이도 흉년이 들어 물자가 귀해진 탓이 아니겠소?"

"그러하옵니다. 을사년부터 지금까지 1만2천 관을 각 관아를 통해 배포하였는데 아직 유통이 잘 안 된다고 하옵니다."

"백성들이 숫자에 대한 관심이 커지고 규모 있는 생활을 하도록 훈련을 해야 할 것이오. 그것을 위해 전작(田作)에 대한 세금을 거두는 방법을 고쳐 백성이 편해지고 공평하게 되도록 노력해야 할 것이오."

"결부법(結負法)을 개혁한 것은 전하의 커다란 결단에 힘입은 것이옵니다."

땅의 면적과 농산물의 수확량에 따라 세금을 매기는 결부법은 항상 불공평하다는 불평이 있었던 제도였다.

"농사짓는 백성에게는 쌀이 바로 하늘이오. 농사가 잘 되게 하기 위해서는 천문을 세밀히 관찰하여 심오한 하늘의 법칙을 알아야 할 것이오."

"전하께서 명하신 천문 관찰을 빈틈없이 실행하고 있사옵니다. 농사에는 시기가 중요한데 시각 예보를 위한 앙부일구를 만드신 것은 참으로 잘 된 일이옵니다. 장영실과 최양선을 시켜 비와 바람과 풍수설 연구를 계속하고 있지 않습니까?"

김종서가 아뢰었다.

"전하께서는 역대 어느 군주보다 일력과 월력에 관심이 많으시어 간의대를 짓게 하신 것은 모두 백성들이 농사를 편하게 지을 수 있도록 함이란 것을 모두 알고 있사옵니다."

임금은 앉은 채로 강녕전을 눈으로 둘러본 뒤 말했다.

"이 강녕전은 과인이 혼자만 쓰는 것이 아니고 만대에 전할 전각인데 낮고 춥고 어두운 편이오. 만일 과인이 늙어서까지 여기에 거처한다면 아마 잔글씨를 보기가 어려워서 정무를 보기가 쉽지 않을 것이오. 과인이 풍수설에 맞추어 고쳐서 후세에 전해주고자 하는데 어떻게 생각하오?"

"좋은 방도인 줄 아뢰옵니다."

"경회루는 건축한 지가 오래되지 않았는데 처마를 받친 도리가 벌써 눌려 부러졌으니 처마받침을 수리해야 할 것 같으오."

"대신들을 불러 풍수에 관한 의견을 다시 들어 보심이 좋을 듯합니다."

며칠 뒤 영의정 황희, 예조판서 신상, 지신사 안숭선과 당대의 풍수 학자들을 불러 의견을 들었다.

"경복궁 터는 결론부터 말씀 드리면 명당입니다."

대신들의 갑론을박 끝에 풍수학자 이양달이 말했다.

"경복궁의 주산 백악은 삼각산 봉우리에서 내려와 보현봉이 되고 보현봉에서 내려와 평평한 언덕 두어 마장을 지나 우뚝 솟은 봉우리를 만들었음을 확인하였습니다. 그 아래엔 명당을 이루어 바둑판처럼 평평합니다. 이 평지에는 군사 만 명 이상이 동시에 들어갈 만합니다."

이어 고중안이 설명했다.

"주산의 북쪽 바깥 협곡은 삼각산에서 서남쪽으로 한 가닥이 둘러져 나암사 남쪽의 무악재에 이릅니다. 또 주산의 동북쪽은 가지의 큰 한쪽이 청량리 물근원을 돌아서 동대문으로 달려옵니다. 주산의 정통되는 큰 내맥은 백악, 인왕, 무악, 남산으로 달려 모두 우뚝 솟아 봉우리를 만들었습니다. 다만 종묘 자리에 이르러 한 곳만 혈자리가 있을 뿐이며 다시 일어난 봉우리가 없는 것이 조그만 흠입니다."

임금은 고개를 끄덕이며 대신들의 이야기를 경청한 뒤 입을 열었다.

"근자에 글을 올려 경복궁을 배척하는 사람이 더러 있었소. 우리 조종께서 지리를 잘 이용해 여기를 수도로 정하였으니 과인이 그대로 쓰지 않을 수 없소. 유학자 정인지는 이곳을 버려야 한다는 해석은 전혀 근거 없는 일이라고 했소."

"영명하신 판단이옵니다."

대신들이 머리를 조아렸다.

"지리를 안다는 자 중에는 '지금 경복궁 안에 물이 없다'고 하는 이도 더러 있는 것으로 아오. 과인이 생각컨대 궁성의 동 · 서편 끝과 내사복시의 북쪽 등에 못을 파고 도랑을 내어서 영재교의 물을 끌고 가면 어떨까 하오."

임금의 의견에 모두 찬성했다.

"경복궁의 오른팔은 산세가 낮고 헤벌어져 미약한 형상이오. 남대문이 이렇게 낮고 평평한 것은 건공할 당시에 문밖에다 못을 파고 평평하게 땅을 낮춘 것이라 생각하오. 이제 다시 높이 쌓아 올려서 남산의 산맥과 연하게 하고 그 위에다 남대문을 설치하는 것이 어떠하겠소?"

아무도 반대하는 사람이 없자 임금이 다시 말을 이었다.

"청파역에서부터 남산에 이르는 산맥의 여러 봉우리와 흥천사 북쪽 봉우리 등에 소나무를 가꾸어 무성하게 우거지도록 하는 것도 좋을 것 같소."

임금은 한성 개조의 구상을 더 내놓았다.

"주산의 왼쪽 팔이 되는 산맥이 물에 씻겨 허물어진 곳이 많다고 이양달이 여러 번 글을 올렸소. 거기에 성을 쌓고 냇물을 돌리고자 하오. 따라서 도성 내의 모든 개천과 도랑을 맑게 하여 사람들이 깨끗한 주변을 가지도록 함이 좋을 듯하오. 여러 대신들은 이를 위해 힘써야 할 것이오."

"지당하신 분부입니다."

"또 하나 궁성 북쪽 주산의 내맥이 행인의 통로가 되어 있는 것이 과인의 마음에 들지 않소. 막아버릴까 하는데 어찌 생각하오."

임금의 지시가 끝나갈 무렵 황희가 말했다.

"전하의 말씀이 모두 지당합니다. 하오나 이 모든 일을 한꺼번에 하는 것은 불가능하오니 일의 선후를 정하여 주심이 타당한 줄로 아뢵니다."

며느리의 폐빈 일로 심란해진 임금은 뜻하지 않은 신병까지 얻어 주위 가까운 대언들에게 심정을 자주 털어놓았다. 조회가 끝난 뒤 편전에서 영의정 황희, 좌대언 김종서, 우부대언 남지, 좌부대언 윤수와 함께 풍수, 지리 음율, 건강에 대해 이야기를 나누곤 했다.

"아악의 정비와 악기의 혁신에 십여 년을 바쳐온 박연도 이제 병이 들었다하니 참으로 가엾은 일이오."

임금이 황희를 바라보며 말했다.

"관습도감 일을 오래 맡아온 박 대감의 공적은 참으로 큽니다. 대감은 최근 소신에게 이르기를 여악(女樂, 연회에서 악기를 연주하고 춤을 추는 여자 악사들)을 폐지하는 것이 타당하다는 말을 했습니다."

"경은 어떻게 생각하오?"

황희의 말을 임금이 되받아 질문을 했다.

"소신도 폐지하는 것이 타당하다고 생각합니다. 여악은 악기의 연주와 무용, 노래가 주업이지만 거기에 소속되어 의녀, 관기의 역할을 수행함으로 사대부 세계를 음풍으로 흐려 놓을까 심히 걱정 됩니다."

임금이 그 말에 대해 의견을 내놓았다.

"여악은 전대부터 존폐에 대한 논의가 많았었지요, 그러나 부왕께서는 여러 가지 사정을 감안하여 존속시키기로 결론을 낸 것이오."

"태종께서 폐지를 고려하신 것은 아무래도 양녕대군과 효령대군이 관습도감의 관기와 관계를 가진 것이 문제가 되었기 때문이 아닌가 생각됩니다."

남지가 말했다.

양녕대군은 관습도감의 여악 우두머리인 호궁장과 사통하였다. 호궁장은 태상왕이자 큰아버지뻘인 정종의 애첩이었다. 태종은 크게 노하여 호궁장을 쫓아내 버렸다. 또한 효령대군도 관습도감의 여악과 관계한 일이 있었다. 그 여악이 뒤에 다른 대군과 사통하여 들통 나자 쫓겨났다. 그뿐 아니라 종실 여러 왕자나 대신들과 여악의 사통 사건이 자주 발생하여 임금을 괴롭혔다. 관습도감뿐 아니라 다른 관아나 지방 관서의 관기들도 불륜, 사통으로 계속 말썽을 일으키고 있었다.

평양감사 윤곤이 장계를 올려 "지방의 수령들이 관기와 사사로이 간통하는 일이 잦아 꼴사나운 일들이 일어나고 있습니다. 남편이 있는 관기가 있는가 하면 관료끼리 서로 차지하려 다투다가 범죄를 일으키는 일도 있습니다. 심지어는 모녀와 자매를 모두 간통하여 천하의 패륜을 저지른 일도 있습니다. 이렇듯 음란한 풍속을 근절하기 위해서는 여악과 관기 제도를 혁파해야 한다고 생각합니다."라고 주장한 일도 있었다.

"여악을 쓴 것이 이미 오래인데 갑자기 악공이나 재인으로 하여금 대신하게 한다면 아마도 음률에 맞지 않아 서로 어긋남이 많을 것이오. 그렇기 때문에 갑자기 혁파할 수는 없는 것이오."

"여악의 나쁜 관습을 그대로 두기보다는 차라리 음률이 어긋나더라도 참고 악공들이 더 연습하여 제대로 할 수 있도록 하는 것이 옳은 줄로 아뢰니다."

우부대언 남지가 김종서의 폐지론을 지지하며 말했다.

"그것은 경이 음률을 모르는 말이오. 예기에 이르기를 악(樂)은 예(禮)와 분리할 수 없다 하였소. 공자도 악과 예는 군자의 정치 이념으로 삼아야한다고 가르쳤소. 진실로 악을 이해하는 것이 참다운 정치의 길인 것을 왜 모르오."

임금이 남지를 훈계했다.

"하오나, 여악의 폐단은 지방에서 더 심합니다. 지방 수령들의 백성 다스리는 모양을 보면 잘 알 수 있습니다. 절개와 의리를 잃은 부녀자들에게 형벌을 내리면서 한편으로는 중앙 사신의 수청을 거부한 관기 역시 처벌하고 있습니다. 관기로 인해 사림에서도 시기와 반목이 일어나고 있습니다. 심지어 남녀의 엄중한 법도도 이로 인해 어지러워지고 있습니다. 결코 소홀히 할 일이 아닙니다."

"지방에 따라서 여악의 숫자가 다르기는 하지만 많은 곳은 백여 명이 넘습니다."

"경들의 말이 타당하오. 그러나 부왕께서는 각 지방의 풍속이나 습관이 어찌 없을 수 있느냐고 했소. 변계량이 과인에게 이르기를 옛날 태평성대에는 사해에 음악이 그치지 않았다고 시경을 들어 이야기하였소."

임금의 설명을 남지가 다시 반박했다.

"음악이 어찌 여악만을 이야기하겠습니까?"

잠자코 듣고 있던 좌부대언 윤수가 말했다.

"옛날에 이르기를 기생이란 아내가 없는 자들을 접대하기 위한 것이라 하였습니다. 우리나라가 동남서로는 바다에 임하고, 북쪽으로는 야인들과 인접하여 방어하는 날이 그치지 않습니다. 변방의 군사들을 위해서라도 여악을 갑자기 폐지할 수는 없을 것입니다."

"관습도감에 있는 여악만 하더라도 1백80명이 넘는데 간단히 혁파할 일은 아니오. 오랫동안 관습도감 일을 맡아온 박연의 말을 들어 보지 않을 수 없소."

세종은 음률의 천재인 박연의 의견을 대단히 존중하고, 그를 아꼈다. 박연은 아악이 비록 중국에서 왔지만 조선이 쓰는 한 조선에 편리하도록 정비해야 한다고 주장하여 여러 해에 걸쳐 많은 악을 편곡하고 정비하였다. 또한 향악도 조선의 풍색이 담긴 음률이기 때문에 소중하게 함께 정비해야 한다고 했다. 임금도 박연의 이러한 생각에 전적으로 동조했다.

"향악은 속악이니 버리자는 사람도 많으나 과인은 박연의 뜻을 높게 생각한다. 아악이 아무리 품격이 있다 하나 조회나 종묘 제사에 쓰는 악이지 연회에서 흥을 돋우고 춤추는 데 쓰는 악은 아니다.

세종의 음악관은 이렇게 명백했다. 그 심중을 가장 잘 헤아려 많은 정비와 개혁을 한 사람이 박연이었다.

아악은 중요 행사에서 모두 연주하는데 악기가 변변치 않았다. 그 중에도 악의 기준이 되는 편경이 부실했다. 모든 음률의 조정은 편경의 높낮이로 이루어진다. 그런데 궁중에서 사용하는 편경은 중국에서 가져온 것인데 딱 한 틀밖에 없었다. 편경에 쓰이는 돌은 조선에서 나지 않기 때문에 새로 만들 수가 없었다. 돌이 없으니 기와 조각을 잘라서 편경을 만드는 형편이었다.

임금은 조선을 다 뒤져서라도 편경에 맞는 돌을 구하도록 명했다. 박연은 8년을 헤맨 끝에 경기 남부 남양에서 마침내 석경 재료가 될 만한 돌을 발견했다.

박연은 불철주야 조선 돌로 석경을 만들어 시연했다. 근정전에는 대소 신료들이 좌우로 갈라 마주 앉고 용상에 임금이 앉았다. 여악들의 우아한 춤과 함께 연주가 시작 되었다. 잔잔한 바다에서 풍운이 일고 파도가 넘치는 웅장한 모습으로 한참 곡조가 무르익어 갈 무렵이었다.

"잠깐 멈추어라."

임금이 갑자기 연주와 무용을 중지시켰다.

모두 어리둥절해서 용상을 바라보았다.

"박 도감사는 앞으로 오시오."

박연이 놀라 얼굴이 하얗게 질렸다. 자기도 모르는 사이 큰 잘못을 저질렀다고 생각했다.

"이(夷)측 다음 석경의 돌 소리가 반 푼 높은 것 같은데 과인이 잘못 들은 것이오?"

박연은 깜짝 놀라 뛰어가 그 경돌을 때려 보았다. 확실히 음이 반 푼 틀리게 나왔다. 박연이 돌을 자세히 보니 먹줄이 약간 남아 있었다. 석공이 돌을 갈면서 백짓장 한 장 만큼 덜 갈았다는 것을 알았다. 박연은 돌을 들고 임금 앞으로 나아가 보이면서 말했다.

"황송하옵니다. 전하의 지적이 정확합니다. 석공의 실수로 반 푼 정도 돌을 덜 갈았습니다. 발견 못한 신을 죄 주시옵소서."

세종의 음률에 대한 조예는 조선 제일이라며 모두 감탄했다.

나랏님도 못하는 음주 단속

임금이 좌대언 김종서한테 일렀다.

"사람들이 술 때문에 실수하거나 패가망신하는 일이 많지요. 때로는 그 일로 나라를 망치는 일도 없지 않으오. 과인이 오래 전부터 나라에 금주령을 내렸지만 잘 이루어지지 않고 있소. 이런 일은 명을 내렸다고 해서 먹줄 긋듯이 일사불란하게 되는 것은 아니오. 백성들에게 꾸준히 가르쳐야 될 일이지. 경이 과인의 뜻을 잘 살펴 집현전 학사들로 하여금 술을 경계하는 금주계율에 관한 글을 지어서 널리 퍼트리게 함이 어떠하겠소."

"좋은 말씀입니다. 집현전에 알려 분부를 이행토록 하겠습니다."

임금은 보위에 있는 동안 꾸준히 금주 운동을 펼쳤다. 처음 금주령을 내린 것은 흉년이 들었기 때문에 쌀을 절약하기 위한 것이었으나, 술로 인해 여러 가지 폐단이 자주 일어나는 것을 보고 결심한 바가 있었다.

사헌부에서 상계하기를 밤중에도 음주 단속을 강화해야 한다고 하였다.

"연회에서 술을 많이 마시는 것을 엄중히 금지하고는 있으나, 밤을 이용하여 술자리를 만들고 지나치게 술을 마시고 도성을 휘청거리며 걷는 자가 많으니 엄중히 단속하소서. 만약 순라꾼이 이를 묵과하거나 발견하지 못했을 때는 엄하게 문책하소서."

예조에서도 상소를 올렸다.

"비록 제사를 지낸다고 하더라도 술 대신 차를 쓰게 하소서."

이렇게 엄하게 음주 단속을 했으나 임금의 코앞에서 대낮에 술 취한 관원이 횡포를 부리기도 했다.

임금이 명나라 사신을 접대하러 태평관에 갔을 때였다. 시위 수행한 내금위 사금(司禁, 호위병)이 술에 취해 사관에게 시비를 걸다가 싸움이 붙었다.

"나는 춘추관의 사관이다. 왜 길을 막느냐?"

"사관이 도대체 뭐하는 놈이냐!"

술 취한 내금위 사금이 막대를 휘둘러 사관을 두들겨 팼다. 임금의 행차를 호위하는 자가 술이 취해 상급 관원을 때렸으니 시끄럽지 않을 수 없었다. 결국 내금위 사금은 파면되었다.

금주령과 도덕 교육, 그리고 농사를 돕기 위한 풍수, 천체·역력의 연구와 약재의 개발 등 백성을 위한 일을 꾸준히 진행해온 세종에게 항상 떠나지 않는 걱정은 북변 오랑캐와 해안 왜구의 노략질이었다. 기해동정으로 왜구는 잠잠해졌으나 북변 오랑캐는 파저강 토벌 이후에도 계속 말썽이 그치지 않았다.

세상 돌아가는 이야기를 한참 하던 임금이 김종서에게 갑자기 뜻밖의 제안을 했다.

"아무래도 북방 변경의 방비가 마음에 걸리오. 근본적인 해결을 하자면 경이 북방 도체찰사로 가서 몇 년이 걸리든 국경을 안정시켜야 할 것 같은데 어찌 생각하오?"

"소신이 말씀입니까?"

김종서는 놀랐다.

원래 김종서는 무신이 아니었고 전투 경험도 없는 사람이다. 막중한 군사 임무를 맡기려는 임금의 생각에 반대할 수도 찬성할 수도 없었다.

"북방 사정에 밝은 홍득희를 비장으로 쓴다면 일이 쉬워질 게요."

"하오나 마마……."

"몇 달의 말미를 줄 터이니 차비를 하시오."

세자빈 휘빈의 일로 괴로운 나날을 보내던 임금과 소헌왕후는 마침내 세자빈을 새로 맞아들이기로 했다. 전국에 금혼령을 내리고 가례색을 설치했다.

"너무 번거롭지 않게 시일을 단축해서 대사를 마쳐야 할 것 같습니다."

소헌왕후가 임금에게 의견을 말했다. 신빈의 말과는 너무 달라 임금은 속으로 웃었다.

"이번에는 남자를 꼼짝 못하게 미혹할 수 있는 깜찍한 처녀를 골라야 해요. 소첩한테 잠자리 교육을 맡기시면 찰떡궁합을 만들 수 있사옵니다. 호호호."

신빈이 한 말이었다.

세자빈의 간택은 종시부의 주부인 봉려(奉礪)의 딸로 간단히 정했다. 영리하고 학문이 높으며 용모 또한 매우 아름답다는 평을 받은 규수였다.

세자빈 휘빈 김씨를 폐빈시켜 서인으로 만든 지 3년 만에 세자빈 책봉식이 치러졌다. 엄숙한 행사를 알리는 아악의 선율이 경건하게 흘렀다. 근정전에 문무백관들과 종친들이 다 모인 가운데 임금이 봉씨에게 세자빈의 옥책과 인장을 주었다.

임금은 이 자리에서 세자빈에게 순빈(純嬪)의 칭호를 주었다. 부덕을 쌓는 아내가 되라는 교지도 내렸다.

세자는 나라의 근본인 국본을 세우는 일이다. 배필을 바르게 하는 것은 천륜을 중하게 여기는 까닭이다. 이에 엄숙한 법도에 따라 왕세자빈의 책봉을 선포하노라. 그대 봉씨는 세족의 집안에서 태어나 과인의 종자(宗子)에게 빈이 되었도다. 성품이 부드럽고 아름다우니 시경에 이르는 요조(窈窕) 선녀를 본받으리라. 행실은 돈독하고 정숙하며 한결 같도다. 부디 원량의 배필이 되어 세자에게 계명지도를 진언하여 삼가 조심하는 일을 맡아야 할 것이다. 그리하여 마침내 크고 많은 복을 받게 하라.

'종자'라는 것은 아들, 즉 세자를 지칭하는 말이다. 조선 시대의 왕위 계승 예정자를 보통 세자라고 부르지만 때로 국본(國本), 양원(良元), 또는 저부(儲副)라고 부르기도 했다.

종시부 주부로 종 6품이었던 봉씨의 아버지 봉려는 종 2품직으로 파격 승진했다.

새 세자빈인 순빈이 들어오자 동궁은 새로운 활기를 띠었다. 순빈은 폐빈 김씨와는 달리 활달하고 언변이 좋았다. 동궁 식구들도 거의 배로 늘었다. 시위 군사를 빼고도 음식물과 물품의 진상을 맡아보던 벼슬아치에서 물을 긷고 궁궐을 청소하는 무수리 등이 70여 명으로 늘어났다.

세자와 순빈 봉씨의 첫날밤. 세자 나이 18세, 이제 한창 색(色)에 눈을 뜰 때였다. 그러나 순빈을 맞은 세자는 미지근하게 신혼 첫날밤을 맞이했다. 남녀의 깊고 은밀한 정을 아직 느끼지 못하는 세자는 내키지 않은 마음으로 미적미적 첫날밤을 치렀다.

평안도절제사로부터 여진족의 동태에 대한 보고가 임금에게 올라왔다. 여진족 최대 집단의 두목인 이만주의 부하인 올랑합이 조선인 일곱 명을 데리고 여연군 관아에 찾아왔다는 것이다. 데리고 온 조선인은 여진족에 포로가 되었던 사람을 석방하기 위해 같이 왔다고 했다.

올랑합이 말하기를 이만주가 출타하고 없는 사이 홀라온올적합(忽剌溫兀狄哈)이 배신하여 군사 백여 명을 거느리고 여연, 강계 지방에 들어와서 조선인 남녀 64명을 붙잡아 갔다는 것이다. 뒤늦게 이 사실을 안 이만주가 군사 6백여 명을 거느리고 추격하여 모두 빼앗아 보호하고 있다고 했다. 믿기도 어렵고 안 믿기도 어려운 이 사실을 두고 조선인을 인수하러 가야 할지, 말아야 할지를 조정에서는 결정하지 못했다.

임금은 황희, 조말생, 하경복, 이맹균과 안숭선, 좌대언 김종서, 삼군 도진무 등을 사정전으로 불러 의견을 물었다.

"여진 말을 잘 아는 영리하고 슬기로운 사람을 보내어 인수해 오는 것이 옳을 것 같습니다."

황희가 의견을 내었다.

"국가에서는 모르는 척하고 절제사가 가서 데려오는 것이 편하겠습니다."

조말생이 다른 의견을 내놓았다. 그런 일로 조정에서 사람을 보내는 것은 좀 경망해 보이지 않겠느냐 하는 뜻이었다.

그러나 임금은 전혀 다른 의견을 내놓았다.

"과인이 황제에게 주청하여 보내라고 할까 했소. 한데 사람의 수효를 자세히 몰라 주청하지 못했는데 이제 사람의 숫자를 모두 알게 되었으니 명나라 황제에게 주청하는 것이 어떻겠소?"

"좋겠습니다."

이맹균이 찬성했다.

"워낙 간교한 이만주인지라 거짓으로 꾸며 한 일일 수도 있습니다. 간자를 보내어 허실을 안 뒤에 주청하여도 늦지 않을 것입니다."

황희가 말했다.

"주청하는 것을 늦추고 여진 말에 능통하고 믿을 만한 사람을 보내어 허실을 명확하게 안 뒤에 주청을 하도록 하겠소."

임금이 결론을 내렸다.

참석한 신료들이 다 나가자 임금이 강녕전으로 김종서를 불렀다.

"홍득희를 강계로 보내는 것을 어떻게 생각하오?"

김종서는 여진 말을 잘하는 영리하고 슬기로운 사람을 보내자고 황희가 말했을 때 임금이 찬성한 것은 홍득희를 염두에 두고 있음이 틀림없다고 생각했었다. 그 생각이 적중한 것이었다.

"가장 좋은 방책입니다."

임금은 김종서도 같은 생각을 했다고 생각해서인지 빙긋이 웃었다.

"그런데 임금이 보내는 사람이면 벼슬이 있어야 하는데 어떻게 했으면 좋겠소?"

"홍득희는 노비가 아니라 원래 양민의 딸이니까 화적질한 일만 문죄하지 않으면 벼슬을 주는 데는 문제가 없습니다."

"노예의 적이 있는지 없는지 알아보았소?"

임금이 물었다.

"소신이 형조도관에 알아보았습니다. 노예의 적이 있을 리가 없습니다."

"자신이 노예가 아니면서 왜 천민들 편에 서서 싸우려는 거요?"

"노예와 천민도 백성이라는 신념 때문입니다."

"하하하. 못 말릴 처자야."

"정말 그런 처자입니다."

"여자라서 병마직을 주기는 좀……."

임금이 눈을 지그시 감고 생각에 잠겼다.

"내명부직을 주면 어떻겠습니까?"

김종서는 묘안을 생각해낸 듯이 말했다.

"내명부? 내명부직은 궁정 안에서만 통용되는 직책인데다가 중전의 소관이오."

"그러시면 만호나 별감 같은 벼슬을 주면 어떨까요? 대명률이나 육전에도 여자가 벼슬을 해서는 안 된다는 조항은 없는 줄로 아뢰옵니다.”

“대명률에서 여자를 지칭하지 않은 것은 남자만을 상대로 한 조항이니까 그럴 수밖에 없는 것이오.”

“그러면 내명부 직책이라도 괜찮겠습니다. 전언(典言)이 어떻겠습니까?”

“전언이라……. 하기는 중전의 명령 출납을 맡은 직책이니까 무리는 아니군요. 하지만 그 직은 종 7품에 불과한데…….”

“서품이 문제가 아닐 것입니다.”

“홍득희를 빠른 시일 내에 좀 데리고 오도록 하오.”

“분부대로 하겠습니다.”

김종서는 홍득희에게 감투를 준다는 것이 어쩐지 흐뭇했다. 그러나 과연 벼슬을 홍득희가 순순히 받아들일지가 걱정이었다.

자유로운 몸이 되어서도 전옥서에서 일을 하고 있는 홍석이가 오포산 산채로 홍득희 누나를 찾아갔다.

산채에는 사람이 많아지고 모두가 분주했다. 여기저기 말이 떼를 지어 매여 있었다. 무슨 큰일을 앞두고 있는 것 같았다.

“누님, 저 왔어요.”

홍석이가 두목이 있는 막사에 고개를 들이밀었다.

“석이 왔구나. 들어오너라.”

방안은 화약 냄새가 진동했다.

"화약을 어디서 구했어요?"

관악산 피습 때 가지고 있던 화약을 다 빼앗겼었다.

"경기 감영에서 좀 가져왔지. 거기도 화통군이 있더구나."

홍득희는 아무렇지도 않게 이야기했다. 그러나 화통군을 털 정도의 도적질이라면 힘든 싸움이 있었으리라고 홍석이는 생각했다.

"다친 사람은 없어요?"

"하하하. 우리가 갔을 때는 모두 놀러 가거나 자고 있어서 화살 한 방 안 쏘고 가져왔다. 군사들이 그렇게 군율이 없어서야 이 나라가 걱정이다!"

"치사하게 절도를 했군요. 근데 무슨 일을 벌이려고 이렇게 야단입니까?"

"관악에서 잡혀간 열 사람을 구하려고 그런다."

"열 사람 구하려다 스무 사람 죽는 것 아닌가요."

"야야, 무슨 말을 그렇게 하냐. 하기는 그렇다. 그러나 백 명이 죽더라도 우리는 구하러 가야 한다. 그것이 우리의 의리다."

홍득희가 말하는 모습은 비장했다.

"그건 그렇고 이번에도 김종서 나리 심부름이냐?"

홍득희가 정색을 하고 물었다.

"예. 좀 만나야 한대요. 임금님이 명한 거래요."

"무슨 일인데?"

"나도 몰라요. 만나서 들어보세요."

"또 낙천정에서 만나자는 거야? 하기는 거기서 보면 한강 경치가 기가 막히지."

홍득희가 눈을 지그시 감았다. 한강의 경치를 그려 보는 것 같았다.

"여기도 오포산에 올라가면 한강이 더 잘 보이잖아요."

"누구하고 보느냐에 따라 경치는 맛이 달라."

홍득희는 최윤덕과 함께 말을 타고 걸으면서 본 파저강의 노을을 생각했다. 그리고 김종서와 함께 한강의 잔잔한 물결을 보며 서로 속내와는 다른 가시 돋친 말을 하던 생각도 했다.

"누님 뭐 하나 물어봐도 돼요?"

홍득희가 미소 띤 얼굴로 눈을 지그시 감는 모습을 보고 홍석이가 말했다.

"누님, 김종서 나리 좋아해?"

홍석이가 짓궂은 질문을 했다.

"뭐야? 네 정신으로 하는 소리니?"

홍득희의 얼굴이 빨개졌다.

"내일 오시 낙천정에서 기다린대요."

홍석이가 내뱉듯이 던지고는 밖으로 나갔다.

'내가 김종서 대감을 좋아하냐고? 미친놈!'

홍득희는 혼자 앉아서 석이의 말을 곱씹어 보았다. 은근히 마음이 끌리지 않는 것은 아니었다.

그날 밤 홍득희는 홍석이를 재우지 않고 서울로 돌려보냈다.

"이번에 나는 가지 않겠다. 괜찮겠소? 강 두령."

홍득희가 출정 준비가 끝난 소두령들 앞에서 말했다. 하나씩 치켜든 횃불이 산채를 대낮처럼 밝혔다.

"내가 지휘를 할 것이오. 꼭 성공하고 올 테니 홍 두령은 한 숨 주무시고 계시오."

강원만이 자신만만하게 말했다.

어둠이 깃들자 홍득희 패거리는 자하문 뒤 인왕산을 넘어 도성으로 잠입했다.

"육조거리로 나가면 순찰이 엄하니까 서소문 안쪽으로 해서 취현방으로 간다."

강원만이 박무에게 나직이 말했다.

일행은 모두 30명이었다. 한성부 전옥서를 습격하여 관악산에서 잡혀간 동료 열 명을 빼내오려는 것이다.

개미새끼 한 마리 없는 취현방 뒷길을 돌아 태평방의 한성부 전옥서에 이르렀다. 한성부 전옥서는 대개 곤장 이하의 죄인만 가두기 때문에 형조나 의금부 옥사보다는 경계가 허술했다. 강 두령 일행이 기습했을 때 옥사를 지키고 있는 형리는 세 사람 뿐이었다.

"웬 놈들이냐?"

창을 들이대던 졸도는 숫자가 엄청나게 모자란다는 알고는 그냥 주저앉고 말았다.

"이놈아 싸우지도 않고 항복이냐? 네놈도 녹을 먹는 군졸이냐?"

박무가 주저앉은 놈의 이마를 칼집으로 쥐어박았다.
“누구냐. 군호!”
자다가 뛰어나온 군졸 하나가 소리쳤다. 그러나 그도 금방 사태를 짐작하고는 바닥에 주저앉고 말았다.
“빨리 옥문을 열면 목숨만은 살려준다.”
“시키는 대로 하겠습니다.”
군졸들이 옥문을 열었다. 그러나 이게 웬일인가? 옥에서 나온 사람은 중늙은이 축에 들어가는 주정뱅이 한 사람과 젊은 여자 그리고 갓을 쓴 양반 한 사람뿐이었다.
“저 늙지도 젊지도 않은 놈은 누구냐?”
“경기감영 아전인데 금주령을 어겼습니다.”
“이놈, 나라님 말씀을 잘 지키고 살아야지.”
박무가 술 취해 계속 헛소리를 하고 앉아 있는 취객의 머리를 몇 차례 쥐어박고는 물었다.
“저 젊은 연놈은 무엇이냐?”
“이웃집에 사는 남의 마누라를 빌려 쓴 놈입니다.”
“빌려 썼다고? 허허허.”
강 두령이 너털웃음을 웃었다.
“이놈들아. 며칠 전에 관악산에서 잡혀온 화적은 다 어디 가두었느냐?”
“관악산 화적이라고요. 그놈들 오늘 오후에 모두 형조 전옥서로 갔습니다."

"뭐야, 오늘 오후? 왜 그리로 갔느냐?"

"모가지 달아날 놈들은 여기 두지 않습니다."

강 두령은 팔에 힘이 쑥 빠졌다. 한 발 늦은 것이다. 형조 전옥서는 경계가 엄중해 쉽게 쳐들어 갈수 없는 곳이었다.

"할 수 없다. 오늘은 그냥 간다."

"철수!"

박무의 명을 따라 모두 재빠르게 걸었다.

"이봐요. 누가 왔다갔다고 보고할까요?"

군졸 한 명이 강 두령을 따라왔다.

"미친 놈! 내 주먹맛이나 봐라!"

강 두령이 군졸의 턱을 후려치자 군졸은 그 자리에 쓰러졌다.

강 두령 일행이 빈손으로 돌아오자 홍득희는 차라리 잘 되었다고 생각했다. 내일 김종서를 만나면 무슨 임무를 요구할지는 모르겠으나 그것을 대가로 잡혀 있는 동료를 꼭 구해내야겠다고 다짐했다.

두만강을 건너는 위장 부부

홍득희는 자정 무렵 고양현의 한강 하류 낙천정에 갔다. 김종서가 처음 만날 때 보내주었던 치마저고리를 입었다. 낙천정은 태종 시대 한때는 제 2의 궁정처럼 쓰이던 곳이었으나 이제는 아무도 돌보지 않는 쓸쓸한 정자일 뿐이었다. 마당에는 풀이 자라 사람의 키만 했다. 처마의 단청은 빗물에 벗겨지고 바람에 날려 제 모습을 잃었다.

홍득희는 열려 있는 문으로 들어가 2층 정자에 올라 한강을 바라보았다.

"홍 처자, 여기요."

김종서가 말을 타고 와서 문밖에서 홍득희를 쳐다보며 불렀다. 김종서를 따라온 근수노와 구사들은 멀리서 기다리고 있었다.

홍득희가 밑으로 내려가 풀이 무성한 마당에서 쓰개치마를 약간 열어 얼굴이 반쯤 보이게 하고 인사했다.

"좌대언 나리, 그동안 안녕하시옵니까?"

"홍 처자도 별고 없으신가."

김종서도 허리를 약간 굽혔다.

"강둑으로 나가 걸으면서 말씀 받잡겠습니다."

홍득희는 왜 김종서만 만나면 행동도 말도 조심스러워지는지 혼자 생각해도 신기했다. 험악한 화척, 백정 틈에 살면서 남자 빰치게 거칠던 몸에 밴 언행이 쏙 들어갔다.

두 사람은 길도 제대로 나지 않은 강변을 걸었다. 나란히 서자 김종서 보다 홍득희의 키가 훨씬 컸다.

"전에 약속하신 한성부 옥사에 있는 우리 패거리 열 명을 풀어주시지 않았더군요."

홍득희가 꼭 해야 할 말을 먼저 했다.

"아직 전하께서 교지를 내리지 않으셨네. 절차를 밟기 위해 그들을 모두 의금부 옥사로 옮겼다고 하더군.

그제야 홍득희는 그들이 한성부 옥사에서 옮긴 이유를 알았다. 그것도 모르고 쳐들어갔던 것을 생각하면 웃음이 나왔다. 어제 밤 습격에서 사람을 다치게 하지 않은 것은 다행이었다.

"그럼 언제쯤 풀려나게 되나요?"

홍득희가 걸음을 멈추고 물었다.

"아마 열흘쯤 걸릴 것이다. 그들은 죄를 짓다가 현장에서 붙들린 사람이 아니니까 중벌 받을 죄명이 일단 애매하다. 그냥 풀려나거나 아니면 곤장 몇 대 쳐서 내 보낼 것이다."

두 사람은 한동안 말없이 걸어 한강이 임진강과 만나는 곳에 다다랐다. 시원하게 트인 넓은 강이 파저강과는 비교가 안 되었다. 홍득희는 파저강 가에서 최윤덕과 함께 말 타던 것을 회상했다. 참으로 믿음직한 장군이었다.

"파저강의 국경 수비에는 다른 문제가 없나요?"

홍득희가 돌아서서 물었다. 김종서의 얼굴을 정면에서 보기는 처음이었다. 키는 작았지만 얼굴에는 범할 수 없는 위엄이 느껴졌다. 늘 상상해온 임금의 모습이 어쩌면 이럴지도 모른다고 생각했다.

"그 일로 이번에 여연, 강계 지방에 믿을 만한 사람을 뽑아 보내야 할 일이 생겼네."

김종서가 말을 끊고 임진강 너머 개경 쪽을 바라보았다.

"여진 말을 잘 아는 사람을 보내서 이만주가 제안한 포로 인수 문제를 믿어도 되는지 알아와야 하는 임무이네."

"그 일을 제가 해야 합니까?"

홍득희가 앞질러 말했다.

"어명일세!"

김종서가 간명하고 단호하게 말했다.

"저는 전하의 백성이 아닌데요."

홍득희가 어깃장을 놓아 보았다.

"조선 땅에 있으면 다 조선 백성이고, 조선 백성은 모두 전하의 신민이지 않나."

홍득희의 어깃장을 김종서는 진지하게 받아들였다.

"그 일로 해서 전하를 배알할 기회가 생겼네."

"예? 제가 전하를 뵙는다고요?"

홍득희가 내심 놀라 멈춰 서서 말했다.

"엄밀히 말하자면 홍 처자가 알현하는 것이 아니고 전하께서 부르셨네."

홍득희는 아무 말도 않고 한참 걸었다. 이 땅의 모든 천민을 위해서 진심으로 하고 싶은 말이 너무 많았다. 그러나 막상 임금을 만나게 된다니 두려움이 앞섰다. 우선 자기가 제안하는 말을 임금이 어느 정도 수용할 것인가 하는 문제였다. 수용하기는커녕 화적 두목 주제에 목이나 내놓지 무슨 헛소리냐고 넘겨버릴 수도 있다. 그러나 어쨌든 임금을 만난다니 한번 나서 볼일이라고 생각했다. 어쩌면 활과 칼을 들고 죽을 때까지 관군과 싸우지 않아도 부모의 한을 풀어주고 많은 천민의 소망을 이룰 수 있을지도 모른다는 생각이 들었다.

"언제 가야 합니까?"

"각오만 된다면 전하께 여쭈어 날짜를 정하겠네."

"이틀 안에 전갈을 올리겠습니다."

"고맙네. 내가 석이를 모레 보내겠네."

두 사람은 다시 강변을 걸어서 내려왔다. 낙천정 앞에 이르자 김종서는 말을 몰아 한성 쪽으로 사라졌다.

홍득희는 혼자 강가에 앉아 어린 시절을 회상했다. 여진족 집에 빌붙어 사는 어린 고아 시절의 혹독하던 무술 훈련이 머릿속에 떠올랐다. 부모가 처참하게 죽음을 당하던 일을 생각하면 분노가 끓어올랐다. 부모가 살아 있을 때는 비록 화전민이었지만, 어머니, 아버지와 행복하게 살던 단란한 가정이었다.

이틀 후 홍석이가 왔을 때 홍득희는 강계에 가겠노라는 답변을 보냈다. 다만 이적합과 함께 가기를 원하니 석방시켜 줄 것을 요청했다. 이적합(伊狄哈)은 맹가첩목아의 휘하에 있던 여진족으로 홍득희의 부하로 있었는데 지난번 한성 화재 때 잡혔었다. 그는 여진족 사정에 밝을 뿐 아니라 이만주의 수하들과도 통하는 사람이 많기 때문에 여러모로 도움이 될 것이라며 이적합을 함께 가게 해준다면 임무를 꼭 성공시킬 것이니 임금님을 조속히 만날 수 있게 주선해 달라는 뜻을 김종서에게 전했다.

홍득희는 강만원, 박무, 김용기 등 소두령들을 모아놓고 여연, 강계에 가는 일을 의논했다.

"붙잡혀 간 우리 동지 열 명을 석방시켜준다는 조건이면 무슨 일이든 해야 합니다."

강만원이 적극 찬성했다.

"양반들이 하는 짓이란 하나도 믿을 수 없습니다. 홍 두령이 간다고 하고 석방된 뒤에는 산채를 옮겨 다른 곳을 공격해야 합니다."

박무는 언제나 강경론자였다. 조정에 대한 불신이 깊었다.

"홍 두령이 피 흘리지 않고 동지들을 석방하는 방법이 최선입니다. 강계현에는 나도 가겠소."

김영기가 적극적으로 나섰다.

"강계도호부 가는 일은 많은 사람을 필요로 하는 것이 아니니 이적합만 풀어서 데리고 가겠소."

홍득희가 결론을 내렸다.

"우리가 이러다가 관군 되는 것 아닌가?"

박무가 너털웃음을 웃고 홍득희의 결론에 찬성을 표했다.

다음날 홍득희는 여장 차림으로 송오마지를 따라 영추문 앞 객사관으로 갔다. 임금을 알현하기 위해서였다. 홍득희는 임금을 만났을 때 무슨 이야기를 해야 할 것인지 나름대로 정리했다.

홍득희의 할아버지는 원래 경상도 밀양에서 살다가 고려국의 함길도 정책에 따라 견원으로 옮겨가서 살았다. 할아버지는 사서삼경을 배워 까막눈은 면한 신세였고 아버지도 경전에 통달하여 세상의 물리를 잘 아는 사람이었다. 홍득희도 글을 배우기는 했으나 문장을 쓸 정도는 아니었다. 그러나 여진족 밑에 자라면서 여진 말과 문자는 익숙했다. 비록 화전민의 딸이었지만 나름대로 세상 사는 이치를 깨닫고 소신을 세운 사람이었다.

김종서가 기다리고 있다가 맞이했다.

"결심을 해주어서 고맙네."

"저에게 베푼 은혜를 조금이라도 갚기 위한 것입니다. 저희들에게는 충성이니 애국이니 하는 말은 없습니다."

김종서는 역시 홍득희가 비범한 배짱을 가진 처녀라는 것을 다시 느꼈다.

"임금님은 언제 뵈러 갑니까?"

"그게 말일세……."

김종서가 약간 주저하다가 말을 이었다.

"어젯밤부터 전하의 우환인 풍질이 갑자기 심해져서 지금 자리보전을 하고 있고 중전마마와 전의감이 지키고 계시네."

"그러면 아무도 만나지 못하겠군요."

"그렇다네. 오늘 아침 조회도 중지했네. 그래서 알현은 홍 처자가 강계에 다녀와서 직접 상계하면서 하는 것이 어떨까 하고 생각하네. 왜냐하면 강계에 가서 진위를 캐는 문제는 더 늦출 수가 없네. 그 결과를 보고 전하께서 명 황제 폐하께 주청을 올리려고 하네."

"이적합은 같이 갈 수 있습니까?"

"물론이네. 내일 파주역에서 만나기로 하지. 송오마지가 이적합과 함께 갈 것이네.

김종서가 커다란 보따리 두 개와 봉투 두 개를 주었다.

"이 봉투는 강계도호부 도절제사에게 주어 협조를 요청하는 지신사의 서찰이네. 하나는 가서 무슨 일을 해야 할 것인지 적어 놓았네."

"한문이라면 제가 해득하기 어려운데요."

"염려 말게. 사역원 관원이 여진 문자로 번역해 두었네."

"저 보따리는 무엇입니까?"

"홍 처자가 입고 갈 전복과 전립, 그리고 갖옷과 가죽신일세. 필요할 때 쓰게. 그리고 보따리 하나는 오색으로 물들인 금단 한 필과 공단 네 필 등 비단일세. 비싼 물건이라 쓰일 때가 있을 것이라고 전하가 직접 챙겨 주신 것이네."

"임금님이 직접 주셨다고요?"

홍득희 일행이 강경에 도착한 것은 그로부터 열흘이 지난 정월 보름날이었다. 추위가 여간 심한 게 아니었다. 거기다가 백두산 특유의 눈보라가 강경까지 몰려와 길에서도 눈을 뜰 수 없을 정도였다. 홍득희는 임금이 하사한 가죽 털로 만든 갖옷을 입고 가죽신을 신은 채 말 등에 허리를 납작 붙여 눈보라를 피했다.

일행은 강계 역참에서 잠시 눈보라가 멎기를 기다렸다. 역참에는 언제나 있어야 할 말이며 역졸이 온데간데없었다. 날씨도 혹독하고 정초가 되어 모두 자리를 떠난 것 같았다.

일행은 역참 빈방에 장작을 때고 하룻밤을 지냈다.

홍득희는 현장에 도착하기 전까지는 뜯어보지 말라는 김종서의 엄명이 있었기 때문에 지니고만 있었던 여진 문자의 편지를 읽어 보았다.

평안도절제사가 급히 달려와 알린 내용을 자세히 번역해 놓았다.

"이만주의 휘하 올랄합과 천호 유을합이 여진의 한 두목이 만든 보고서를 들고 조선인 포로 7인의 남녀를 데리고 와서 이만주의 심부름으로 왔다고 했다. 이만주의 부하인 홀리온올적합이 이만주가 시라소니를 잡으러 간 사이 군사 백 명을 거느리고 여연과 강계를 습격하여 조선인 남녀 64명을 잡아 가는 것을, 이만주가 6백 명의 병사를 거느리고 가서 빼앗아 보호하고 있다고 하였다."

그리고 정부의 지침을 적어 놓았다.

"주상께서는 이만주가 믿기 어려운 인물이라 일부러 거짓말을 하고 조선 군사가 인수를 목적으로 여진 땅에 들어가면 군관을 포로로 잡을 가능성이 전혀 없는 것도 아니라고 판단하고 있다. 만약 이만주의 말이 사실이라면 명나라에 알려 명나라의 벼슬을 하고 있는 이만주로 하여금 조선인을 모두 돌려보내도록 황제에게 청하려 한다."

홍득희의 임무는 따로 적혀 있었다.

"우리 측 밀사는 직첩을 숨기고 여진 땅에 들어가 이만주의 말이 사실인지 거짓인지를 알아내고 이만주의 본심과 군사력 등을 탐후(探候)하여 전하에게 밀봉 보고하라."

이것은 홍득희에게 내려진 임무였다.

"이 두령, 고향이 가까워졌는데 심정이 어떠하오?"

홍득희가 이적합에게 뜨거운 국물을 권하며 위로했다.

"하마터면 종로 네거리에서 거열형을 당할 뻔한 것을 홍 두령이 살려 주었는데 무슨 여한이 있겠습니까? 홍 두령을 위해 생명을 바칠 각오가 되어 있습니다."

"고맙소."

홍득희는 이적합의 손을 덥석 잡았다.

일행은 아무도 없는 역참에서 하룻밤을 묵은 뒤 강계도호부 관아로 갔다. 그러나 관아에 강계부사는 자리를 지키고 있지 않아 여연의 지군사를 만났다.

"부사는 어디 계신가요?"

만호는 이상한 갖옷 차림을 한 홍득희를 흘깃흘깃 보면서 말을 하지 않았다.

"우리는 한성 지신사의 명을 받고 도호부 도절제사 나리를 만나러 온 사람들이오."

이적합이 말하자 홍득희가 도절제사에게 주어야 할 서찰 봉투를 보였다.

머뭇거리던 지군사가 입을 열었다.

"도절제사 영감은 정초 말미로 평양 갔습니다."

지군사가 어물어물 넘기려 했다.

"여연 지군사는 여연군에 있지 않고 왜 여기 와 계신가요."

홍득희가 물었다.

"도절제사가 안 계신 동안 이곳을 지키라는 명령을 받아서……."

"무슨 소리를 하는 거요? 도절제사란 놈은 평양 기생하고 재미 보러 업무지를 떠나고, 국경에 있는 지군사는 빈집 지키러 다니고…… . 나라는 어느 놈이 지키는 거요?"

이적합이 손바닥으로 탁자를 치면서 윽박질렀다.

"도절제사는 언제 오는 거요?"

홍득희가 물었다.

"아무래도 월말이나 되어야 올 것 같습니다."

월말이라면 아직 보름은 더 기다려야 한다. 그러면 너무 지체되어 조정의 일이 낭패를 볼 것이다. 잠깐 생각하던 홍득희가 결정했다.

"여연 지군사 나리께서는 이 서찰을 보십시오. 임금님의 수결이 있는 밀서이니 잘 받들어 보시오."

지군사는 서찰을 두 손으로 받았다. 서찰을 읽어본 지군사는 얼굴이 벌겋게 달아올랐다. 임금의 수결이 있는 서찰을 처음 보기도 했지만 이만주의 탐후를 도우라는 말에 흥분했기 때문이었다.

"이만주의 영토에는 들어갈 수 없습니다. 조선인이 들어갔다가는 돌아오지 못합니다."

지군사가 먼저 겁을 먹었다.

"지군사 나리보고 가라고 하는 건 아니니 걱정 마시오. 오늘은 우리가 여기 머무를 테니 내일 일찍 여연으로 갈 채비를 하시오."

"여연군으로요?"

“그렇소. 거기서 국경을 넘으면 바로 이만주의 영토로 들어갈 수 있으니까요.”

“하지만 여진 말을 모르면 소용이 없을 텐데요.”

지군사는 여전히 부정적인 말만 했다.

“영감, 내가 여진 놈이오.”

이적합이 또 소리를 질렀다.

“여진족의 옷이나 두 벌 준비해 놓으시오.”

홍득희 말을 들은 송오마지가 말했다.

“두 벌이라고요? 나는 빠져야 합니까?”

“그렇다. 오마지는 여연에서 기다리고 있다가 우리한테 무슨 일이 생기면 즉각 김종서 나리에게 달려가야 한다.”

홍득희의 말을 듣고 난 송오마지가 고개를 끄덕였다.

여연군에 도착한 홍득희는 숨 돌릴 틈도 없이 여연군 지사에게 부탁했다.

“빨리 여진인 남녀 복장 두 벌을 가져오시오.”

지군사는 관내에 사는 여진인 집에 가서 평상복 두 벌을 가지고 왔다. 홍득희는 여진 여인 복장으로 갈아입었다. 이적합은 남자 옷으로 갈아입었다.

“우리는 부부로 위장하는 거요. 마침 내가 나이가 더 어리니 의심받지 않을 것이오.”

“하하하. 진짜 부부 같은데요. 정말 의심을 안 받으려면 밤에도 한

방에서 자야 합니다."

송오마지가 농담을 하며 웃었다.

두 사람은 추위에 얼어붙은 두만강을 쉽게 건널 수 있었다.

"홍 두령. 이 보따리가 도대체 뭡니까?"

이적합은 들고 가던 보따리가 불편한 모양이었다.

"그게 비단 장사 왕 서방 보따리요."

"비단이라고요?"

강을 건너자마자 어디서 나왔는지 활을 든 여진 군사 여러 명이 눈더미 뒤에서 튀어나왔다.

"멈춰라. 어디서 오는 놈들이냐?"

여진말로 물어오는 그들은 이만주의 부하임이 틀림없다.

"이만주 도사를 만나야 한다. 안내하라."

이만주가 몇 년 전 명나라 황제로부터 건주위 도사 벼슬을 얻었기 때문에 부른 호칭이었다.

"누군데 감히 우리 두령 이름을 함부로 부르시오?"

군졸의 태도가 좀 부드러워졌다.

"강계에서 온 여진 사람이다. 도사를 만나 보고할 일이 있소."

두 사람은 무사히 이만주가 있는 본거지로 가게 되었다. 얼마를 기다리다가 홍득히 일행은 이만주의 관사에 불려갔다.

"너희들은 누군데 나를 찾느냐?"

호랑이 가죽으로 만든 갖옷을 입은 이만주가 수염을 쓰다듬으며 말했다. 수염이 희끗희끗하고 얼굴에 주름이 제법 잡혔다.

"도사님. 저를 모르겠습니까? 저 이적합입니다. 맹가첩목아를 모시던 이적합입니다."

이적합을 한참 들여다보던 이만주가 입가에 웃음을 흘렸다.

"네가 맹가첩목아 장군의 수하라고?"

"예. 여기는 제 아내입니다. 같은 여진인이지요."

이적합이 홍득희를 이만주에게 소개했다.

"올랑홍입니다. 처음 뵙겠습니다."

홍득희는 올랑합의 이름이 생각나서 얼른 비슷한 이름을 대었다.

"그래 반갑다. 조선 땅에 살다가 왔나?"

"예. 여연에 삽니다. 맹가첩목아 수령이 돌아가신 후 그곳에 도망가서 살았습니다."

"그런데 여긴 어떻게 왔느냐?"

"저희들은 파저강 넘어 중국에 옷감을 팔러 다니는데 강계에 물건 팔러 왔다가 도사님에게 전할 긴요한 말이 있어 왔습니다."

"무슨 말이오?"

이만주는 일단 홍득희 일행을 믿는 것 같았다.

"강계에서 듣기로 도사께서 강계도절제사가 평양 놀러 갔다는 얘기를 듣고 강계가 빈 줄 알고 쳐들어간다고 하셨다는데, 그러면 큰일 납니다. 거기는 여연, 무창, 자성, 우예의 절제사들이 다 모여 있습니다."

"왜 내가 쳐들어간다고 하던가?"

이만주가 뜻밖이라는 듯이 물었다. 뜻밖일 수밖에 없었다. 이적합이 거짓말을 했기 때문이었다.

"도사께서 올량합이 잡아온 조선 백성 64명을 조선으로 돌려줄 테니 인수하러 오라고 거짓말을 하고 습격하려고 했다는 말이 강계도호부 도절제사 귀에 들어갔다고 합니다."

이만주가 눈을 크게 뜨고 말했다.

"그게 거짓말이라니? 그건 거짓말이 아니다. 내가 조선과 오해도 풀고 사이좋게 지내려고 진짜로 제안했던 것이다. 그리고 강계를 칠 무모한 계획은 전혀 없다. 우리 군사는 추위와 굶주림에 시달려 동사 직전에 있는데 싸움은 무슨 싸움이냐?"

"그렇군요. 우리가 돌아가면 사정을 바로 잡도록 말하겠습니다. 그나저나 날도 저물었으니 도사께서 하룻밤 재워 주시겠습니까? 밥값은 드릴게요."

홍득희가 재빨리 보따리를 풀고 금단 한 필과 공단 한 필을 내놓았다. 이만주는 비단을 보자 금방 입이 크게 벌어졌다.

그날 밤 홍득희와 이적합은 한방에서 자지 않을 수 없게 되었다. 홍득희는 송오마지가 놀리던 말이 떠올라 피식 웃었다. 남자들과 한방에서 자는 일이 익숙해진 화적떼의 두목이 홍득희였다.

"좀 나가서 동정을 살펴보고 오겠습니다."

이적합이 어색한 분위기를 모면하려는 듯 밖으로 나갔다. 이적합은 홍득희보다 다섯 살 위였다. 일찍 맹가첩목아의 휘하에 들어 글공부를 한 탓에 홍득희의 산채에서는 유식한 축에 들었다. 성격이 조금 괄괄하지만 인내력이 강하고 사리 분별이 분명했다.

홍득희는 옷을 입은 채 침상에 누워 김종서와 임금에 대해 생각해보았다. 김종서는 신뢰가 가는 사람이었다.

'임금은 어떤 사람일까?'

홍득희는 혼자 임금의 모습을 머릿속에 그려 보았다. 수염이 멋있게 뻗고 얼굴이 희고 둥그스름할 것이라는 상상을 해보았다. 빨리 한성으로 돌아가 알현했으면 하는 조바심이 일었다.

"홍 두목, 자요?"

밖에 나갔던 이적합이 한참만에 돌아왔다.

"아니오."

홍득희가 일어나 앉았다. 그러나 불이 없기 때문에 서로 얼굴을 볼 수는 없었다.

"밖에 나가서 조선 사람들을 만나봤습니다."

"그랬소?"

이적합이 목소리를 낮추자 홍득희도 조용히 말했다.

"지금 62명이 있대요. 두 명은 안타깝지만 그저께 얼어서 죽었고요. 이만주의 말은 사실입니다. 조선인들한테 곧 조선으로 보내준다고 말했답니다."

"여진군의 사기는 어떻대요?"

"그것도 이만주의 말이 맞아요. 명나라에서 지원이 끊기고 군량미도 떨어졌대요."

"그만하면 알아낼 것 다 알아낸 것 같소. 밤이 깊었으니 이제 눈 좀 붙여요."

홍득희가 침상에 다시 누웠다.

"어쩐지 좀 어색하네요. 홍 두목과 단둘이 한 방에 자게 되었네요."

홍득희는 아무 말도 하지 않고 잠을 청했다. 그리고 속으로 이적합이 남편이 되는 상상을 해보았다. 이상하게 거부감이 느껴지지 않았다.

'내가 무슨 상상을 하는 거야.'

홍득희는 눈을 꼭 감고 잠을 청했다.

여진 탐후는 성공적이었다. 이만주 제안의 진위도 알아내고 군사의 동태도 알아낸 것이다. 홍득희 일행은 임무를 무사히 마치고 한성으로 향했다.

세자의 늦사랑

"전하, 요즘 용안이 심히 근심스럽습니다. 이러다가 운우의 정도 점점 식을 것 같아요."

신빈 김씨는 임금과 모처럼 동침을 하면서 걱정이 태산이었다. 임금이 나이가 들면서 동침할 기회가 점점 줄어들고 잠자리의 정열도 전과는 달랐다.

"남자는 백수(白壽)가 되어도 여자를 안을 수 있다는 옛말이 있지. 그래도 중전보다는 신빈을 훨씬 많이 찾은 것 같은데……."

임금이 상침 궁녀에게 물러가라는 손짓을 하며 신빈의 허리를 안았다.

"중전마마는 신첩과는 비교도 안 되는 궁의 큰 기둥이십니다."

"하기는 그래. 중전이 매우 성품이 유순하고 언행이 훌륭하여 투기하는 마음이 전혀 없지. 부왕께서도 나무 가지가 늘어져 아래에까지 미치는 덕이 크다고 늘 칭찬하셨지."

신빈이 임금의 몸에 더욱 달라붙었다.

"동궁에서는 아직도 소식이 없는 것 같습니다."

"소식이라니?"

"벌써 3년인데 아기를 만들려면 두 번은 만들었지 않겠어요?"

"이번 며늘아기와는 금슬이 더 낫지 않겠느냐? 그리고 승휘(承徽, 세자의 후궁)도 두었으니 조만간 낭보가 있지 않겠느냐?"

임금은 세자빈 봉씨가 폐빈 김씨와는 다를 것이라는 확신을 가지고 있었다.

그러나 동궁에서는 이상한 기류가 감돌고 있었다. 세자의 부부 생활은 휘빈 김씨 때 못지않게 냉랭한 나날의 연속이었다. 세자는 순빈 봉씨에 대해 정을 느끼지 못했다. 빼어난 미모와 학식, 그에 걸맞는 자존심을 지난 순빈으로서는 보통 마음 상하는 일이 아니었다. 여기에 주변의 기대와 관심까지 더해지니 더욱 미칠 노릇이었다. 초조해진 순빈은 세자에게 날카롭게 대했고, 그럴수록 세자는 순빈을 멀리했다.

"저하, 탕약 드실 시각이옵니다."

장의(掌醫) 시녀가 전의시에서 보낸 탕약을 달여 들고 세자의 서연장으로 들어왔다. 책을 읽던 세자가 멈추고 약사발을 들고 온 나인을 쳐다보았다. 나인의 얼굴을 보자 세자는 첫눈에 정신이 쏙 팔렸다. 흰 살결에 갸름한 얼굴 윤곽이 평소 세자가 그리던 여성상이었다. 꼭 다문 조그만 입술이 매혹적이었다.

"오, 그래. 이름이 무엇이더냐?"

세자가 나인의 얼굴에서 눈을 떼지 못하고 물었다.

"숙정이라고 하옵니다."

"못 보던 얼굴인데 어디 있다가 왔느냐?"

"종묘의 문소전(文昭殿)에 있다가 중전마마의 명을 받들고 왔습니다."

문소전이란 태종의 생모이며 태조의 첫 번째 부인이었던 신의왕후의 사당을 말한다.

"성은 무엇이냐?"

"권가이옵니다. 안동이 본향입니다."

"음, 명문가의 후손이구나. 여기서는 장의의 역할을 하느냐?"

장의란 종 9품이었다. 동궁 직분 중의 하나로 의약에 관한 일을 맡은 궁인이었다.

"장의의 일은 하고 있습니다만 내명부 명을 받은 것은 아니옵니다."

세자는 처음 숙정을 본 날 잠을 설칠 정도로 그 아리따운 모습을 잊지 못했다.

이튿날 또 숙정이 탕약을 가져왔을 때였다.

“얘야, 거기 좀 앉아라.”

“예?”

뜻밖의 세자 명령에 숙정이 당황했다. 그러나 어느 명이라 거역할 수 있겠는가. 숙정이 멀찌감치 앉았다.

“이리 가까이 오너라.”

숙정이 세자의 곁에 무릎걸음으로 다가앉았다. 세자가 슬그머니 숙정의 손을 잡았다.

“손도 참 예쁘구나.”

숙정은 얼굴이 홍당무가 되고 심장이 멎을 것처럼 뛰었다. 세자가 숙정의 팔을 잡아당겨 안으려고 했다.

“저하. 이러시면 아니 되옵니다.”

숙정은 어쩔 줄을 몰라했다. 그러나 세자는 숙정의 팔을 끌고 옆의 서고로 들어갔다. 그리고 잔뜩 쌓인 책 더미 가운데에 숙정을 눕혔다.

“저하…….”

숙정은 부끄러운 듯 조심스럽게 몸을 맡겼다.

책더미 아래 좁은 골방에서 국본 세자와 숙정과의 첫 정사는 이렇게 이루어졌다.

숙정은 그 후 세자의 방으로 여러 번 불려갔다.

“이러다가 순빈마마께서 아시는 날에는 소녀 죽은 목숨이옵니다.”

잠자리를 할 때마다 숙정이 불안한 자신의 처지를 하소연했다.

"걱정하지 마라. 기회를 봐서 내가 어마마마께 여쭐 것이다."

세자는 말을 그렇게 했으나 자신이 있는 것은 아니었다.

첫 번째 빈을 소박 맞혀 목숨을 잃게 했고, 두 번째 빈은 금슬이 말이 아니다. 거기다가 승휘를 두 명이나 두고 있는데 또 나인을 건드렸다고 하면 질책받지 않을까 걱정스러웠다.

세자는 숙정을 만나기 전까지는 학문에만 열중할 뿐 여자에 도통 관심이 없었다. 그 때문인지 순빈과의 부부생활은 원만할 리가 없었다. 세자는 좀체 순빈 봉씨를 찾지 않았고, 순빈은 승휘들에 대한 질투가 목구멍까지 부글부글 차올랐다. 만약 세자가 시녀 숙정과도 정을 통하고 있다는 것을 알면 미쳐버릴 것이다.

세자빈의 궁중 생활을 살펴주기 위해 소헌왕후는 권내에서 가장 경험이 많은 내전비 고미라는 할멈을 세자빈전으로 보냈다. 어느 날 고미가 소헌왕후를 찾아와 하소연했다.

"순빈마마께서 요즘 하시는 모습이 말이 아닙니다."

"무슨 말이냐?"

소헌왕후가 놀라서 물었다.

"세자 저하께서 몇 달째 빈전을 찾지 않습니다. 마마께서는 밤마다 혼자 잘 수 없으니 저하를 모시고 오라고 쇤네를 조릅니다. 차마 듣기 어려운 꾸중도 하십니다."

고미가 거의 울음을 터뜨릴 듯한 표정으로 말했다.

"듣기 어렵다는 것은 무슨 뜻인가?"

"황송하옵니다. 늙은 년이 저하도 못 데리고 오면서 왜 여기 붙어 있느냐, 나는 남자 품이 그리워 미치겠는데 세자인지 두자인지는 어디 있느냐고 하셨습니다."

"무엇이라고?"

소헌왕후가 놀라 입을 다물지 못했다.

"아이고, 현기증이 나는구나. 그게 잘못 들은 것은 아니더냐?"

"죄송하옵니다. 쇤네를 죽여주십시오."

고미는 엎드려 통곡을 했다.

소헌왕후는 앞이 캄캄했다. 요조숙녀로만 알고 있던 순빈이 그리 막돼먹은 말을 한다는 것이 너무나 큰 충격이었다. 한참 만에 정신을 차린 소헌왕후가 당부했다.

"자네는 이 이야기를 절대 입밖에 내지 말게. 내가 전하께 여쭈어 방책을 마련하겠네."

그날 밤, 소헌왕후는 고미한테 들은 이야기를 임금에게 전했다. 고미가 한 말 중에 상스러운 말은 하지 않았다.

"허허허. 우리가 며느리 복이 없는 것 같소, 그러나 들어오는 며느리마다 트집 잡는다는 소리를 들어서는 안 되지 않겠소."

"조용히 넘길 방도를 찾아야겠습니다."

"조용히 넘길 방도야 세자가 빈전에 자주 들르는 길이지요. 그런데 세자는 왜 여자가 싫다는 것이오? 나이 스물이 넘었으면 한창 나이가 아니오. 세자가 혹시 남자구실 못하는 것 아니오?"

"그럴 리야 있습니까. 승휘들을 불러 은근히 물어 보았더니 모두 잠자리 경험이 있었습니다."

"아무리 자식이라도 침방 일까지 간섭할 수 없는 것이고 순빈도 하늘을 봐야 별을 딸 테니, 중전이 양쪽을 다 불러다 타이르시지요."

"그렇게 해서 잘 된다면 얼마나 좋겠습니까?"

"순빈에게 내가 내린 것으로 하고 열녀전과 효녀전을 내려 보내 열심히 덕을 닦으라고 하오."

"분부대로 하겠습니다.

소헌왕후가 세자를 불렀다.

"어마마마, 찾아계시옵니까?"

"오, 세자. 공부는 잘 되는가?"

"종학에 입학을 하게 되어 더 공부할 기회가 온 것 같습니다."

종학이란 왕실 종친들을 위해 세운 학당이었다.

"공부도 열심히 하여 장차 이 나라를 이끌 군자의 소양을 기르는 것도 중요한 일입니다. 하지만 종사를 이을 원자를 낳는 것도 아주 중요한 일입니다. 빈궁을 맞은 지 이태가 넘고 삼 년에 접어들고 있는데 아직 세손의 기별이 없으니 전하께서 심려하고 계십니다. 빈궁을 소홀히 대하지 말고 잘 보살피십시오."

소헌왕후가 간곡하게 타일렀다. 그리고 순빈을 불렀다.

"찾아계시옵니까?"

왕후 앞에 불려와 앉은 순빈은 얼굴이 야위고 활기가 없어 보였다.

"빨리 원자를 가져야 할 텐데, 전하께서도 걱정이 크시다."

"송구한 말씀이오나 하늘을 보아야 별을 딴다는 말이 있습니다."

소헌왕후는 고미의 말대로 말버릇이 맹랑한 빈이라는 생각이 들었다.

"그래, 하늘을 못 본 지가 얼마나 되었느냐?"

소헌왕후가 꾹 참고 편을 들어주었다.

"일 년이 넘었사옵니다."

"저런 딱한 노릇이 있나. 그래도 그게 여자의 운명이 아니더냐. 내 여자로 태어나서 한 지어미로 살면서 왜 그 심정을 모르겠느냐. 그러한 빈의 심정을 헤아려 전하께서 효자전과 열녀전을 내리셨으니 가져가서 익히고 부녀의 공덕을 쌓아라."

"황공하옵니다."

하사한 책을 들고 빈궁으로 돌아온 순빈은 책을 바닥에 팽개치며 화를 벌컥 냈다.

"열녀 효자가 남편보다 나으냐? 이딴 게 무슨 소용이야."

세자는 소헌왕후의 당부를 듣고 신빈에 대한 관심을 조금은 기울였다. 그러나 잠자리를 같이 하면 할수록 점점 정이 떨어졌다. 아침이면 세자는 이제 다시는 순빈을 찾지 않으리란 맹세를 여러 번 했다.

어느 날, 임금이 신빈 김씨를 찾았다.

"전하, 세자빈의 시녀들이 쓸데없는 말을 많이 하는 것 같습니다."

구중궁궐 깊숙이에서 돌아가는 일까지 모두 귀동냥해서 임금에게 잘 알려주는 신빈이었다.

"또 무슨 요상한 일이라도 있소?"

"동궁의 순빈 이야기인데요."

"세자가 안 찾아 주어 바람이라도 났다더냐?"

임금이 앞질러 못할 말을 했다.

"그게 아니오라, 전번 세자 생신 때 선물을 준비하지 않아 시집오던 첫해에 만들어 바쳤던 옷을 다시 꺼내 새로 만들었다고 바쳤답니다."

"저런 맹랑한 일이 있나. 중전이 알고 있나?"

"알고 계시지만 여쭙지 않았을 것입니다. 그뿐이 아니고 요즘도 요상한 일이 있답니다."

"무슨 일인지 남김없이 다 하시오."

"세자가 입다가 둔 속옷, 적삼 등을 뜯어고쳐 친정어머니에게 보낸다고 합니다."

임금은 가만히 듣고 더 이상 이야기를 하지 않았다.

이튿날 임금은 소헌왕후에게 그런 사실을 아느냐고 확인했다. 소헌왕후는 그 외의 일도 알고 있었다. 동궁에서 먹고 남은 음식을 친정에 싸 보내다가 세자에게 들통이 나서 꾸중을 듣고 난 뒤에는 환관들에게 비밀로 하겠다는 약조를 받고 여전히 음식을 친정으로 보낸다고 했다. 그리고 일상생활에 쓰는 종이며, 옷감 등도 내섬사에서 타다가 몰래 친정으로 보냈다.

"어버이를 생각해서 하는 일이니 귀엽게 볼 수도 있는 일이오. 하지만 세자의 옷을 뜯어 바깥 사람들이 입게 해서는 아니 되는 일이지요. 중전은 다른 것은 나무라지 말고 옷을 뜯어 보내는 일만은 못하게 하시오."

그뿐이 아니었다. 내시들에게는 주머니를 만들어 주고 내관들에겐 무릎 보호대를 만들어 주기도 했다. 내관이건 별감이건 남자들에게 말 걸기를 좋아하는가 하면 심지어 선물도 나누어 주었다. 그러면서 세자를 위한 옷이나 주머니 등은 한 번도 만들지 않았다.

친정아버지의 친상 때는 당고부(堂故父)에게 사람을 보내어 제수 등을 마련하게 하고 노제를 지내주도록 했다. 후에 당고부 중추원사 송기라는 자가 노제에 힘쓴 친족 명단을 보내주자 그들에게 무릎 보호대를 하나씩 주어 사례했다. 이런 일들이 모두 세자 몰래 이루어졌다는 것이었다.

임금에게 순빈 봉씨는 점점 우환거리가 되어갔다.

순빈 봉씨는 세자와 대전 어른들에게 행동을 조심하라는 말을 들었지만 모두 귓전으로 흘리고 자신이 하고 싶은 일을 제멋대로 했다. 침전 일을 돌보는 소쌍(召雙)이라는 시녀를 시켜 세자가 모르게 진행했다. 그 뿐 아니라 소쌍이를 시켜 세자가 누구와 무슨 일을 하는가를 날마다 살펴보게 하였다. 혹시 승휘의 방에 갔다는 보고라도 받았을 때는 밤새 안절부절 못했다.

소쌍이는 원래 동궁에 있던 시녀로 전에는 폐빈 심씨를 잠시 모시기도 했었다. 순빈은 집에서 데려온 본방 시녀 석가이(石加伊)가 있었으나 석가이보다는 소쌍이를 더 믿고 항상 비밀스런 일을 시켰다.

"저하, 아무래도 순빈마마께서 소녀의 일을 눈치채지 않았나 걱정됩니다."

비밀스런 정사를 끝낸 숙정이 불안한 얼굴로 세자를 돌아다보았다.

아무도 모르게 몇 달 동안 살을 나누다 보니 숙정이도 세자를 대하기가 그렇게 어렵지 않았다. 격렬한 사랑의 행위가 끝나고 세자의 팔을 베고 잠시 누워 있을 때는 조그마한 행복도 느끼곤 했다.

"눈치챘을지 모른다고? 누가 무슨 말을 했나?"

"소녀와 짝으로 있는 단지가 요즘 저를 자꾸만 이상한 눈으로 보아요. 단지는 순빈마마 처소에서 일하는 소쌍이를 가까이하고 있는데 소쌍이가 세자 저하의 일거수일투족을 모두 살피고 순빈마마께 보고를 드린답니다."

"무엇이라고? 저런 고약한 일이 있나. 그래서 너와 잠자리하는 것을 일러바쳤다는 말이냐?"

"아직 일러바쳤다는 이야기는 없습니다만, 숙정이가 어디서 뭐하다가 왔느냐고 묻더랍니다."

"왜 물었다는 거냐?"

"얼굴이 예쁘게 생겨서 남자 손을 많이 탈 것이라고 하더래요."

"하하하. 보기는 잘 보았네. 숙정이가 예쁘다는 것은 누구나 다 아는 일이니까."

세자가 너털웃음을 웃으면서 숙정의 입술에 자신의 입술을 포갰다.

"걱정하지 마라. 대신 왕자나 하나 낳아 주면 너는 귀한 몸이 되는 것이다. 내 어떻게 하든지 어마마마께 윤허를 받아 너를 나의 짝으로 만들고 말 것이다."

"저하, 성은이 망극하여이다."

"성은이란 부왕에게나 쓰는 말이다. 내가 왕위에 오른 뒤에 그렇게 말해라."

세자는 사랑스럽다는 듯 숙정을 감싸안았다.

아무래도 세자의 행동에 의문이 생긴 소헌왕후는 어느 날 동궁에 있는 단지를 불렀다.

"요즘도 세자가 순빈 처소에 가지 않느냐?"

"아주 드문 일입니다."

"그러면 세자는 주로 어디서 주무시느냐?"

"서연 강당에서 잠깐 새우잠을 자는 경우도 있으시고, 저하의 침소에서 혼자 주무시는 것이 대부분입니다."

"가까이하는 다른 시녀는 없느냐?"

단지가 머뭇거리며 말을 하지 않았다.

"왜 말을 못 하느냐? 그런 아이가 있느냐?"

"문소전에서 온 숙정이가 세자의 측근에서 늘 심부름을 하고 있습니다."

"숙정이라면 내가 아는 아이니라. 행동거지가 올바르고 용모도 갖춘 아이다. 그런데 세자도 좋아하는 눈치더냐?"

소헌왕후가 은근한 목소리로 물었다.

"쇤네 보기에는 그런 것 같습니다."

단지는 말 한번 잘못 했다가는 목이 달아나는 수가 있다는 것을 알기 때문에 신중하게 말하며 왕후의 눈치를 살폈다.

순빈의 친정아버지 봉려가 갑자기 중병에 걸렸다는 전갈이 경복궁에 왔다. 종 6품 주부(主簿)였던 봉려는 딸이 세자빈이 되자 승승장구하여 정 2품 지돈녕부사가 되었다. 3년 사이에 무려 9단계나 승진한 것이었다.

임금은 순빈을 친정에 보내 봉려의 병수발을 들게 했다.

"저하께서는 같이 가시지 않으십니까?"

순빈이 본방 시녀 석가이를 데리고 가면서 세자에게 물었다.

"그대나 다녀오시오. 아바마마께서 분부가 없으셨소."

"저하는 장차 보위에 오를 분인데 그런 정도는 윤허가 없어도 할 수 있는 것 아닌가요?"

순빈은 대단히 못마땅해서 투덜거리며 친정으로 갔다. 가면서 전의감에서 보내온 세자의 탕제를 비롯해 옷감이며 생선, 고기를 챙겨 갔다. 세자를 위해 소주방에서 마련한 반찬도 여러 몫으로 나눠 싸서 소쌍이를 비롯해 여러 시녀들에게 들려서 갔다.

순빈이 친정아버지 병구완을 하러 친정에 간 지 닷새 만에 봉려는 세상을 떠났다. 순빈은 사람을 보내 세자가 문상 오도록 청했으나 세자는 금방 가지 않고 나흘만에 문상을 갔다. 순빈은 뾰로통해서 세자와 얼굴을 마주치지도 않았다.

초상을 치르고 온 순빈의 태도는 더욱 제멋대로여서 대낮부터 술을 마셨다. 처음에는 반주로 마시다가 아주 방안에 술병을 들여다 놓고 술을 즐겼다. 시녀들을 불러 술을 함께 마시자고 권하기도 했다. 그 중에 세자의 동태를 늘 살펴서 보고하던 소쌍이가 항상 곁에 있었다.

"소쌍아, 분이 차서 못살겠으니 술이나 한잔 하자."

순빈의 심사가 편치 않다는 것을 잘 아는 소쌍이는 대낮부터 세자빈과 대작을 하지 않을 수 없었다.

한두 잔 술이 들어가자 순빈은 정신이 몽롱해졌다.

"소쌍아."

"예, 마마."

"너 남자하고 자 보았느냐?'

난데없는 질문에 소쌍이는 답변을 못 했다.

"남자 맛을 아느냐 말이야?"

순빈이 흐트러지기 시작했다. 술이 거나해지면 온갖 상소리를 거침없이 내뱉는 순빈이었다.

"쇤네가 어찌 남자를 알겠습니까?"

"석가이가 그러는데 너는 노래를 잘 한다면서. 한번 불러 보아라."

"잘 부르지는 못합니다."

"그러지 말고 답답한 속을 후련하게 식혀 주는 노래 한번 불러라."

소쌍이 노래를 불렀다. 제법 흥을 돋우는 노래였다. 젓가락으로 상을 두드리며 장단을 맞추던 순빈은 흥이 올랐다.

"소쌍아. 그따위 시시한 것 말고 남녀의 진한 애정을 노래한 것, 그런 것 좀 불러라. 너는 그런 노래를 많이 안다고 하던데, 근질근질한 몸이 확 풀리는 그런 노래 말이야."

"하지만 마마……."

"괜찮아, 괜찮아. 내가 좋다면 좋은 거야."

소쌍이가 구성진 가락으로 노래를 불렀다.

삼장사에 불을 켜러 갔더니만
그 절 지주 내 손목을 쥐더이다.
이 소문이 이 절 밖에 들락날락하면
다로러거디러 조그마한 새끼 상좌 네 말이라 하리라
더러둥성 다리러디러 다로러거디러 다로러

그 잠자리에 나도 자러 가리라
위 위 다로러거디러 다로리
그 잔 데 같이 답답한 곳 없다.

두레우물에 물을 길러 갔더니만
우물 용이 내 손목을 쥐더이다.

소쌍은 전조인 고려 때부터 민간에 유행되어온 대표적 음란가사 '쌍화점'을 불렀다. 비유를 많이 쓴 이 가사는 궁전을 우물로, 왕이나 세자를 용으로 표현하고 있었다.

"하하하. 참으로 재미있는 노래군. 너희들은 그런 노래를 항상 부르느냐?"

얼굴이 붉어진 소쌍이가 고개를 끄덕였다.

"너도 남자 생각이 날 때가 있느냐?"

"마마님도, 저희도 사람인데 남자 그리울 때가 없겠습니까?"

"그럴 때는 어떻게 하지?"

"다른 방법이 있지요."

"다른 방법? 나도 좀 가르쳐 다오."

"아니, 마마님도. 취하셨어요."

순빈은 소쌍이 말하는 다른 방법이 무엇이냐고 집요하게 물었으나 소쌍은 대답하지 않았다.

그런데 며칠 뒤 대낮에 순빈은 그 다른 방법이 무엇인가를 목격하게 되었다.

순빈이 거처하는 동궁의 자선당은 창경궁에서도 가장 깊숙한 곳에 있었다. 순빈이 자선당 후원에 나가 혼자 녹음을 바라보고 있을 때였다. 나무 그늘 뒤에서 인기척이 느껴졌다. 순빈은 숨을 죽이고 자세히 보았다. 거기에서는 뜻밖의 광경이 벌어지고 있었다.

순빈의 지밀 시녀인 소쌍이 다른 시녀와 서로 껴안고 있었다. 두 사람은 입술을 서로 빨며 손으로 서로의 젖무덤을 움켜쥐고 있었다. 순빈은 그 모습을 보자 공연히 얼굴이 달아오르고 가슴이 헐떡이기 시작했다. 순빈은 숨을 죽인 채 한참 보고만 있었다.

두 사람은 한참 서로를 탐하다가 슬그머니 사라져 버렸다. 소쌍이의 상대가 된 시녀는 시강원에서 심부름하는 단지였다. 순빈은 소쌍과 단지가 일이 끝나면 한 방에서 거처한다고 들은 일이 있었다. 궁내에 있는 궁녀나 전비들은 모두 두 사람씩 한 방을 쓰고 있어서 모든 일에 짝이 되는 수가 많았다.

다음날 순빈이 소쌍이를 불러 앉혀 놓고 물었다.

"네 짝이 단지냐?"

순빈이 단도직입적으로 묻자 소쌍이 깜짝 놀랐다.

"내가 다 알아. 숨기지 말고 이야기 해보아라."

"궁녀들은 거의 모두 짝이 있는데 단지와 저는 한방에 사니까 가끔 서로 위로하는 일이 있습니다."

"너는 오늘부터 나하고 짝이니까 다른 짝은 버려라."

순빈은 전부터 소쌍이를 은근히 곁에 두고 싶었다. 함께 술 마시고 노래할 때는 만지고 싶기도 했다.

그날 밤 순빈은 이부자리를 보아주고 나가려는 소쌍이를 붙잡았다.

"어제 낮에 단지하고 하듯이 나하고도 해보자."

"마마."

소쌍이가 놀라서 주춤했다. 그러나 신빈은 소쌍이를 왈칵 껴안았다.

"마마, 이러시다가……."

"이러다가 어떻다는 거냐. 빨리 나한테도 해 보아."

"이러시다가 저하께서 아시면 쇤네는 죽은 목숨입니다."

"나를 거부하고 죽으나, 세자에게 들켜서 죽으나 마찬가지 아니냐?"

소쌍이 하는 수 없이 순빈의 목에 입을 맞추었다.

"아이, 아이 간지러워."

순빈은 못 참겠다는 듯이 더 세게 소쌍을 끌어안았다. 소쌍이도 처음과는 달리 천천히 흥분했다. 누가 먼저랄 것도 없이 두 사람은 입술을 맞췄다.

"소쌍아, 여기 누워라."

두 사람의 행동은 마침내 적극적으로 바뀌었다.

그 이튿날부터 순빈은 침방에 다른 시녀들이 들어오지 못하게 했다. 금침을 수습하는 일도 순빈 자신이 손수 하거나 소쌍이가 하도록 허락했다.

소쌍이와 순빈의 이상한 행동은 차츰 소문이 돌았다. 그러나 당사자들은 전혀 눈치채지 못했다.

“소쌍아, 너희는 서로 만져주는 것 말고 다른 방법이 있지 않더냐?”

소쌍이는 빙그레 웃기만 했다.

“말해 보아라. 나는 세자보다 네가 더 좋은데 네가 남자였으면 얼마나 좋았겠느냐.”

“마마, 큰일 날 말씀을 하십니다. 제가 마마의 짝이라면 목숨을 부지하지 못합니다.”

“내가 있는데 무엇이 겁나느냐? 그래 너희들이 하는 방식을 말해 보아라.”

순빈이 조르자 소쌍이가 입을 열었다.

“대식(對食)이란 말을 들어 보신 일이 있는지요?”

“대식?”

순빈이 의아해서 되물었다. 소쌍이가 순빈의 귀에 대고 속삭였다. 순빈은 파안대소했다.

두 번째 폐빈

"소쌍아, 소쌍아. 나는 너를 너무 사랑해서 잠시도 떨어지기 싫은데 너는 나만큼 나를 사랑하지 않는 것 같구나."

순빈의 행동은 점점 더 광적으로 변해갔다. 순빈은 소쌍을 한시도 곁에서 떨어지지 못하게 했다.

밤을 새워가며 음란한 짓을 계속하고, 날이 새어도 미진한 것 같았다. 거처하는 곳의 지게문을 아주 조금 열어놓고 지나가는 나인이며 시위 군사들을 뚫어지게 쳐다보았다.

어느 날 세자가 지나가자 곁에 있는 늙은 궁인을 보고 말했다.

"문 하나만 열면 내가 기다리는데 저하는 왜 못 본 척 지나갈까?

참으로 냉정하구나."

그뿐 아니라 시위하는 갑사가 지나가면 그냥 있지 못했다.

"소쌍아, 저 갑사 힘도 좋겠지."

어느 날 순빈이 석가이한테 물었다.

"너는 밴대질이 무엇인지 아느냐?"

"마마님도, 망측합니다."

석가이가 기겁을 하며 얼굴을 붉혔다.

"무슨 뜻이기에 그러느냐?"

순빈이 일부러 시침을 떼고 물었다. 몸속에 뭉친 욕망을 입으로 풀려는 것 같았다.

"여자의 아랫배에 날것이 나지 않은 모양을 말하는 것 아닌가요?"

석가이는 무모증 여인을 말하는 것 같았다. 틀린 말은 아니었다. 그러나 순빈은 거의 밤마다 소쌍이와 하는 짓을 상상하며 물어본 것이었다. 세자빈과 시녀가 주고받기에 적절한 대화는 아니었다.

소쌍이와 순빈의 사이가 이상하다는 소문은 마침내 세자의 귀에까지 들어갔다. 어느 날 저녁 무렵, 세자가 서연장에서 침전으로 가다가 정원에서 소쌍이를 만났다. 세자가 소쌍이를 불러 세웠다.

"네가 정말 순빈의 침실에서 자고 가는 일이 있느냐?"

소쌍은 얼굴이 빨개져서 말을 더듬었다.

"사, 사실이 오, 옵니다."

세자는 기가 막혀 입을 딱 벌렸다.

세자는 앞이 캄캄했다. 엄격한 소헌왕후가 이런 사실을 안다면 그냥 넘어가지는 않을 터였다. 궁정에 또 한바탕 광풍이 불 것이다. 어쩌면 순빈마저 두 번째로 세자빈 자리에서 쫓겨날 수도 있는 일이었다. 그러나 한편으로 생각하면 도저히 아내로 받아들일 수 없는 순빈이 없어진다면 한결 편안해질 수도 있다는 생각이 들었다. 그렇게 되면 숙정과의 사랑도 떳떳하게 나눌 수 있을지도 모른다는 희망이 솟아올랐다.

"내가 너한테 이런 이야기를 들었다는 것을 다른 곳에서는 말하지 말라."

세자는 서연이 끝난 뒤 탕약을 가져온 숙정의 손목을 끌고 옆방 서고로 들어갔다. 세자는 침실보다는 그곳이 좋았다. 아늑했다. 책에서 풍기는 묵향도 기분 좋을 뿐 아니라 사방을 둘러싼 책들이 자신의 비밀을 지켜 주는 것 같았다.

"저하, 소녀는 감쪽같이 없어져야 할 것 같습니다."

이날따라 얼굴에 근심이 가득한 숙정이 입을 열었다.

"없어지다니 그게 무슨 소리냐?"

세자가 놀라 숙정의 손을 덥석 잡고 얼굴을 들여다보았다.

"순빈이 괴롭히더냐?"

"그게 아니오라……."

"그럼 무슨 일이 있었느냐. 사실대로 말해 보아라."

한참 뜸을 들인 숙정이 입을 열었다.

"저하, 이 일을 어쩌면 좋겠습니까? 다달이 있어야 할 것이 석 달째 소식이 없습니다."

"다달이 있어야 할 것?"

세자는 얼른 알아듣지 못하다가 한참만에야 무슨 말인지 알았다.

"그럼 임신을 했다는 말이야?"

"그런 것 같사옵니다. 음식 냄새가 역겹기도 하고요."

세자는 기쁘다기보다는 난감한 생각이 먼저 들었다. 덜컥 겁이 나기도 했다. 이 일을 장차 어떻게 수습해야 한단 말인가. 아기를 가지라는 순빈한테서는 소식이 없고 엉뚱한 시녀에게 몰래 임신을 시켜놓은 이 일을 소헌왕후가 용서할 것 같지 않았다.

"아주 잘된 일이다. 네가 만약 남자아이를 낳는다면 왕자가 되는 것이 아니냐. 장차 세손이 될 수도 있는 것이다."

세자는 숙정을 껴안으며 위로했다. 그러나 마음속으로는 그런 일이 정말 이루어지려면 기적이 몇 번 일어나야 한다고 생각했다.

"내가 어마마마께 여쭈어 인정을 받을 때까지 너는 입을 다물고 있어라. 소문이 잘못 나서 일을 그르칠 수도 있다."

그러나 동궁 내의 비밀은 그리 오래가지 못했다. 숙정이가 헛구역질을 하는데 아무래도 수상하다고 제일 먼저 눈치를 챈 사람은 단지였다.

"숙정아, 너 요즘 좀 이상하던데 별일 없는 거니?"

"응? 별일은 무슨 별일."

숙정은 화들짝 놀랐으나 시치미를 뚝 떼었다.

"아니야. 아무래도 이상해. 너 혹시 임신한 것 아니니?"

숙정은 더 이상 숨길 수 없을 것이라고 생각했다. 고민에 싸여있던 숙정은 이 일을 중궁전에 알려야 한다는 생각이 들었다. 숙정은 여기 오기 전에 한방 짝으로 있던 내전비 지선이와 상의했다. 지선이는 입이 무겁고 처신이 조신해 신빈 김씨의 별당에 가 있었다.

이야기를 듣고 난 지선은 숙정을 안심시켰다.

"당분간 아무 말 말고 있어라. 내가 은밀히 일이 잘 풀리도록 해보겠다. 어쩌면 네가 수규나 수칙 같은 귀한 신분이 될 수도 있어."

"뭐라고, 내가 수칙이 될 수도 있다고?"

숙정은 가슴이 마구 뛰었다. 수칙(守則)이란 내명부 직책으로 종6품에 해당하는 자리였다.

임금을 맞이한 신빈 김씨는 오늘따라 만면에 함박웃음을 띠고 있었다.

"신빈은 오늘 무슨 좋은 일이 있었소?"

임금도 함께 웃음을 머금고 물었다.

"전하, 놀라지 마십시오. 세자가 드디어 사고를 쳤습니다. 호호호. 생각할수록 신기하네."

"도대체 무슨 소리요? 사고를 치다니."

"멀쩡한 처녀 임신을 시켜 놓았으니 사고 아닌가요? 참 신기해. 세자가 아기를 만들 줄 알다니. 호호호."

신빈은 웃느라고 말을 제대로 하지도 못했다.

"세자가 임신을 시켰다고? 신빈 그게 정말이오?"

임금도 놀라고 기쁜 표정이 역력했다.

"그래, 원자 아기를 잉태한 여자가 누구란 말이요? 순빈이오?"

"에이, 아직 남자인지 여자인지도 모르는데 무슨 원자입니까? 거기에 순빈은 왜 가져다 대십니까. 세자가 순빈을 찾지 않은 지는 오래 됩니다."

"그럼 승휘 중에?"

승휘가 둘이나 있으니까 있을 법한 일이었다.

"아닙니다요. 저하의 전약 시녀 숙정입니다."

"전약 시녀라고? 그런 기특한 일이 있나."

"내일 중전마마께 여쭙고 잘 거두시라고 말씀 올리겠습니다."

"참으로 좋은 생각이오. 하루 빨리 임신한 아이를 거두어야지요. 하하하. 우리도 하나 더 만들어 봅시다. 하하하."

임금은 대단히 기뻤다. 임금은 신빈의 허리를 덥석 안았다.

"저하, 제조상궁께서 오셨습니다."

서연이 끝나자 단지가 세자에게 아뢰었다.

"한 상궁이? 들라 하여라."

제조상궁이 동궁을 찾는 일은 그리 흔하지 않았다. 특별한 일이 있을 때만 찾았다. 세자는 가슴이 덜컥 했다. 숙정의 임신 사실을 알고 주상전하가 불렀는지도 모를 일이었다.

"한 상궁이 웬일이오?"

세자가 불안한 마음을 감추지 못하고 물었다.

"중전마마께서 모시고 오라는 분부입니다."

"어마마마께서?"

"예, 저하."

"무슨 일이래요?"

세자가 너무 불안해하는 것 같아 한 상궁이 귀띔했다.

"아마 치하가 내릴 것 같습니다."

"치하?"

세자는 그래도 마음 한 구석의 불안을 떨치지 못하면서 소헌왕후 앞에 무릎을 꿇었다.

"어마마마, 찾아 계시옵니까?"

"세자, 어서 오게나."

소헌왕후는 얼굴에 담뿍 웃음을 담고 있었다.

"숙정이가 임신을 했다는 것이 정말인가?"

세자는 짐작은 했지만 깜짝 놀랐다.

"어마마마, 용서하십시오."

"용서라니? 참으로 잘된 일일세. 전하께서도 늘 걱정을 하셨는데 얼마나 기뻐하시는지 모르겠네."

"정말입니까? 어마마마."

"숙정이를 그대로 둘 수 없으니 전하께 말씀드려 내가 조치를 할 것이다. 가서 조용히 기다리시게. 그리고 순빈이 허전해 할지 모르니 좀 자주 들르고 마음을 풀어주도록 하게나."

중궁전을 나오는 세자는 기뻐서 소리를 칠 것 같았다. 숙정이 시녀를 면하게 되다니 꿈만 같았다. 동궁으로 돌아오자마자 숙정을 찾았으나 이미 중궁전에 불려가고 없었다.

소헌왕후 앞에 얌전히 앉은 숙정은 긴장하여 손이 파르르 떨렸다.

"용모가 출중하구나. 안동 권씨라고 했더냐?"

"예, 중전마마."

"세가(世家)의 규수로구나. 궁중에 들어온 지 얼마나 되느냐?"

"십 년이옵니다. 열 살 때 뽑혀 와서 문소전에 있었습니다."

"아기를 가진 지 얼마나 되었느냐?"

"비쳐야 할 것이 석 달째 안 보입니다."

"그러면 지금부터가 조심할 때이니라. 오늘부터 당장 거처할 방을 따로 마련할 테니 몸조심을 게을리해서는 안 되느니라."

"예. 분부대로 하겠습니다."

"순빈이 좁은 소견에 싫은 소리를 할지도 모르니 잘 참아내야 하느니라."

"명심하겠습니다."

숙정은 그날로 종 4품 승휘로 내명부의 명을 받았다. 동궁 안에 별당을 마련하고 시녀 네 명을 거느리게 했다.

궁중에는 웃음꽃이 활짝 피었다. 모든 궁녀들은 부러움의 눈으로 숙정을 바라보았다.

"저하 꿈만 같사옵니다. 쇤네가 승휘가 되다니요."

승휘 숙정이 세자 품에 안기며 행복에 겨워했다.

"이제 그 좁은 서경 창고에 안가도 되고요."

"아니지. 나는 그 책 더미 밑에서 재미가 더 좋은데. 하하하."

이 경하스러운 일로 초상집이 된 곳은 순빈의 처소였다. 순빈은 숙정의 임신을 시기하여 날마다 술을 먹고 타락한 행동을 했다. 소식을 듣고 임금과 왕후가 순빈을 불러 타일렀다.

"순빈은 매우 어리석다. 너는 세자의 정처인 세자빈이 되었는데도 아들이 없다. 권 승휘가 다행히 아이를 갖게 되었으니 인지상정으로는 기뻐할 일 아니냐. 그런데 도리어 원망하는 마음이 있다니 괴이하지 않으냐. 앞으로 마음을 고쳐먹어야 할 것이다."

"명심하겠습니다. 하오나 하늘을 보아야 별을 따지요."

임금과 왕후는 순빈의 맹랑함에 혀를 차지 않을 수 없었다.

"소쌍아, 이 불쌍한 순빈을 두고 떠나지 마라. 내 사랑 소쌍아. 내가 너를 얼마나 사랑하는데, 너는 나를 사랑하는 것 같지 않구나."

순빈은 날마다 술에 취해 음란한 노래와 음란한 짓으로 세월을 보냈다.

"소쌍아, 나도 애기 배었다. 숙정이 제 년만 애기 만들 줄 아는가? 나도 임신했단 말이야."

술이 거나해진 순빈이 헛소리를 했다.

"마마, 정말입니까?"

순빈의 헛소리를 참말로 알아들은 석가이가 정색을 하고 물었다.

"그래. 나라고 임신 못하라는 법 있느냐? 나는 넉 달째다."

순빈은 장난삼아 한 말이 엄청난 결과를 가져오게 될 줄은 꿈에도 몰랐다. 석가이가 순빈의 임신 소식을 늙은 할멈 궁녀에게 알리고 할멈 궁녀가 소헌왕후에게 알렸다.

"경사 났다. 경사!"

순빈의 임신 4개월 소식은 온 궁중에 퍼졌다. 그리고 여기저기서 경하의 소리가 터져 나왔다. 소헌왕후는 순빈을 경복궁 내전으로 옮기게 하고 특별히 챙기기 시작했다. 소쌍은 아예 순빈을 따라 경복궁 내전으로 들어왔다. 그러나 소쌍이는 순빈이 주상 전하와 중전을 속이고 거짓말로 임신했다고 알린 것을 얼마 안 가 알게 되었다.

"마마, 언젠가 들통이 날 텐데 이 일을 어찌하시렵니까?"

"나한테도 다 묘안이 있으니 너는 그런 걱정 말고 노래나 불러라."

그러던 어느 날, 제조상궁 한씨가 순빈 침소로 가다가 궁궐 복도에서 두 여자가 다투는 소리를 들었다.

"소쌍이 이년아. 너는 순빈마마하고 밴대질하느라 이제 나는 잊었단 말이냐? 네가 나를 그렇게 배신할 수 있어?"

"나도 순빈마마보다는 네가 더 좋단 말이야. 하지만 마마가 나를 안 봐 주는데 어쩌란 말이야?"

한 상궁은 너무 놀라 숨이 막힐 것 같았다. 이 일을 그대로 넘길 수도 없고 터뜨릴 수도 없었다.

한 상궁이 이러지도 저러지도 못하고 고민하고 있는 사이, 순빈은 가짜 임신 문제를 해결하려 들었다. 이제 배가 불러야 할 차례니까 더 늦출 수 없다고 생각하고 일을 저질렀다. 허리를 잡고 얼굴을 잔뜩 찌푸린 채 소헌왕후를 찾아 갔다.

"순빈, 얼굴이 말이 아니구나. 무슨 일이냐?"

"마마, 죄송하옵니다. 소첩의 불찰로 아기가 유산되었습니다. 소첩을 죽여주시옵소서."

"무엇이라고? 낙태를 하였단 말이냐?"

왕후가 놀라 벌떡 일어섰다.

"몸 조신하게 다루라는 마마의 말씀을 지키지 못한 소첩을 죽여주시옵소서."

"기왕 낙태가 되었으니 어찌 순빈만의 잘못이겠느냐. 부디 몸조심하여라."

왕후는 낙담하여 풀썩 주저앉았다.

그러나 낙태라는 말에 의심을 품은 사람은 제조상궁 한씨였다. 한 상궁은 순빈을 부축하고 별당으로 가면서 물었다.

"낙태한 아기는 어디 두었습니까?"

"배속에서 딱딱한 핏덩이 같은 것이 하체를 통해 나오기에 놀라 방에 그냥 두었어요."

"방에 그냥 두다니요?"

"이불로 그냥 덮어 두었어요."

한 상궁은 방안까지 따라 들어가 이불을 훌렁 젖혔다. 이게 웬일인가. 거기에는 아무 흔적도 없었다.

한 상궁은 모든 사실을 임금과 왕후에게 소상히 이야기했다.

"참으로 며느리 복이 없구나. 하늘 아래 이런 일이 있다니. 통곡을 해도 시원치 않구나."

임금은 모든 이야기를 듣고 상심하여 아침 수라도 들지 않고 조회도 나가지 않으며 속상해하였다.

소헌왕후가 사실 확인을 위해 우선 소쌍이를 불렀다.

"네가 순빈의 침방에 먼저 들어가서 미혹하였느냐?"

"그것이 아니옵고 처음 순빈마마의 침방에서……."

소쌍이 부들부들 떨다가 말을 이었다.

"순빈마마가 쇤네를 나가지 못하게 하고 병풍 뒤로 들어오라고 했습니다. 들어갔더니 옷을 벗으라고 했습니다. 처음에 겉옷만 벗었더니 모두 다 벗으라고 해서 발가벗었습니다. 그랬더니 마마의 몸 위에 올라와서 남녀가 교접하는 흉내를 내라고……."

소쌍이 더 말을 잇지 못했다.

"그것 말고 더 한 짓은 없느냐?"

"순빈께서는 낮에는 동궁의 여자 측간에 가서 벽 틈으로 남자 측간의 모습을 훔쳐보았습니다. 그런 날이면 쇤네보고 양물 모양의 남근을 가지고 오라고 해서……."

"참으로 해괴하여 더 들을 수가 없구나. 한 상궁, 이 아이를 가두고 대죄하게 하시오."

궁중에는 검거 선풍이 불기 시작했다. 임금의 명령으로 순빈을 모시던 상궁, 시녀, 비복들은 모두 옥에 가두었다. 궁녀들도 짝을 지어 음란한 짓을 한 30여 명을 적발해냈다. 궁내에는 상궁, 나인, 생각시, 무수리 등 6백여 명이 있는데 여자끼리 동침한 증거가 나타난 궁녀가 30명이라면 적은 수가 아니었다.

"음란한 행위가 드러난 궁녀들은 여관(女官)으로 하여금 곤장 70 대를 치게 하라. 행위가 중한 경우는 곤장 백 대를 쳐서 내쳐라."

임금이 대노하여 엄벌을 내렸다.

임금은 영의정 황희, 우의정 노한, 좌대언 김종서, 찬성 신개 등을 불러 세자빈의 처리를 의논했다. 임금으로서는 세자빈을 두 번이나 폐한다는 것이 너무나 괴로운 일이었다. 그러나 모두가 폐빈함이 마땅하다는 주장이었다.

임금의 뜻을 받들어 권채가 교지를 만들었다. 동지중추 김맹성이 종묘에 행향사로 가서 폐빈 사실을 고하였다. 마침내 순빈을 폐출하여 서인으로 삼아 사가로 돌려보냈다.

저부는 한나라의 국본이요, 배필은 삼강의 중심이다.

기유 년에 과인이 봉씨를 세자빈으로 삼았는데, 부덕을 어길 줄은 생각지 못하였다. 잘못이 한두 가지가 아니므로 우선 대개만 밝히겠다.

시녀들로 하여금 항상 남자를 그리는 노래를 부르게 하였다. 세자가 종학으로 옮겨 가서 거처할 때는 몰래 시녀의 측간에 가서 벽 틈으로 외간 남자를 엿보았다. 세자의 생신에 바쳐야 할 선물을 만들지 않고 전 해에 썼던 것을 새로 만든 양 바쳤다. 궁중에서 쓰는 물건을 세자의 허락 없이 그 어미의 집으로 몰래 보냈다.

세자의 빈을 폐하는 일은 신중하게 하는 일인데, 더구나 두 번씩이나 세자빈을 폐하는 일은 사람을 놀라게 할 것이다. 이렇게 실덕한 여자가 어찌 종묘를 받들며 장차 이 나라 국모가 되겠는가. 봉씨의 책인(冊印)을 회수하고 서인으로 삼는 과인의 뜻을 정부나 지방에 효유(曉諭)할지어다."

이 교지에서 원안에 있던 세자의 시녀 동침과 거짓 임신 사건은 임금이 직접 삭제했다. 소쌍은 서소문 밖 형장에서 참형을 당했다.

조선의 명궁은 누구냐

홍득희는 객사관에서 김종서를 만났다. 강계에서 돌아온 후 처음이었다.

홍득희는 치마저고리 차림이었다. 남색 치마에 옥색 회장저고리를 입었다. 저고리 위에는 초록 겉마기를 더 입었다. 치마는 보통보다 폭이 넓은 네 폭 치마였다. 머리는 조진머리에 첩지를 꽂았다. 얼른 보아 상궁의 복색과 비슷했다. 전에 김종서가 보낸 것이었다. 남복 차림에 불화살 쏘던 여장부라고는 도저히 믿을 수 없는 얌전하고 우아한 규수의 모습이었다.

"홍 처자, 참말로 수고가 많았네. 이적합이 만들어준 보고서는 잘 보았네. 이미 전하께도 올려드렸고."

한문에 능통한 이적합이 홍득희의 보고 내용을 대필하였다.

"성과가 만족스러웠는지요?"

"전하께서는 이만주의 진심을 알게 되어 이미 명나라 황제에게 사신을 보냈다네."

"우리 동지 열 명은 어떻게 되었습니까?"

"오늘 조찬이 끝난 뒤 전하께서 형조를 불러 석방 명령을 내렸네. 죄를 짓다가 잡혀온 것도 아니고 단순히 한성 화재의 범인들이 아닌가 하는 애매한 혐의로 사람을 잡아두지 말라고 이르셨다네. 내일쯤 풀려 날 것일세."

"참으로 고맙습니다."

홍득희는 예의바르게 허리를 굽혀 인사했다. 끝까지 약속을 지키는 김종서가 남자답게 느껴졌다.

"오늘 전하를 뵙기로 했던가?"

"그렇게 전갈 받았습니다. 그래서 옷도 바꿔 입고 왔습니다."

"그렇게 입으니까 도저히 옛날의 홍 처자로는 보이지 않네."

김종서는 민망할 정도로 홍득희를 훑어보았다.

"전하께서는 지금 경복궁 후원 사대(射臺)에서 활을 쏘고 계신다네. 홍 처자가 오면 그리로 데리고 오라고 하셨네."

김종서와 홍득희는 영추문을 통해 걸어서 경복궁으로 들어갔다. 서운관을 지나 영제교를 건넌 다음 건춘문 입구에서 왼쪽으로 쭉 걸어서 올라갔다. 한참만에 두 사람은 후원에 도착했다.

후원 사방에는 내금위 갑사들이 줄을 친 듯 둘러서 있었다. 남쪽의 어사대(御射臺)에는 임금과 진양대군, 양녕대군, 황희 정승, 최윤덕 도절제사 등이 서 있었다. 최윤덕은 교지를 받아 평안도 도안무찰리사로 부임을 앞두고 있었다. 최 장군은 홍득희를 보자 반가워서 손을 들어 보였다. 홍득희도 고개를 숙여 답했다.

임금은 사대에서 어궁으로 과녁을 겨누고 있었다.

김종서와 홍득희가 들어오는 것을 본 임금은 팽팽히 당겼던 활시위를 놓고 웃으며 김종서를 바라보았다.

"김 좌대언, 이리 좀 올라오시게,"

임금은 홍득희에게도 눈길을 주며 말했다. 홍득희의 복색에 적이 놀라는 표정이었다.

"전하, 홍 패두 대령이옵니다."

김종서가 홍득희를 소개했다. 홍득희는 얼떨결에 사대에 올라가 부복했다.

"전하, 패두 홍득희 현신입니다."

"오, 그대가 홍득희 장수로구먼. 과인은 웬 귀부인이 여기까지 왔나 했지. 하하하."

"칭찬이 과분하옵니다. 상감마마."

홍득희는 난생 처음 겪는 일이라 가슴이 방망이질을 계속했다. 태연하게 보이려고 이를 악물었다.

"그대에 대한 이야기는 내가 많이 들었다. 강계도호부의 장계도 잘 보았고. 자, 활터에 왔으니 우선 활 쏘는 것부터 좀 구경하고 이야기는 차차 하자."

임금은 그렇게 말하면서 쏘려다가 그친 활시위를 잔뜩 당겼다. 과녁을 노리는 임금의 눈에 불꽃이 튀는 듯했다. 흰 털이 몇 올 섞인 수염이 부르르 떠는 것 같았다.

'씨웅…!'

화살이 그야말로 쏜살처럼 날아가 과녁을 맞혔다.

"명중이오!"

고시(告矢) 무관의 고함소리가 들렸다. 무관은 동시에 빨간 후기를 높이 올려 흔들었다.

"역시 우리 전하시다."

시위 겸 구경을 하던 갑사들이 감탄을 했다.

"자 이번에는 최 장군이 한번 쏘아 보시오."

임금의 지명을 받은 최윤덕은 당당한 걸음걸이로 사대에 나아갔다.

"과인보다 못하면 안무찰리사 자리 내놓아야 하오."

"분부가 그러하시다면 명중시키지 않겠습니다. 신은 전쟁이 겁이 납니다."

"하하하. 꼭 명중시켜야 하오. 전쟁은 겁나고 왕은 겁나지 않다는 말이오?"

조선의 명궁으로 이름난 최윤덕이었다. 그러나 그것은 젊을 때의 일이었다. 흰 수염을 휘날리는 최윤덕이 과연 젊은 날의 솜씨가 나올지 모를 일이었다. 임금은 최윤덕의 젊은 날 모습을 보고 싶은 것이었다.

'피융…!'

최윤덕은 무인답게 재빠르게 화살을 날렸다.

"명중이오!"

목소리와 함께 빨간 후기가 올라갔다.

"전쟁보다는 왕명이 더 무서운 게 확실하구나. 하하하."

임금이 유쾌하게 웃었다.

"이 활이 소장의 말을 영 듣지 않습니다. 허허허."

최윤덕이 안도와 함께 웃음을 터뜨렸다.

"자, 이번에는 양녕대군께서 한번 쏘아보시지요."

빙긋이 웃으며 활 쏘는 모습을 보고 있던 양녕이 사대로 나오면서 말했다.

"전하, 다섯 발 씩 쏘아 누가 이기나 견주어 보기로 하지요."

"그거 좋은 의견이다. 양녕대군, 최 장군, 진양대군, 김종서 좌부대언. 그렇게 하는 것이 어떨까?"

임금이 지명했다.

"전하, 신은 원래 체구도 작고 문관 출신이라 명궁 사이에 낄 만한 재목이 못되오니 제외시켜 주시지요."

"내가 활과 화살을 주면서 늘 가지고 다니라 했는데 그동안 왕명을 어겼는가?"

"황공하나이다."

김종서가 머리를 조아렸다.

"전하, 김 대감의 말씀도 일리가 있습니다. 김 대감 대신에 올해 무과에 장원 급제한 조석강(趙石岡)을 넣는 게 어떨까 합니다."

진양대군이 말을 이었다.

"조석강이 여기 와 있나?"

구경꾼 틈에서 조석강이 뛰어나왔다.

"전하, 홍득희 패두도 함께 하도록 하면 어떻겠습니까?"

김종서가 뜻밖의 제안을 하는 바람에 홍득희는 깜짝 놀랐다.

"옳아, 그거 좋은 생각이야. 잘못하면 대장부들이 망신당할 수도 있겠구나."

"하하하……."

모두가 소리 내어 웃었다. 치마 입은 새파란 처녀한테 당할 대장부가 있겠느냐는 생각이었다.

"자, 그러면 사수 명단을 부르겠습니다."

황희 정승이 심판으로 나섰다.

"평안도 도안무찰리사 최윤덕, 양녕대군 이제, 진양대군 이유, 무과 장원 조석강, 중군 패두 홍득희."

희대의 명궁 대회가 경복궁 후원 사대에서 열렸다. 시위대와 내금위 갑사들뿐 아니라 한가한 궁녀, 내관들까지 후원에 구름처럼 몰려

들었다.

"그러면 각자의 활과 화살을 사용합니다. 다섯 발씩 쏘아 명중률이 제일 높은 사람이 장원입니다. 순서는 최윤덕, 이제, 이유, 조석강, 홍득희입니다. 자, 도안무찰리사 최윤덕!"

최윤덕이 사대에 섰다. 눈 깜짝할 사이에 첫 번째 화살이 날아갔다. 기해동정과 파저강 전투에서 이름을 날린 장수답게 활을 쏘는 솜씨가 번개처럼 빨랐다.

"명중이오!"

빨간 후기가 올라갔다.

"명중이오!"

두 번째도 빨간 후기가 올라갔다.

"양이오!"

세 번째 화살은 과녁 위로 떠버렸다.

"우방!"

세 번째 화살은 오른쪽으로 빗나갔다. 최윤덕의 팔에서 힘이 빠져나갔다. 나머지 한발도 좌방으로 흘러갔다.

최윤덕의 이마에 땀방울이 맺혔다. 5시 2중. 역시 명궁도 나이는 속이지 못했다.

임금이 최윤덕을 위로했다.

"그만하면 아직 젊은이 못지않소. 경은 아직도 명궁이오."

"황공하옵니다."

최윤덕은 부끄러워 얼굴이 상기되었다.

다음에는 양녕대군이 사대에 나섰다. 대군들 중에는 사냥을 제일 잘했다. 아버지 태종을 가장 많이 닮아서 늘 명궁 소리를 들어왔다.

"명중이오!"

양녕대군의 첫 번째 화살이 과녁의 한가운데에 꽂혔다. 최윤덕의 명중과는 질적으로 달랐다.

두 번째 화살도 세 번째 화살도 모두 명중이었다. 결과는 5시 5중이었다.

모두가 놀랐다. 정말 명궁이었다.

"다음은 진양대군 차례요."

황희가 말했다.

"백부께서 너무 잘 쏘셨기 때문에 도저히 따라가지 못하겠습니다. 지금 졌다고 하고 기권하면 안 될까요?"

진양대군이 엄살을 부렸다.

"포기하는 인간이 가장 못난 인간이니라."

임금이 웃으면서 말했다.

진양대군은 절대로 포기할 사람이 아니었다. 목적한 일이 있으면 잘못되더라도 끝까지 밀어붙이는 성격의 소유자였다. 뒤에 수양대군으로 이름을 바꾸지만, 그의 행적이 성격을 잘 말해주었다.

"명중이오!"

진양대군도 힘들이지 않고 시위를 당겼다. 양녕대군과 거의 비슷하게 5시 5중의 실력을 보였다. 명궁 태조대왕의 피를 이는 대군들이라 그런지 모두 출중한 무인이었다.

"다음은 무과 장원 조석강이오."

"류—."

고시 무관이 흰 기를 들었다. 화살이 과녁까지 닿지 않았다.

"여보게. 너무 겁먹지 말고 천천히 쏘게나."

진양대군이 격려를 했다.

조석강은 크게 숨을 내쉰 뒤 천천히 활을 당겼다.

'피웅—.'

"명중이오!"

붉은 기가 올랐다. 조석강은 연달아 네 발을 명중시켰다. 5시 4중이었다. 그러나 양녕대군이나 진양대군의 성적에는 미치지 못했다.

"다음은 홍 처자 차례입니다."

홍득희가 쓰개치마만 벗고 사대로 나섰다.

"대감. 쇤네는 활을 가지고 오지 않았습니다. 물러나게 해 주십시오."

홍득희의 모습을 대견한 듯이 바라보고 있던 임금이 말했다.

"김종서 좌대언이 활을 빌려 주어라."

김종서가 당황하여 대답했다.

"소신도 활을 가지고 오지 않았습니다."

"뭐라고? 내가 활을 주면서 뭐라고 했던가?"

"항상 지니고 다니다가 짐승을 만나면 쏘라고 하셨습니다."

"그런데 왕명을 어기다니. 큰 벌을 받을 것이야. 허허허."

"전하께서는 짐승을 쏘라고 명하셨는데 경복궁에는 짐승이 없는지라……."

"알았도다. 홍 패두는 과인의 활을 빌려줄 테니 이것으로 하여라."

임금의 말을 듣고 내관 엄자치가 임금의 활과 전통을 홍득희한테 가져다주었다.

"황공하옵니다."

홍득희가 임금에게 절하고 사대에 섰다. 네 폭 치마를 휘날리며 활을 비켜든 홍득희의 자태는 뭇 사내의 가슴을 설레게 할 만큼 아름다웠다.

희한한 광경을 보려고 모여든 사람들은 숨을 죽였다.

홍득희는 힘들이지 않고 아주 가볍게 시위를 당겼다. 활이 보름달처럼 동그랗게 휘었다. 곧 터질 듯한 무서운 탄력을 만들어 내고 있었다. 활을 당기는 기술이 여느 궁사와 달랐다. 임금은 쏘기도 전에 활을 능숙하게 다루는 그 솜씨에 감탄하고 있었다. 모두가 숨도 쉬지 않고 홍득희의 화살에 눈을 꽂고 쳐다보았다.

'휙'

화살이 너무 빨라 아무도 보지 못했다.

"명중! 명중!"

소신 갑사가 후기를 마구 흔들었다. 화살은 과녁의 한가운데를 정확하게 맞혔다. 앞에서 쏜 누구보다도 정확하게 정중앙을 뚫었다.

"와아!"

모두가 신기를 보는 듯 감탄했다.

홍득희가 두 번째 시위를 당기려고 할 때였다.

"잠깐 중지하시오. 할 말이 있습니다."

양녕대군이 가로막고 나섰다.

"무슨 말씀이신지요?"

황희가 홍득희한테 손을 저으며 중단을 명하고 물었다.

"불공평합니다."

"무엇이 불공평합니까?"

"지금 홍 패두가 쏘는 활은 어궁입니다. 어궁은 신들이 가진 활보다 월등히 상등입니다. 저 활로 쏘면 5시 5중이 뻔합니다. 활을 바꾸게 하여 주십시오."

양녕대군의 말은 트집만은 아니었다. 어궁은 보통 장수들의 활보다는 좋은 재료로 만든 것이 틀림없었다.

"대목이 연장 탓하느냐?"

임금이 웃으면서 말했다.

"상감마마, 쇤네가 양녕대군 마마의 활로 쏘게 해주십시오."

홍득희가 뜻밖의 제안을 했다. 모두 홍득희의 당돌함에 혀를 내둘렀다. 그러나 일을 내고 말 여자라고 생각하니 더욱 흥미가 일었다. 임금도 듣던 대로 보통 처자가 아니라고 생각했다. 어떻게 보면 태조대왕이나 부왕 태종의 배포와 활달함을 보는 것 같았다.

"형님, 활을 빌려 주시지요."

홍득희는 양녕대군의 활을 들자마자 눈 깜짝할 사이에 화살을 날려버렸다. 최윤덕 장군보다 더 빠른 속사였다.

"명중! 명중이오."

홍득희의 두 번째 화살도 정확하게 과녁의 한가운데를 명중했다. 얼마나 정확하게 맞았는지 먼저 쏜 화살을 두 번째 쏜 화살이 맞히고 말았다.

"와, 정말 신궁이다."

"도대체 저 처녀가 누구냐?"

모두가 입을 딱 벌렸다. 임금도 내심 감탄을 거듭하고 있었다.

"이번에는 진양대군마마께서 활을 빌려주시면 고맙겠습니다."

홍득희가 또 놀랄 제안을 했다.

"옳지. 돌아가면서 써야 공평하다는 말이군, 그거 좋은 생각이다."

홍득희가 이번에는 진양대군의 활로 쏘았다.

"명중이오."

세 번째 명중을 아주 쉽게 해냈다.

"이번에는 최윤덕 도안무철리사의 활을 주어라."

임금이 먼저 명령을 했다. 이런 신명나는 일이 어디 있냐는 듯 흐뭇한 표정이었다.

최 장군의 활을 받아든 홍득희는 시원스럽게 네 번째 화살을 명중시켰다. 홍득희는 조석강의 활을 들고 사대에 섰다. 마지막 한 대가 남았다. 만약 이것도 명중시킨다면 처녀 신궁의 칭호를 받을 만했다.

홍득희는 힘들이지 않고 다섯 번째 화살을 날렸다.

"명중이오."

붉은 후기가 다시 올랐다.

정말 신궁의 탄생이었다. 치마폭을 휘날리며 쏘는 화살이 5시 5중의 놀라운 솜씨를 보인 것이다.

"전하께 결과를 올립니다."

황희가 아뢰었다.

"양녕대군 이제 5시 5중, 평안도안무찰리사 최윤덕 5시 2중, 진양대군 이유 5시 5중, 무과 장원 조석강 5시 4중, 패두 홍득희 5시 5중."

"우아, 와."

함성이 일었다. 그 함성은 모두 홍득희한테 보내는 함성 같았다.

"5시 5중이 세 명이 나왔습니다."

황희의 보고를 듣고 난 임금이 또 명령을 내렸다.

"명궁 세 사람이 다시 경기를 벌이는 것이 좋겠다. 장원을 가려내야 할 것 아닌가."

임금은 활쏘기 구경에 재미를 붙인 것 같았다.

"전하, 바람이 좀 차옵니다."

도승지 신인손이 임금의 건강을 염려했다. 이쯤에서 대전으로 가야 한다는 권유였다.

"걱정하지 마라. 내 몸은 내가 안다. 자, 결승을 붙여야지."

그때였다. 홍득희가 또 당돌하게 나섰다.

"전하, 이번에는 다른 방법으로 하는 게 좋을 것 같습니다."

모두 숨을 죽이고 홍득희가 무슨 말을 하는가를 지켜보았다.

"말을 타고 달리면서 활쏘기를 하는 것이 좋을 듯 합니다."

"마상속사라. 하하하. 그거 참 좋은 방안이다. 황 정승, 그렇게 하도록 하시오."

홍득희의 흥미진진한 제안에 모두 침을 삼키며 구경 준비를 단단히 했다.

"그 옷차림으로 마상경기가 어려울 텐데……."

김종서가 홍득희에게 작은 목소리로 충고를 했다. 치마를 입고 말을 달리면서 활을 쏜다는 것이 얼마나 힘든 일이겠는가.

"사복시에 알려 잘 달리는 말 다섯 필을 몰고 오너라."

임금이 신이 나서 명을 내렸다.

"주마속사는 사냥 기술인데, 그야말로 나의 별기다."

양녕대군이 큰소리를 쳤다.

"말 타고 하는 일이면 저도 한 몫 하지요. 백부님. 단단히 하십시오."

진양대군도 만만치 않은 상대였다.

그러나 큰 소리는 쳤지만 두 사람 모두 안면부지의 여궁사를 겁내고 있었다.

"조선에 저런 여궁사가 있었단 말인가."

참석한 대신들이 모두 감탄하며 경기를 기다렸다. 말이 달릴 장소를 정하고 거기에 맞춰 과녁을 옮겼다.

"순서는 전번 순서를 참고하겠습니다. 양녕대군, 진양대군. 그리고 홍 패두가 되겠습니다."

양녕대군이 먼저 말에 올랐다. 능숙한 솜씨로 말을 몰면서 화살을 날렸다.

"명중이오."

놀라운 솜씨였다. 다음에 진양대군이 말을 달렸다. 말이 너무 빨리 달려 활을 쏘기 전에 과녁을 지나갔다.

"이번은 실효로 합니다. 다시 하시오."

황희가 봐주는 것 같았다.

진양대군이 다시 말을 달리며 첫 번째 화살을 날렸다.

"명중이오."

붉은 후기가 올랐다. 다음은 홍득희의 차례였다. 치마를 입은 여자가 말을 어떻게 타는지 모두 궁금했다. 최윤덕의 활을 들고 홍득희는 남자처럼 안장에 앉았다. 폭이 넓은 치마 자락이 박차에 얹은 발목을 보이지 않게 감쌌다. 홍득희는 빠른 속도로 말을 달리며 언제 쏘았는지 모를 정도로 화살을 빨리 날렸다.

"명중, 명중!"

이렇게 해서 1차전은 무승부가 되었다.

두 번째 경기가 시작되었다. 이번에도 양녕대군과 진양대군이 명중시켰다. 홍득희 차례가 되었다.

"와, 와!"

홍득희가 말에 오르자 멀리 있던 갑사들이 창을 높이 들며 응원을 했다. 홍득희가 말을 달리는가 싶더니 말에서 홀연 기수가 보이지 않았다.

"명중이오!"

말에서 사람이 없어졌는데 과녁의 고시 갑사는 명중을 외쳤다. 홍득희는 말에서 허리를 옆으로 제쳐 말의 옆구리에 철석 붙어 매달린 채 활을 쏘는 신기한 재주를 보여주었다.

"우와…!"

"헉!"

모두가 놀라 입을 다물지 못했다.

"저렇게 말 잘 타는 사람은 과인도 처음 보오."

임금이 고개를 절레절레 흔들었다.

세 명이 모두 승부를 내지 못하고 세 번째 경기에 들어갔다.

양녕이 먼저 달리며 쏘았다.

"류."

붉은 기가 올라가지 않았다. 화살이 과녁 밑으로 처졌다.

다음에 나선 진양대군은 거뜬하게 명중시켰다.

마지막으로 나선 홍득희는 힘차게 박차를 가했다. 말이 쏜살같이 앞으로 내달렸다. 모두 명중 소리를 듣기위해 숨을 죽였다. 그런데 홍득희가 활을 당겼어야 할 순간에 이게 웬일인가.

"악!"

모든 사람이 동시에 비명을 질렀다. 홍득희가 말에서 떨어진 것이다. 믿을 수 없는 일이었다. 화살은 과녁과는 먼 곳으로 날아가 버렸다.

"저런! 저런!"

임금이 손을 휘저으며 안타까워했다.

그러나 홍득희는 가뿐한 모습으로 일어서서 웃음을 띠었다. 그리고는 임금 앞으로 걸어와 절하고 아뢰었다.

"쇤네 실수를 용서하시옵소서."

"낙마도 기술이야. 다치지 않는 낙마란 보통 기술이 아니지."

임금이 빙그레 웃었다. 왜 낙마를 했는지 안다는 것 같았다. 임금뿐 아니라 누가 보아도 홍득희가 일부러 낙마했다는 것을 눈치챌 수 있었다.

임금과 천민의 토론

활쏘기 경기는 홍득희의 낙마로 끝이 났다. 약간의 미열이 있자 임금은 행사를 파하고 모두 돌아가게 했다. 그러나 김종서에게 홍득희를 데리고 편전으로 오라고 지시했다. 김종서와 홍득희가 편전에서 임금 앞에 섰다.

"자리에 앉아서 편안하게 이야기를 하는 것이 좋겠소."

임금의 명에 따라 김종서와 홍득희가 양쪽에 앉았다.

"홍 처자는 남자로 태어났더라면 큰 인물이 되었을 것인데……."

임금이 말끝을 흐리며 말했다.

"황공하옵니다."

"홍 패두는 비록 여자의 몸이지만 이미 나라를 위하여 많은 공을 세웠습니다."

김종서가 말했다.

"말 타는 솜씨며 활을 다루는 기술이 여느 장수보다도 훌륭하더군. 홍 처자는 언제 그런 것을 익혔느냐?"

"쇤네는 원래 함길도 경원이 고향이온데, 할아버지는 조그만 벼슬살이를 하였고 아비는 화전을 일구어 살아왔습니다. 아비와 어미가 불의에 돌아가시고 쇤네는 어린 동생과 함께 여진 사람들이 거두어 주어 그 밑에서 자랐습니다. 말을 조금 다룰 줄 아는 것은 그들에게 배운 것입니다."

홍득희가 또박또박하게 대답했다.

"여진 문자로 글을 보냈던데 그것도 그들에게 배운 것인가?"

"그러하옵니다."

"여진 문자는 배우기 쉬운가?"

임금이 홍득희 얼굴에서 눈길을 떼지 않고 물었다.

"그러하옵니다. 한자에 비교할 바가 아닙니다. 모든 사람이 쉽게 익혀 쓸 수 있습니다."

"나도 좀 배워야겠는 걸."

"전하, 당치 않은 말씀입니다. 전하께서 오랑캐 글을 배워서 무엇에 쓰십니까?"

김종서가 펄쩍 뛰었다.

"우리 백성도 그렇게 쉽게 익혀 자기의 뜻을 펼쳐 쓸 수 있다면 얼마나 편하겠는가?"

"하오나……."

"글은 말을 전하는 수단이오. 구태여 어려운 수단을 택할 것이야 없지 않으시오?"

임금의 반박에 김종서는 더 이상 말을 하지 않았다.

"과인이 홍 처자에게 벼슬을 내리고 싶은데……. 좌대언, 여인에게 서반 벼슬을 준 전례가 있는가?"

서반이란 무관을 의미한다.

"없는 줄로 아뢥니다."

"내명부나 외명부 벼슬을 내릴 수도 없고……."

"전하, 심려 마시옵소서. 쇤네는 벼슬에 연연하지 않습니다. 하오나 남자가 하는 일을 어찌 여자라 하여 하지 못하겠습니까?"

"남녀의 구별이 엄한데 전하께선들 어이할 수 있겠는가?"

김종서가 설명을 하려고 했다. 그러나 홍득희가 먼저 입을 열었다.

"무식한 쇤네 듣기로는 주역에 이르기를 천지가 있은 뒤에 만물이 생기고 만물이 있은 뒤에 남녀가 생기고 남녀가 있은 뒤에 군신이 생겼다 하옵니다. 이는 즉 남녀가 인간 세상의 기본이 됨인데 어찌 서로 같은 일을 할 수 없겠습니까?"

"허허허, 홍 처자가 주역 계사(繫辭)를 아는구나. 한문을 모르는데 어찌 주역을 아는고?"

임금이 신기한 듯 웃음을 띠고 물었다.

"한자는 능통하지 못하오나 여진 글로 번역된 책을 읽었습니다."

"경서도 여진 문자로 번역된 것이 있느냐?"

임금은 대단히 흥미를 느낀 것 같았다.

"그렇습니다. 여진인 이적합 같은 이는 비록 화척이었지만 여진 문자를 통해 경을 모두 읽고 쇤네를 가르쳤습니다."

"음, 천민들도 사서삼경을 쉽게 읽는단 말이지."

"다 그런 것은 아니옵니다."

김종서도 놀랐다. 홍득희를 무식한 화적떼의 여두목만으로 생각했었는데 해박한 면도 있었다.

"주역에서는 남녀가 있은 후에는 부부가 있고 부부가 있은 뒤에 군신이 있고 군신이 있은 뒤에 상하가 있고 상하가 있은 뒤라야 예의가 제자리에 선다 하였지. 그것을 보면 남녀와 부부가 인륜의 기본이 됨은 틀림없는 것 같네."

임금이 더 자세히 설명했다.

"하오나 조선은 오랑캐보다 부부의 원리가 잘못되어 있는 것으로 아옵니다."

홍득희가 당돌한 말을 했다.

"부부의 원리가 잘못되었다?"

"그러하옵니다. 한 쌍의 부부가 인륜의 기본임에도 불구하고 조선에서는 한 남편에 여러 아내를 허용하고 있지 않습니까?"

"조선에도 대대로 한 지아비에는 한 아내만 허용한다네. 대명률에도 관리는 처가 있는데 또 처를 얻으면 장 90대를 쳐서 죄 주고 두 번째 얻은 처는 돌려보내게 되어 있다네."

임금이 자상하게 설명했다.

"하오나, 첩이라는 이름으로 여럿 두어도 되지 않습니까?"

"처와 첩은 다르네. 대명률에도 첩을 처로 삼지 못하게 하였네."

"일전에 사헌부에서 처가 있는 자가 창가에 출입을 하면 장 60대를 치자고 하였습니다. 그런 제도를 중지하지 않으면 음란한 풍습이 번지고 부부끼리 반목이 생긴다고 하였습니다,"

김종서가 말했다.

"처첩이라고 하는 것은 이름만 다른 것이지 아내를 두셋 둔 것과 무엇이 다르겠습니까?"

홍득희가 임금 앞에서도 지지 않고 자신의 논리를 폈다. 그러나 이상하게도 임금은 불경하다고 생각하지는 않는 것 같았다

"세상을 이끄는 자는 남자이고 남자가 하는 일을 위해서는 처첩이 필요한 것이 이 세상 아니겠는가?"

임금은 홍득희와 토론하는 데 재미를 붙인 듯 몸을 앞으로 숙였다.

"상감마마의 말씀은 물론 지당합니다. 하오나 남과 여가 생겼을 때는 한 남자에 한 여자를 만나는 것이 세상의 근본이 되게 하여야 할 것입니다. 예로부터 부부는 인륜의 대사요 일찍 죽거나 오래 사는 생사의 근원이라 하였습니다. 상감마마께서는 세상을 개혁하시

기 위해 평범한 남녀의 제도 개혁을 이룩하옵소서."

임금과 김종서는 홍득희의 말이 천지를 뒤바꾸는 것과 같은 엄청난 일이라 생각했다. 아무도 생각하지 않은 말을 한 것이다.

"남자만 중심이 된 세상, 특히 양반들만을 위한 세상이란 바뀌어야 합니다. 상감마마께서는 쇤네들 같은 천민을 위하여 새로운 방책을 많이 내놓으셨습니다. 그러나 쇤네가 전번에 졸서를 올렸다시피 아직 천한 백성들은 질곡에서 벗어나지 못하고 있습니다."

"신백정도 양민들과 혼인하게 하고 보충군에 충군할 수도 있게 하지 않았는가?"

임금이 변명을 하듯 말했다.

"송구하오나 그것은 미봉책에 불과합니다."

홍득희가 당돌하게 말했다.

"홍 처자, 말이 지나치오."

아슬아슬하게 지켜보고 있던 김종서가 홍득희를 나무랐다.

"괜찮으니 그냥 두시오. 그러면 홍 처자 생각으로는 천민 정책을 어떻게 했으면 좋겠는가? 무슨 말을 해도 괜찮으니 해보게."

"불교에서는 한번 태어난 생명은 모두 고귀하다고 말한답니다. 하물며 인간으로 태어나면 모두가 이 세상을 자기 뜻대로 살아갈 권리가 있는 것이라고 생각합니다. 아버지가 누구냐에 따라 노예냐 양반이냐 하는 것은 양반이 만든 법입니다. 한번 태어난 사람은 다 같은 인간이며 똑같은 상감마마의 신민입니다."

임금은 홍득희의 다소 과격한 말도 조용히 받아들였다. 어느 대목에서는 동의도 했다.

"사람의 목숨은 귀하고 천한 것이 없다. 중국 한나라 이후부터는 지방의 목사와 군수가 사람을 마음대로 죽였으나 임금이 알지 못해 그런 일이 그치지 않았다고 한다. 지난 왕조에서도 안렴사와 지방 수령이 마음대로 사람을 죽일 수 있었기 때문에 사사로운 감정으로 인해 억울하게 죽은 사람이 많았다. 또 남녀 배필도 지극히 중한 것인데 역대 제왕들이 함부로 세우고 합치고 한 것은 잘못이었다."

"이제 상감마마께서는 더 훌륭한 교지를 내려 주시기를 바랍니다."

"무엇을 말함인가?"

"천민을 진실로 백성으로 만드는 교지를 내려 주시옵소서. 형조도관에 있는 노비의 문서를 모두 폐기하시는 은혜를 베풀어 주옵소서."

"아니? 노비를 다 없애라는 말인가?"

임금은 호기심이 잔뜩 어린 표정으로 홍득희의 다음 말을 기다렸다.

"없애는 것이 아니오라 진정한 마마의 백성으로 만드는 일입니다. 그리하여 그들이 농사도 짓고 관아에서 일도 보고, 변방에 나가 군졸로도 싸우고, 재인은 백성을 즐겁게 하는 재주를 보이게 하고, 고관이나 양반집에 소속된 자는 다 풀어서 그들이 자유로이 주인을 위해 일하고 정당하게 대가를 받게 하옵소서."

"홍 처자의 말은 천지를 뒤엎는 말이다. 참으로 이루기 어려운 일이지만 아주 틀린 말은 아닌 것 같구나."

임금은 보위에 올라서뿐 아니라 태어나서 처음 듣는 기상천외한 제안이라고 생각했다. 비록 천민일지라도 이런 생각을 가진 자가 과연 얼마나 있을까?

"지금 북방에서는 날마다 백성들이 이만주 같은 오랑캐한테 고통을 당하고 있습니다. 그런데 조정에는 이를 막을 군력이 부족하지 않습니까? 화척, 재인, 신백정. 노비 중에는 군졸이 될 만한 재목이 썩고 있습니다. 이들을 군사력으로 바꾸는 길은 제도의 개혁입니다."

홍득희는 목소리에 힘을 주고 말했다.

"홍 처자는 동북 사정에 밝은데, 그쪽을 근본적으로 안정시키는 방책은 무엇이라고 생각하는가?"

"노략질을 당할 때마다 임시방편으로 군사를 보내 응징할 것이 아니라, 아예 정예군을 편성하여 장기적으로 대처하여 뿌리를 뽑는 것이 옳다고 생각합니다."

"조선은 삼면이 바다로 싸여 있기 때문에 왜구의 침범을 쉽게 알 수 있다. 그러나 북방은 지형의 생김새가 기습을 막기 어려울 뿐 아니라 국경이 확실하지 않아 막기 어려운 점이 있다."

임금이 북방 정책의 난점을 설명했다.

"쇤네의 어리석은 생각으로는 몇 가지 방책을 생각해 볼 수 있습니다. 첫째 지위가 높고 신망이 있는 장수를 붙박이로 보내야 할 것입니다. 꼭 무인 출신이 아니더라도 지략이 있고 백성들의 존경을 받을 만한 사람을 보내어 그 위엄으로 적을 누를 수 있어야 합니다.

무관 출신들은 갑옷과 투구만 있으면 앞 뒤 안 보고 싸우자고 하고, 홀(笏)을 찬 문관들은 화친을 주장합니다. 이 양쪽에 치우치지 않는 사람을 골라야 할 것입니다.

두 번째는 상비군의 편성입니다. 북방은 변방이라 현지의 농사짓는 사람들을 징발하여 군역을 시키기 때문에 활을 쏠 줄 모르고 창을 쓰는 법도 모릅니다. 삼남의 신백정이나 천민 중에는 달리고, 쏘고, 치고. 찌르는 일을 뛰어나게 잘하는 사람이 많습니다. 제대로 전투도 모르면서 양반이란 고신 때문에 4, 5품의 높은 품계를 받은 문관들이 전투 지휘를 하는 것은 패전의 원인입니다. 양반 출신 군사들은 강행군해야 하는 산악 전투에 약합니다. 백병전을 겁내고 굶주림 같은 악조건을 견뎌 내지 못합니다. 그러나 신백정 출신들은 체력이 강인하고 말을 잘 타 산악전에 능하며 악조건을 잘 참아냅니다."

홍득희는 임금 앞에서 조리있게 소신을 펼쳤다.

"세 번째로 국토를 영원히 고착시키는 것은 강인한 백성의 정착입니다. 함길도나 평안도는 농지보다는 산악이 많은 곳입니다. 따라서 정착민도 농사꾼 위주보다는 목축업자, 수렵민 등을 보내는 것이 좋습니다.

강계, 여연, 창성, 자성, 벽동, 자성, 이산 등이 모두 같은 조건을 가지고 있는 산간 지역입니다."

임금은 연신 고개를 끄덕이며 홍득희의 말에 귀를 기울였다.

"이만주 같은 사사로운 오합지졸이 어찌 수천 리에 달하는 조선

같은 대국을 상대로 계속 싸우려고 하겠습니까. 위엄 있는 병마절도사가 정예군을 이끌고 단단히 진을 치면 이만주 같은 무리는 저절로 수그러들 것입니다."

"홍 처자는 조선을 대국으로 보는가?"

"여진 같은 무리에게 시달릴 조선이 아니라고 여쭙니다."

임금은 홍득희의 안목이 여느 대신보다 훨씬 뛰어나다고 생각했다. 홍득희의 말을 듣는 동안 북방의 병마절도사는 김종서가 가장 적격이라고 마음속으로 꼽아 보았다. 홍득희의 말대로 북방 정책을 임시방편으로 할 것이 아니라 전조의 윤관 같은 인물을 내세워 근본적인 해결을 할 필요가 있다고 확신했다.

임금은 처음 만난 스무 살 갓 넘은 홍득희에게서 강렬한 인상을 받았다. 수려한 용모인데 억센 기백이 있었다. 임금은 항상 자신이 태조대왕이나 부왕 태종 같은 기백이 없어 문약하다고 생각해왔다. 오늘 홍득희를 만나면서 새삼 자신의 약점을 되돌아보게 되었다.

홍득희는 신백정의 한 두령으로, 또는 단순히 무예가 뛰어난 사람을 넘어서 신비로운 사람으로 임금을 매료시켰다. 남자보다 훨씬 뛰어난 무술뿐 아니라 병법을 잘 알고 있었다. 비록 폭은 좁으나 경전을 이해한다는 것도 놀라웠다. 천민에 대한 혁명적인 개혁안을 내놓는 것도 더욱 놀라운 일이었다.

마지막에 임금이 홍득희한테 가벼운 어조로 말을 건넸다.

"후원 마상 경기서 낙마한 것은 대군에게 져 주려고 일부러 한 짓이겠지. 과인은 이미 알고 있었네. 홍 처자는 정치도 할 줄 아는 사람일세. 하하하."

저녁에 임금은 신빈 김씨의 별당을 찾았다.

"오늘 눈이 번쩍 뜨이는 인물을 만났소."

"오후에 경복궁 후원에서 활쏘기 할 때 말도 잘 타고 활도 잘 쏜다는 그 처녀 말씀이온지요?"

"어느새 다 알고 있었구려. 정말 신기한 신빈이야. 하하하."

임금은 신빈이 내외 소식에 귀가 밝다는 것을 익히 알고 있었다.

"무술만 뛰어난 것이 아니라 군사 전략, 천민 정책, 북방 방어에 관해서 아주 소상해요. 특히 남녀의 부부 윤리에 대해서는 고집이 있어요. 고집으로 말하면 허조나 최만리도 못 당할걸."

"용모도 빼어났다고 소문이 자자하던데요."

신빈이 약간 삐친 표정을 했다.

"암, 그렇고말고."

임금이 무심코 한 말에 신빈이 정말 삐친 것 같았다.

"후궁이라도 삼을 셈이군요."

"그럴까?"

임금이 일부러 신빈의 심사를 건드렸다.

"중전마마께는 소첩이 윤허를 받겠습니다. 그리고 신방도 아주 소첩이 차릴게요."

신빈은 임금의 마음을 더 떠 보려는 듯 어깃장을 계속 놓았다.

"하지만 법도가, 천민은 군주의 후궁으로 삼을 수 없어요."

임금이 정색을 하고 말했다.

"그렇지 않은 전례가 얼마든지 있습니다. 태상왕 정종 전하께서는 보위에 있던 시절 시비 가매를 불러들여 아들을 낳았고 심지어 과부인 가의궁주를 후궁으로 삼지 않았습니까?"

정종 태상왕은 신빈의 말대로 재위 때 상궁이 아닌 본궁 시비 가매와 관계하여 아들까지 낳았으나 신분이 너무 낮아 후궁으로 받아들이지는 못했다. 태상왕에게 버림받은 가매는 환관 정사징과 애정행각을 벌이다가 궁에서 쫓겨났다.

가의궁주는 과부 출신으로 정종의 후궁이 되었다. 가의궁주 유씨는 원래 반복해라는 관원의 처였으나 반복해가 죄를 얻어 주살되자 정종에게 시집왔었다. 정종이 왕위에 오르기 전에 있었던 일이었다.

정종이 보위에 오르자 가의궁주가 불노(佛老)라는 아들을 낳았는데 정종은 아들로 인정하지 않았다. 정종의 아들이냐 반복해의 아들이냐를 가지고 시비가 그치지 않았다.

불노는 왕실의 말썽꾸러기였다. 정종은 가의궁주가 시집오기 전에 이미 불노를 잉태하고 있었기 때문에 자신의 씨가 아니라고 주장했다. 그러나 많은 사람들은 정종이 불노가 왕권 다툼에 희생당할까봐 일부러 아들이 아니라고 했을 것이라 추측했다.

26개월 보위에 있었던 정종은 여자 문제에 특이한 여러 전례를 남겼다. 정종 태상왕의 후궁 중에 성빈 지씨와 숙의 지씨가 있었다. 지씨 성을 가진 두 후궁은 친 자매였다. 언니인 성빈 지 씨는 정종의 친형인 이방우의 처였다. 놀랍게도 동생 정종이 형수의 자매를 첩으로 삼았던 것이다. 태조 대왕의 장남인 이방우는 일찍 죽었다.

언니 성빈은 덕천군 등 3남 2녀, 동생 숙의는 의평군 등 4남 2녀를 낳았었다.

"태상왕도 가매를 후궁으로 삼지 못했지요. 궁중의 법도가 엄연한데 그런 일이 있을 수 있겠소?"

임금은 그렇게 말하면서도 홍득희가 천민 제도를 없애라던 말을 상기했다.

세자의 씨를 잉태한 권 승휘는 곧 승휘에서 종 3품 양원으로 승차했다. 소헌왕후는 권씨를 알뜰히 돌보고 있었다. 내심 원자 아기를 낳아주기를 바랐다.

"세자 향이 정처가 없이 지난 지가 몇 달이 되었소. 세자빈을 간택해야 하지 않겠어요?"

임금이 소헌왕후에게 상의했다.

"또 온 나라에 금혼령을 내린다는 것이 너무 번거로운 일인 것 같습니다. 전하의 뜻을 조용히 이루는 방법을 찾아야 할 것 같습니다."

소헌왕후가 대답했다. 양원 권씨를 두고 한 말이었다.

"옳은 말이오. 궁내에 승휘나 양원이 있으니 그중에서 뽑는 방법도 있겠습니다."

임금은 이렇게 말하고 편전으로 나갔다. 임금은 도승지 신인손을 불렀다.

"세자빈 봉씨를 폐출시킨 이후에 대신들이 세자빈의 자리를 오래 동안 비워둬서는 안 된다고들 하였는데 경은 어떻게 생각하오?"

"그러하옵니다. 하루 빨리 세자빈을 세우셔야 할 것입니다."

"두 번이나 며느리를 내친지라 또 가례의 중대한 일을 치른다는 것이 실로 백성에게 미안하기 짝이 없는 일이라 과인이 윤허하지 않았던 것이오."

"명가와 지방의 정숙하고 단아한 규수를 선정해야 할 것입니다."

"그 일로 여러 대신들과 상의하고 규수를 추천받기도 했으나 적당한 규수를 찾지 못하였소."

"의정부의 정승들은 마땅한 규수가 없으면 궁내를 둘러보는 것이 좋다는 의견도 있습니다."

도승지 역시 여러 승휘와 양원을 염두에 두고 하는 말이었다.

"그러나 가법에 후궁을 중궁으로 삼은 전례가 없지 않은가?"

"두 번씩이나 실패한 터라 차라리 사람됨을 이미 증명해 보인 궁내 인물 중에서 간택하는 것도 좋은 방법이라고 생각합니다."

"경의 뜻이 과인과 같구려. 전에 어느 대신이 경과 같은 의견을 말한 일이 있었소. 그러나 그 때 후궁을 정처로 삼는 것이 타당하지 않다고 생각하여 받아들이기 어려웠소. 어제 밤에 역대의 고사를 서로 비교하여 깊이 연구하고 살펴보았소. 그 결과 한나라, 당나라 이후로 황후가 죽든지 혹은 폐위되었을 때 귀인이나 빈을 승진시켜 황후로 삼은 예가 있다는 것을 알았소."

"그것이 허물이 될 수는 없습니다."

"생판 모르는 규수를 남의 말만 믿고 들였다가 낭패를 당하지 않으려면 궐내에서 이미 그 행실이 드러난 사람을 빈으로 삼는 것이 좋은 방책이 아닌가 생각하오."

"지당하옵니다."

"과인의 생각으로는 지금까지 세자를 섬기는 모습이나 왕후나 과인에게 행하는 예절로 보면 양원 권씨와 승휘 홍씨가 가장 괜찮은 것 같으오."

"두 분 모두 양가의 따님이라 출신은 나무랄 데가 없습니다."

"두 사람 모두 가하다고 생각되나 누가 더 좋은지 도승지는 대신들의 의견을 들어 보시오."

"분부대로 하겠습니다."

도승지가 나가려 하자 임금이 다시 돌려 세우고 말했다.

"두 사람은 덕과 용모가 모두 같으오. 사람들이 말하기를 나이가 같으면 덕으로 정하고 덕이 같으면 용모로 정한다고 하였소. 권 양원은 나이가 좀 위이고 품계도 종 3품으로 높은 편이오. 과인이라면 양원이 좋을 듯한데 세자나 대신들의 뜻은 어떠한지 알아보시오."

알아보나 마나 임금이 권씨를 찍은 것이라고 도승지는 생각했다.

의정부를 다녀온 도승지가 즉시 대신들의 의견을 전했다.

"양원과 승휘는 모두 명문 벌족 집안의 출신이고 내직의 자리를 갖추고 있으니 다른 잉첩과 비교할 바가 아닙니다. 양원과 승휘 중에서 적임자를 뽑으심이 타당합니다. 송나라 진종도 귀인을 황후로 삼으면서 가법이 매우 바르다고 했습니다. 오늘 날 빈을 세우는데 나이의 많고 적은 것과 지위의 높고 낮음은 논할 필요가 없을 것입니다. 오직 현덕이 나라의 국모로서 모범이 될 만한가를 보시면 족하다고 대신들이 말하였습니다. 감히 신료들이 논할 문제가 아니라고 하였습니다."

임금이 즉시 교지를 내려 양원 권씨를 세자빈으로 세우는 가례를 행하라고 했다.

세자와 서연장의 비좁은 서고 책 더미 아래서 사랑을 나누던 숙정이 마침내 세자빈이 되었다.

《세종대왕 이도》3권에 계속

조선왕실 가계도

제 1 대 태조

성계, 1335~140
재위기간: 1392. 7~1398. 12 (6년 6개월)
정비: 2명, 적자녀 : 8남 3녀
후궁: 4명, 서자녀 : 2녀
능호: 건원릉(경기도 구리시 인창동)

제 2대 정종

방과, 영안대군, 1357~1419
재위기간 : 1399. 1~1400. 12 (2년)
정비: 1명, 적자녀 : 없음
후궁: 9명, 서자녀 : 17남 8녀
능호 : 후릉(경기도 개성시 판문구 영정리)

제 3대 태종

방원, 정안대군, 1367~1422
재위기간 : 1401. 1~1418. 8 (17년 8개월)
정비: 1명, 적자녀 : 4남 4녀
후궁: 9명, 서자녀 : 8남 13녀
능호 : 헌릉(서울 서초구 내곡동)

원경왕후 민씨 (4남 4녀)

1355~1420
능호: 헌릉(서울 서초구 내곡동)

- 양녕대군
- 효령대군
- **충녕대군**
- 성녕대군
- 정순공주
- 경정공주
- 경안공주
- 정선공주

효빈 김씨 (1남)

- 경녕군

신빈 신씨 (3남 7녀)

- 함녕군
- 온녕군
- 근녕군
- 정신옹주
- 정정옹주
- 숙정옹주
- 소신옹주
- 숙녕옹주
- 숙경옹주
- 숙근옹주

선빈 안씨 (1남 2녀)

- 익녕군
- 소숙옹주
- 경신옹주

의빈 권씨 (1녀)

- 정혜옹주

소빈 노씨 (1녀)

- 숙혜옹주

숙의 최씨 (1남)

- 희령군

덕숙옹주 이씨 (1남 1녀)

- 후령군
- 숙순옹주

덕숙옹주 이씨 (1남)

- 혜령군

덕숙옹주 이씨 (1녀)

- 숙안옹주

청송 심씨 온

순흥 안씨(父: 안천보)

제 4대 세종

도, 충녕대군, 1397~1450
재위기간: 1418. 8~1450. 2
(31년 7개월)
정비: 1명, 적자녀 : 8남 2녀
후궁: 5명, 서자녀 : 10남 2녀
능호: 영릉(경기도 여주군 성산)

8남 2녀 **소헌왕후 심씨**

1395~1446
능호: 영릉

제5대 문종

향, 1414~1452
재위기간: 1450. 3~ 1452. 5(2년 3개월)
정비: 1명, 적자녀 : 1남 1녀
정비: 1명, 적자녀 : 1남 1녀
능호: 현릉(경기도 구리시 인창동)

1남 1녀 **현덕 왕후 권씨**

1418~1441
능호: 현릉
(경기도 구리시 인창동)

제6대 단종

홍위, 1441~1457
재위기간: 1452. 5~ 1455. 윤6 (3년 2개월)
정비: 1명, 자녀: 없음
능호: 장릉(강원도 영월)

경혜공주

제7대 세조

유, 수양대군, 1417~1468
재위기간 : 1455. 윤6~ 1468. 9(13년 3개월)
정비 : 1명, 적자녀 : 2남 1녀
후궁 : 1명, 서자녀 : 2남
능호 : 광릉(경기도 남양주시 진접면)

안평대군
임영대군
광평대군
금성대군
평원대군
영응대군
정소공주
정의공주

1남 **영빈 강씨**

화의군

6남 2녀 **신빈 김씨**

계양군
의창군
밀성군
익현군
영해군
담양군

3남 **혜빈 양씨**

한남군
수춘군
영풍군

1녀 **숙원 이씨**

정안옹주

1녀 **상침 송씨**

정현옹주

세종 시대 정부 조직도

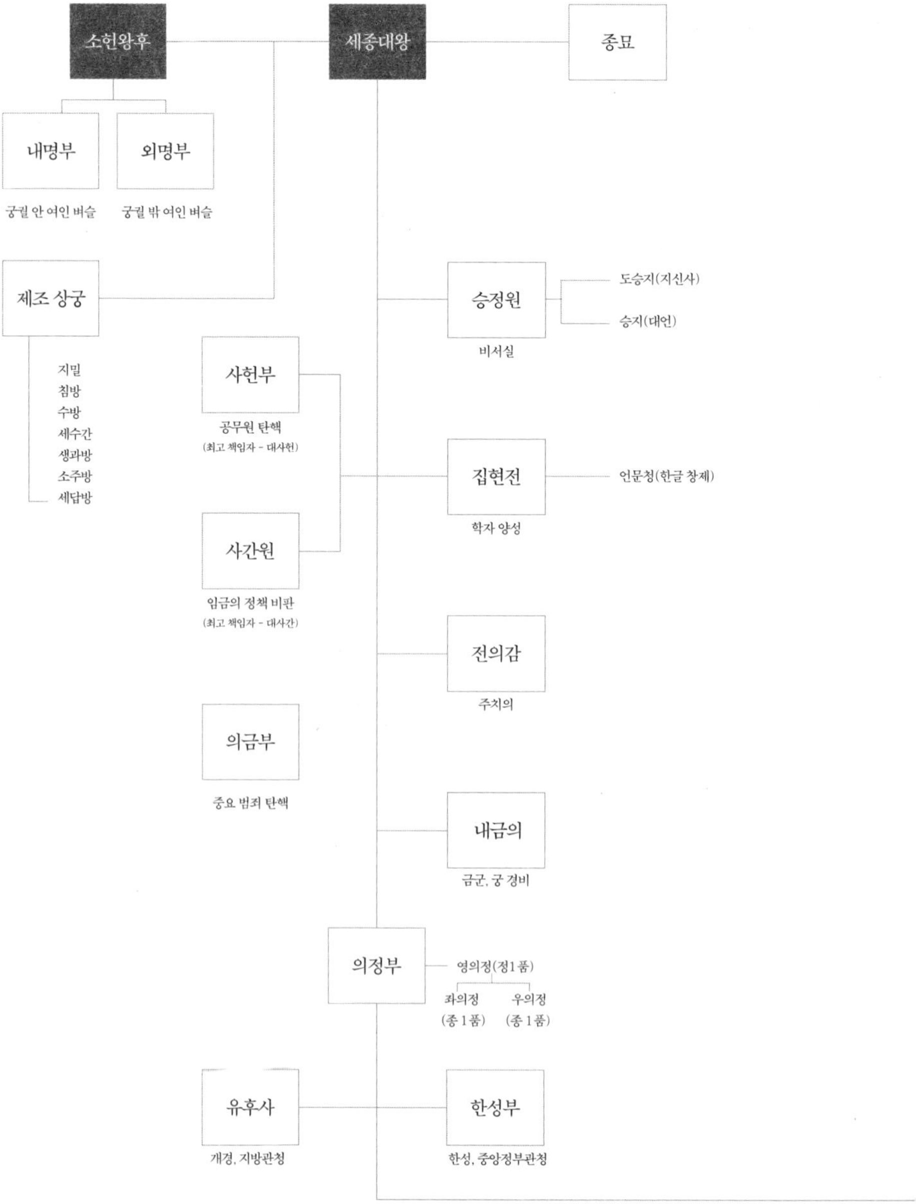

소헌왕후
세종대왕
종묘
내명부
궁궐 안 여인 벼슬
외명부
궁궐 밖 여인 벼슬
제조 상궁
지밀
침방
수방
세수간
생과방
소주방
세답방
승정원
비서실
도승지(지신사)
승지(대언)
사헌부
공무원 탄핵
(최고 책임자 - 대사헌)
집현전
학자 양성
언문청(한글 창제)
사간원
임금의 정책 비판
(최고 책임자 - 대사간)
전의감
주치의
의금부
중요 범죄 탄핵
내금위
금군, 궁 경비
의정부
영의정(정1품)
좌의정
(종1품)
우의정
(종1품)
유후사
개경, 지방관청
한성부
한성, 중앙정부관청

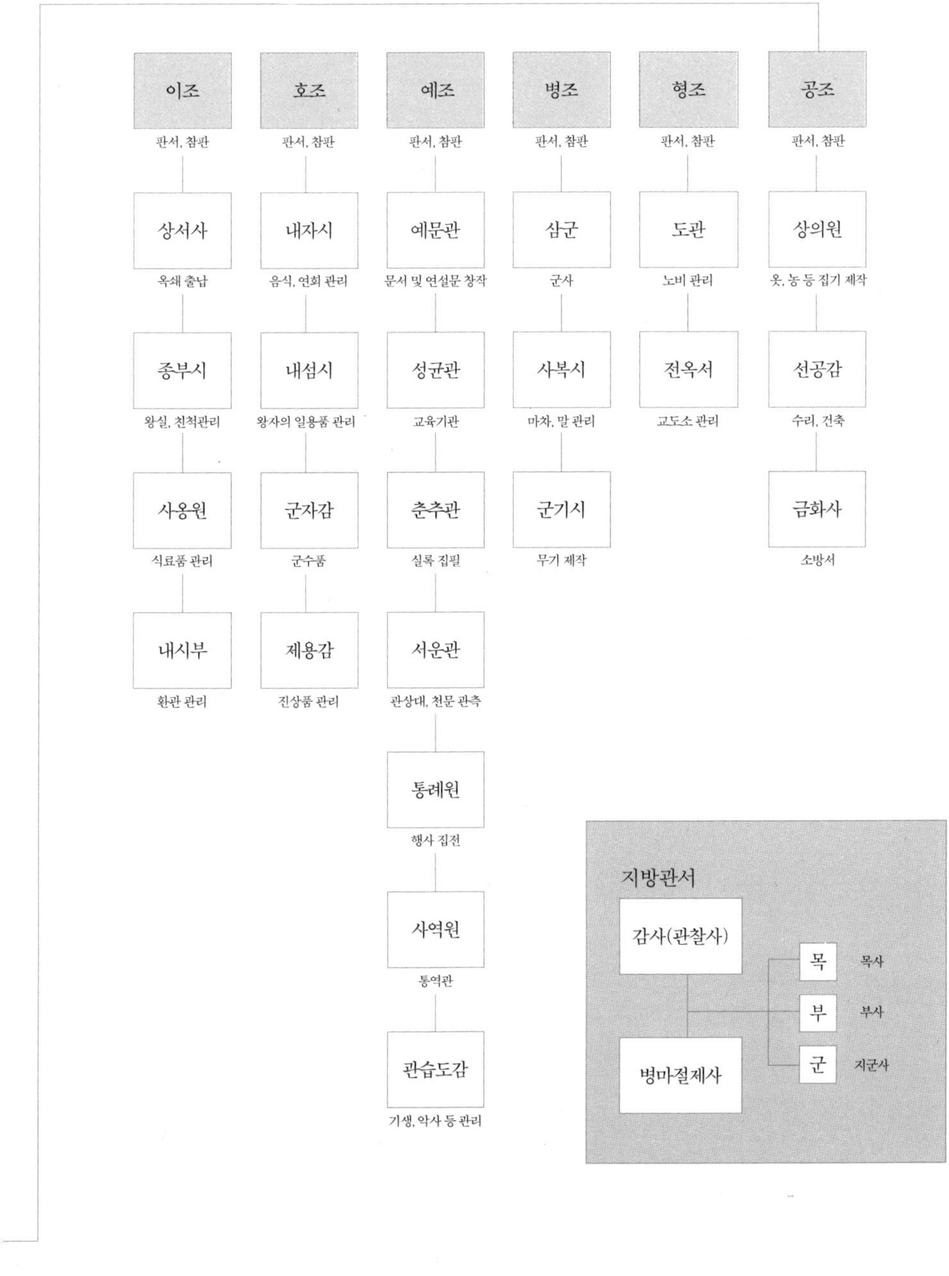

이조
판서, 참판
상서사
옥쇄 출납
종부시
왕실, 친척관리
사옹원
식료품 관리
내시부
환관 관리
호조
판서, 참판
내자시
음식, 연회 관리
내섬시
왕자의 일용품 관리
군자감
군수품
제용감
진상품 관리
예조
판서, 참판
예문관
문서 및 연설문 창작
성균관
교육기관
춘추관
실록 집필
서운관
관상대, 천문 관측
통례원
행사 집전
사역원
통역관
관습도감
기생, 악사 등 관리
병조
판서, 참판
삼군
군사
사복시
마차, 말 관리
군기시
무기 제작
형조
판서, 참판
도관
노비 관리
전옥서
교도소 관리
공조
판서, 참판
상의원
옷, 농 등 집기 제작
선공감
수리, 건축
금화사
소방서
지방관서
감사(관찰사)
병마절제사
목
목사
부
부사
군
지군사